大唐琴缘录

之

歌吹广陵

品章◎著

漓江出版社
桂 林

图书在版编目（CIP）数据

大唐琴缘录之歌吹广陵 / 品章著 . -- 桂林 : 漓江出版社 , 2022.7

ISBN 978-7-5407-8975-6

Ⅰ . ①大… Ⅱ . ①品… Ⅲ . ①长篇小说 – 中国 – 当代 Ⅳ . ① I247.5

中国版本图书馆 CIP 数据核字 (2022) 第 034687 号

大唐琴缘录之歌吹广陵
DATANG QINYUAN LU ZHI GECHUI GUANGLING

品 章 著

出 版 人 刘迪才
特约策划 冯 雪
特约编辑 文 清
责任编辑 俞方远
助理编辑 滚碧月
版式设计 张 佳
责任监印 黄菲菲

出版发行 漓江出版社有限公司
社 址 广西桂林市南环路 22 号
邮 编 541002
发行电话 010-65699511 0773-2583322
传 真 010-85891290 0773-2582200
邮购热线 0773-2582200
网 址 www.lijiangbooks.com
微信公众号 lijiangpress

印 制 泰州市隆泰文化传播有限公司
开 本 710mm × 1000mm 1/16
印 张 16.5
字 数 267 千字
版 次 2022 年 7 月第 1 版
印 次 2022 年 7 月第 1 次印刷
书 号 ISBN 978-7-5407-8975-6
定 价 69.80 元

目 录

楔　子

“阿爷，阿爷，为什么你常说广陵的月亮是天下最美的啊，真是如此吗？”

“那是当然，人们都说‘天下三分明月夜，二分无赖是扬州’嘛。”

“这月亮有什么可美的？我左看右看，都看不出什么稀奇，普普通通，像块凉透了的大蒸饼。”

“傻丫头，广陵的月亮当然是天下最美的。人们叫这里月亮城可不是没来由的，这座城市和月亮有着不解之缘，毕竟，这里可是得到过月神姐姐祝福的地方啊。”

“月神姐姐的祝福？这是啥意思？”

“咳咳，丫头，别急，听我慢慢讲……

“在很久很久以前，守护广陵城的是琼花仙子。因为她的庇护，这里风和日丽，到处长满鲜花绿草，人们欢声笑语，渐渐地，越来越多的人和小动物来到这里定居，这里成了天底下人人向往的欢乐净土。

“谁知，不知是何年何月，也不知从哪来了一只成精的金蟾，它法力高强，爱吃小孩。金蟾率领着妖魔们兴风作浪、祸害生灵，它们想要霸占这里，要将这个美丽的地方变成一座没有生命的死城。还好有琼花仙子，她和金蟾展开了激烈的战斗，大战七天七夜。但妖魔们数量太多，她逐渐气力不支，危难关头，琼花仙子化成漫天飞舞的花雨，与妖魔们玉石俱焚，最终化成了这广陵满城的琼花。”

“琼花仙子死去了？”

“有人说，她只是睡着了，也许有一天琼花开的时候，她会重现人间……”

“今年花开的时候我要去看琼花，去看琼花仙子。但是这些和月亮又有什么关系呢？”

“咳咳，别着急，阿爷的故事还没说完呢。月神姐姐与琼花仙子情同姐妹，悲伤过后，月神姐姐接替了琼花仙子的事业，替她继续守护这里。

“为了纪念琼花仙子，为了敬佑这片琼花仙子挚爱的土地，月神姐姐将天下最美的月亮给了这里……”

一　晓月的烦恼

月亮挂在淡墨色的空中，轮廓模糊，像滴刚坠入墨中的乳汁，还未散开。夜空中星光微亮，大地上万家灯火，一条穿城而过的河水被渔火照得通明，这是广陵城。

城中一处无人的青砖墙角里，生长着一株一丈多高的琼花树，寂然不动。青灰的琼花枝丫上，一只红色的瓢虫悄然爬上纯白的花瓣，没爬几步就打个出溜儿，倏忽又掉回树枝上。就在此刻，露水浸透的洁白花瓣上流淌过一道清亮的光——是夜空中掩映在月亮前的灰云烟絮般散开了，眼前也分明起来。

琼花沐浴着月华，花就成了极剔透的玉。有人说，再美的花都终将逝去。逝去，是人心的愚痴。过去的不会消失，只是相隔，这月下琼花的刹那，毕竟永恒地铭记于心了。

与这静谧景象一墙之隔的长街上，却是热闹非凡。这条长街绵延十里，大道上人群熙攘嘈杂，远远近近的丝竹之声不绝，上好的美酒香味飘散着，美女身上的脂粉香气游弋着。火树银花掩映着朱楼，画楼上歌舞不休，宝马香车不停掠过，楼前的绛纱灯，光影明灭间让人恍然出世。

十里长街旁就是那条穿城而过的河，河岸边杨柳葱葱，河水上帆影幢幢，大大小小的船只来来往往，井井有条的样子像是盛宴中的一支舞蹈。在这盛大而和谐的舞蹈中，却突然出现了一个杂乱的舞步——一只乌篷船在歪歪斜斜地漂流，突然停了下来，横亘在河中，挡住了后方船只的去路。

“前面的船挡了路咯！”后方船夫的声音有些沙哑，语气却很平和。

船夫等待着回应，却只听见桨声、风声、人们的嬉闹声，而前方乌篷船里则是一片安静。好半天无人应答，船夫这才有些诧异地意识到那小船里似乎没人。

船夫摇摇头，半蹲下身子站稳，从水里将长篙抽出，抬起，对准前方的乌篷船，吃劲儿地捅开。乌篷船顺着推力往河岸漂去，嘭的一声撞到了岸边的青石块上。船身轻轻摇动了一下，伴随着震颤，一阵清脆的婴孩啼哭声从船舱里传了出来……

晓月也会哭也会闹，但和别的孩子相比要乖一些，因为她很早就知道，自己是从垃圾堆里捡来的。

阿爷、阿娘从没和她提过这事，这事是和蕊儿吵嘴时知道的。蕊儿是她家的丫鬟，比晓月大几岁。

那天晓月让蕊儿陪自己下棋，蕊儿总输，不肯下，她偏要蕊儿下。蕊儿恼了，噘起嘴说："我年纪比你大，你得听我的。我说不下就不下。"

"我是小娘子，你是丫鬟，得听我的，你必须陪我下。"

"虽说你是小娘子，我是丫鬟，可你是主人从垃圾堆里捡来的，所以，你并不比我高一头。"

"捡来的？那又怎么了，所有的小孩不都是捡来的吗？"

"当然不是。寻常的小孩子是观音菩萨送来的，而你是捡来的。这事大家都知道，只有你不知道。"

"我不信，你凭什么说我是捡来的？"

"你是捡来的，你的爷娘不是真的。我是观音菩萨送来的，我的爷娘是真的。"

"你骗人！"

晓月不信，跑去问阿娘："阿娘，我是捡来的吗？"

阿娘正抱着弟弟喂奶，听晓月问这个有些诧异，愣了一下，笑道："傻丫头，阿娘不是早就和你说过吗，所有的孩子都是捡来的呀。"

"我听蕊儿说，寻常的小孩子是观音菩萨送来的，而我是捡回来的，她还说你和阿爷不是我真的爷娘。"

阿娘愣了下，目光闪躲开，低下头望着弟弟不作声。

晓月搞不懂自己是不是捡来的，但弟弟应该不是。因为她亲眼看着阿娘的肚子变大了，弟弟出生后，肚子又小了回去，所以弟弟肯定是观音菩萨送来的。

第二天早上，晓月的枕头湿了一大片，阿爷看到后吓了一跳，问："晓月，你这是怎么了？"

晓月低头支吾了一阵，抬起头说："可能是昨晚梦见二丫家的馄饨，馋了，流了口水。"

二丫家的馄饨特别香，用骨汤煮的，有五种颜色。阿爷连忙让管家王叔去街上买了些馄饨回来。晓月吃着馄饨又偷偷掉了眼泪，馄饨是咸的，眼泪也是咸的。

晓月不喜欢蕊儿，喜欢二丫，她常常上街找二丫玩儿。出门时管家王叔都得跟着，有时候王叔犯懒不想动弹，就不许她出门。晓月人小鬼大，遇到不让出门的时候，总能趁人不备找准机会钻出去。

找二丫很容易，无论晓月什么时候去，二丫和她阿爷都在。人们管二丫的阿爷叫王二，他常常挑着担子，敲着竹梆，在街上叫卖，声音很响，离得老远就能听到，二丫就在他身边。

他们家的馄饨担子很特别，是弯的，两头都打上了木柜。一头的有八九个抽屉，另一头的放着个小缸灶，上面架口铜锅。

"我家的馄饨可是全城独一份，骨汤煮的，有五种颜色！"王二笑着说，笑的时候脸上堆起的褶子就像馄饨的褶子一样。

他似乎很喜欢晓月，他很少给自己的女儿吃馄饨，却经常请晓月吃。管家王叔经常看到晓月满嘴的油，才知道她刚才溜出去过，赶忙跑出去要把钱给王二。王二每次都摆摆手说没这回事，没见晓月来过。

晓月开始学认字后，上街玩的机会就少了。晓月的阿爷是个大诗人，至少他自己是这么说的。当诗人的女儿可受罪了，老得背书，晓月非常羡慕二丫，她从不用学认字和背书。

"丫头，昨天阿爷交代的《山行》可背下了？"阿爷背着手问道。

"背了。远上寒山石径斜，白云生处有人家。商女不知亡国恨，隔江犹唱后庭花。"晓月拖着长腔生硬地背诵着，不带一点感情。

"背岔了，背岔了，这是两首诗……"阿爷感觉脑壳有点疼，无奈地用拳头轻轻敲了几下脑袋，接着说，"远上寒山石径斜，白云生处有人家。停车坐爱枫林晚，霜叶红于二月花。你背的后面两句是《泊秦淮》里面的，那首怎么背的还记得吗？”

“记得。烟笼寒水月笼沙，夜泊秦淮近酒家。商女不知亡国恨，隔江犹唱后庭花。”晓月接着不情不愿地背道。

“这才像样。我可是堂堂一代大诗人，如果连我的女儿都不会背我的诗，岂不遭人笑话？”阿爷笑着摸了摸晓月的头。

“哪有人夸自己是大诗人的……”晓月小声嘟囔了一句。

阿爷听见了，脖颈有些发红，摇头说：“全天下人都仰慕我的才华，却唯独我女儿不服气。”

“做诗人的女儿可真麻烦。真羡慕二丫，她就不用背诗，只要学那几句吆喝的词，卖得好了还有馄饨吃。不像我，整天背这个背那个，怎么背也背不完。”晓月是真心羡慕二丫，尤其是到要背诗的时候。

阿爷的脖子更红了，头也摇得更厉害，道：“晓月，你可不知道，有我这样的阿爷，世上有多少人羡慕你呢！”

晓月悄悄扭过头，背着阿爷翻着白眼吐了下舌头。

阿爷说罢走到书案边，拿起一本书，是他那本宝贝的诗集。他翻看着，到某一页停住了，用食指尖敲了敲那页，点头道：“这首适合孩童学习。”

“哎……”晓月叹了口气，头皮直发紧，知道又到背书时间了。

“来来来，今天背这首，背不完不许吃点心。我先念一遍给你听。”阿爷说完清了清嗓子，吟诵起来，“《寄扬州韩绰判官》——青山隐隐水迢迢，秋尽江南草未凋。二十四桥明月夜，玉人何处教吹箫。”

阿爷情绪饱满，抑扬顿挫地吟诵着。这首诗似乎让他回忆起了年轻的岁月，脖子也不红了。接着，阿爷又选了几首其他的诗，晓月都跟着念了几遍。

“好了，我先去忙公务，回来后检查。蕊儿，你帮我监督她，不许她出门玩。”阿爷总是很忙，交代完就出门了。

晓月捧书坐着，脖子却伸得老长，睁大眼睛紧盯着阿爷的背影。看到他一只脚迈出大门门槛，立刻就将捧着的诗集扔到一边，嘟囔起来：“扬州，扬州，又是扬州，整天背得头都大了。阿爷那些酸诗里老是写扬州，扬州有那么好吗？那么好一直留在那儿就是了，还来长安做什么？”

杜牧在扬州的快乐晓月确实想象不到，据记载，杜牧在扬州做掌书记时，

“供职以外，唯以宴游为事”。

“还是弹琴有意思。”晓月边说边跳下椅子，走到琴边，轻抚琴弦。接着会心一笑，把琴竖立在地上，像抱琵琶一样拨弄起来。

蕊儿看到晓月的样子，讥笑道：“小娘子，咱家不缺钱，你想学琵琶，买一个就是了，何必这样折腾？”

“这是天才琴师独创的弹法，一般人哪里想得到，你懂什么？”晓月撇嘴道。

“我虽不懂弹琴，却知道什么叫滑稽出丑。你抱琴这模样可笑极了，活像郊外晨练时抱着大树直撞的老头儿！”蕊儿笑道。

“哼，对牛弹琴，这成语说的就是你这种人！”晓月斜着看了她一眼。

蕊儿有点恼了，凶道：“老爷不是让你背诗吗？你再不背，看他回来怎么罚你！”

晓月一听这话像被戳中后腰，软了下来，却仍嘴硬道：“我就不背，背些名家的诗倒也罢了，他的诗有什么好背的？还整天说自己是什么大诗人，羞不羞！”

“可别乱说！这话让他听见可不得了了，他生气了谁都没好果子吃！”蕊儿捂着嘴惊呼道。于是，蕊儿索性也不管晓月背书的事，就等着杜牧回来，看晓月受罚就是了。

晓月玩琴忘了时间，眨眼间阿爷已经回来，要来检查成果了。听着阿爷踩在木板上的声音渐渐逼近，晓月的心也跟着嘎吱嘎吱的声音咚咚跳。

晓月瞅见阿爷那本宝贝的诗集还被扔在地上，赶紧跑过去拾起，又小碎步跑到书桌前坐下。她的目光在书上飞速扫视，嘴里快速念叨着……

还没念几遍，阿爷已经到了跟前，他捋着胡须问：“不错，还蛮认真的，背得怎么样了？”

“背了，只是……只是太早就背会了，就去做别的了，刚才隔了一阵，现下又有些生疏。”晓月不敢看阿爷的眼睛，声音越说越小。

阿爷见她吞吞吐吐，便问蕊儿：“晓月背书了吗？”

蕊儿装作欲言又止不敢帮晓月撒谎的样子，其实她心里早就乐开了花，准备看晓月怎么挨罚。

阿爷见状已明白了几分，正要动怒，晓月却连忙说：“阿爷莫急，我真的背了，只要阿爷再吟诵一遍，我便能想起来！”

阿爷虽有些生气，但见她如此说，还想试试，于是便吟诵道：“青山隐隐水迢迢，秋尽江南草未凋。二十四桥明月夜，玉人何处教吹箫。好，到你背了。”

果真，晓月一字不差地复述了一遍，而且摇头晃脑的样子颇有阿爷的神采。阿爷有些惊奇：“难道她真背了，差点儿错怪她了？”

于是阿爷又考了两首，晓月居然都一一复述了出来。

“不对！刚才我吟的那首诗是最近新作，并未收入诗集，晓月怎么会背？”阿爷心下突然察觉到一丝不对劲儿。

思索了片刻，他故意吟了一首不在诗集中的新诗，结果晓月依然一字不差地复述出来了。阿爷这才明白过来，原来这丫头不过是仗着记忆力好，趁自己吟诵一遍时，现场背下的。他惊叹于晓月的聪慧，竟也不再生气。

“罢了，罢了，我看出你到底是没背。没背诗事小，撒谎可不行，今天的点心还是不许吃了。”

“是我错了，不该撒谎……”

“哎，想我一代大诗人，偏偏女儿不爱背诗……”阿爷说到这顿了下，接着说，“只盼将来有一天，你能明白到阿爷所作之诗的妙处，兴许到那时，你自然就爱背诗了。”

“也许，也许我不爱背诗是，是因为……”晓月没说完，感觉耳朵烫得不行，接着不知从哪儿冒出了这么句话，“阿爷，我要是你亲生的就好了。”

二　广陵往事

公元833年，唐大和七年，扬州，淮南节度使府衙。

天降大雨，此时的扬州城外一片泽国。

牛僧孺在府衙里不停地转圈走，不时问身边的侍从："人到否？人到否？"

"已安排人到真州去接，应该快到了。"侍从答，"这几天连日大雨，据说真州一带涝灾严重，估计行船有些耽搁。"

"胡姬酒肆的洗尘宴安排妥当了吗？"牛僧孺问。

"妥当了，还安排了最好的歌舞姬。"侍从答。

扬州弦歌坊的胡姬酒肆最为出名，酒肆的侍者多为西域女子，别具异国风情。许多诗人都曾留下描述胡姬酒肆的诗句，李白《少年行》诗云："五陵年少金市东，银鞍白马度春风。落花踏尽游何处，笑入胡姬酒肆中。"

牛僧孺等的贵客不是别人，正是杜牧。牛僧孺对杜牧很是器重，钦慕他的诗才，更欣赏他的政治见解，此次特地聘请他来做淮南节度使的推官。

唐大和五年时，剑南西川节度使李德裕陈奏用兵，欲直入"吐蕃之牙"，攻占维州。但时任宰相的牛僧孺一贯反战，认为唐与吐蕃结盟，不宜违约出兵，文宗也采纳了他的意见。其实，吐蕃已经违背盟约攻唐在先，大唐可不受盟约约束，后来文宗对这个决定后悔了，看牛僧孺也越发不顺眼。于是，牛僧孺便主动请辞，改出任淮南节度使，来了扬州。自他到扬州后，郁郁寡欢，知己寥寥，于是写信让杜牧来扬州，希望能与其共饮一浇胸中块垒。

眼看天色近晚，杜牧迟迟未到。时近酉时，扬州城大雨倾盆。

"我们到酒肆等吧。"牛僧孺说。

风雨飘摇中，牛僧孺乘车到酒肆。胡姬酒肆里宾客满座，客人们的兴致丝毫没有受到大雨的影响。牛僧孺径直来到二楼雅座，望着窗外的大雨，雨中一青一白的酒旗呼呼作响，他盯着酒旗出了神，期盼杜牧早点出现。

“客官，上菜吗？”酒博士问。

“不急。”牛僧孺道，眼神一直停留在窗外。

此时，门开了，来人正是杜牧。他半身湿透，略显狼狈，手里拎着一只篮子，篮子里居然是个孩子。

牛僧孺惊道：“牧之，这是你孩子吗？下这么大雨还把孩子带来做甚，也不怕孩子着凉？”

篮子里的婴孩正熟睡着，粉扑扑的脸蛋带着笑意，似乎在做着美美的梦。篮子的把手上系着一块玉佩，十分引人注目，再不识货的人都能看出它价值不菲。

杜牧顾不上回答，放下篮子，快步冲到桌前，拿起一杯热茶咕咚灌了几口，道：“这个天啊，又是风又是雨的，冻死了。”

“慢点喝，不着急，先换身干爽的衣服。”牛僧孺对身边的侍从吩咐道，“把准备好的那几件干衣服拿来！”

杜牧接过衣服，解释道：“这不是我的孩子。”

“啊？”

“说来话长了……”

原来，杜牧从长安南下，一路辗转到了真州界内。连日暴雨，真州河水倒灌，马车的半个车轮已被大水淹没。杜牧撩开车帘查看路况，却愕然发现不远处的水面上有只乌篷船，东摇西晃，仿佛随时都会被大水倾覆。

那船中不见船夫的身影，被波涛肆意地推来撞去。杜牧耳尖，听见船里面有人的声响，也不知是哭声还是救命声。他连忙吩咐车夫：“停车！船里好像有人，快救人！”

杜牧吞了几口酒暖和身子，接着卷起裤腿跳入水中，水冰冷刺骨，他被激得打了一个寒战，转头对车夫喊道：“快把竹竿递给我，帮着扶稳我，我去够那条船！”

杜牧踏着水向前，奋力伸出竹竿，钩了好几下，终于钩住船，他奋力将船拉近。杜牧一个读书人，这么几下已经累得气喘吁吁，他有些狼狈地爬上船，船里只有一个幼儿躺在竹篮子里啼哭着，没有别人。

那孩子手脚乱舞，正大声哭着，见来了人，不哭了，瞪大眼睛望着杜牧。杜牧仔细检查孩子，好在并无大碍，只有肚子咕咕响了两声，看样子是饿了。杜牧把孩子带上车，继续赶路。

“这小孩也不知是被遗弃了，还是因大水和家人冲散。”杜牧又喝了口茶，“没有办法，我也只能先将她带在身边。”

“所以不清楚这孩子是谁家的？”牛僧孺问，望着那熟睡的孩子，眼神中有些怜悯。

杜牧摇摇头，叹气道：“唯一的信物只有篮子上系着的这块玉佩，这玉看着不俗，说不定是她父母留下的。”

“是个小子还是丫头？”

“是个丫头。”

“可怜的孩子。”牛僧孺也跟着叹了口气，“这孩子命这么苦，我看就给她起名叫苦根吧。”

杜牧嘴里的茶差点儿喷出来，连忙说：“那个，我已经给她起了名字，她篮子上的这块玉佩形似明月，所以我就给她起名晓月。”

“说笑而已，还是这个名字好。”牛僧孺点头笑道，见那婴孩迷迷糊糊睁开了眼睛，举起筷子夹了一块羊肉，婴孩看也不看，又闭上眼睛继续睡了。

“孩子太小，可吃不了肉。”杜牧笑着说，“博士，拿一碗粥来，要煮烂些，加些羊奶。”

“多亏了牧之，这孩子才捡回一命，好在现在已经安然无恙。”牛僧孺转向杜牧，举起酒杯说，“想必牧之折腾一路也累了，我先敬牧之一杯，为你接风洗尘！”

“这酒不错，是什么酒？”杜牧也不再喝茶，换了酒杯，并贴近鼻子嗅了嗅。

“这可是胡人最出名的美酒‘三勒浆’，这家酒肆的招牌！”牛僧孺笑道。

“有酒无乐不成席吧？”杜牧也笑了。

“对，对，光顾着聊孩子的事儿，忘了胡姬的表演了。博士，快请出你们的头牌——西域芝兰。”牛僧孺招呼酒博士。

很快，西域芝兰怀抱一把琵琶款款而来。她头戴白色纱巾，身着黄色对襟短衫，一袭红色长裙曳地。芝兰肤白如玉，眉黛如画，俊美无比。施完礼，她柔声道："我为各位官人弹奏一曲《敦煌》，献丑了。"

"哪里，能听闻芝兰的演奏可是大饱耳福之事啊！"牛僧孺转向杜牧笑道，"牧之，扬州乃人文荟萃繁华之地，最适合你这风流才子，到了这儿可就不想走了！"

"牛兄说笑了。"杜牧笑道。

芝兰轻拨琵琶，琵琶声将人引向了遥远的地方，让人联想到西域那高峻的山脉、碧蓝的湖泊和丰茂的草原与牧场……

一曲作罢，满堂的客人纷纷鼓掌叫好，就连屋外都不知何时多出了几个人，芝兰起身道谢。

"牧之，听说你琴艺了得，不妨和芝兰姑娘合奏一曲，如何？"牛僧孺问道。

"雕虫小技，岂敢献丑，但牛兄既然有此雅兴，那就恭敬不如从命了。"杜牧也不推辞。

酒博士从屋后搬出一架琴，杜牧一看甚为惊讶。此琴用金丝楠木制成，此种材料用来做琴极其罕见，琴弦张弛有度，是顶级的蚕丝做的。

杜牧赞叹道："扬州果然是富庶之地，一家酒肆里都藏有如此非比寻常之琴。"

和着芝兰的音律，杜牧抚琴伴奏。杜牧左手轻按，右手拨弦，琴音时而细腻含蓄，时而深沉浑厚。

令人称奇的是，篮子里的晓月听到琴声竟坐起来，睁大眼睛望向弹琴的杜牧，应和着琴音点头，口中发出轻轻的呓语，好像对琴音很着迷。

"看看这丫头。"牛僧孺用胳膊捅了捅身旁的侍从，轻声道，"好像能听懂牧之的琴音呢。"

"这丫头能听懂我的琴音？还真是有趣。"杜牧也注意到了晓月的反应，他不由得停下弹奏，惊奇地望着孩子。

牛僧孺和杜牧见此丫头有如此灵性，都喜爱有加。

杜牧问："晓月既与我有如此缘分，我就将她收为女儿，牛兄觉得如何？"

"哎呀，竟被牧之给抢了先，若不是牧之先开口，我都有此意，不过我年纪太大了，想来还是牧之收养她比较好。善哉善哉！她与你有如此缘分，也是美事一桩。”牛僧孺点点头，俯身对着晓月说道，“丫头，牧之可是学富五车的大才子，能做他的女儿可不知是哪儿修来的福分，怎么样，还不赶快答应？”

晓月似懂非懂，粉嫩的小脸绽开笑容，朝着杜牧伸出手抓呀抓，嘴里嗷呜嗷呜，似乎是要抱抱。

杜牧看这孩子生得粉妆玉琢，越发觉得乖巧可爱，便伸手轻轻托起她来。晓月的小脑袋紧靠在杜牧的怀里，咯咯地笑了。一股暖意洋溢在杜牧的心间。

“她这就是答应了。”牛僧孺笑着拱手说，“恭喜牧之，喜添千金啊！”

窗外的雨声停了，酒肆里人们的欢笑声显得更加热烈。墙院里，月亮的清辉透过婆娑的琼花树枝丫，在青石板地上的一汪汪积雨中洒下片片碎银。

三　离别长安

公元842年，唐会昌二年，长安，杜牧府邸。

杜牧心绪烦乱，好几天都没心思写诗了，坐在屋里干喝茶。

一朝天子一朝臣，当朝宰相李德裕很受器重。杜牧和李德裕两家本是世交，怎奈杜牧为人不拘小节，和李德裕互相看不惯，和牛僧孺反倒更合得来，所以被李德裕认定是牛党。

朝廷已经下令，不久后杜牧就要外放去做黄州刺史了，这无疑是贬谪。黄州屡遭兵燹，官不曾安位，民不得聊生，是个地地道道的废郡，素来被京官视为外放逐臣的鄙陋州郡。

听到厅外传来女儿和丫鬟们的嬉笑打闹声，杜牧抿紧的嘴角才松了下来，露出笑意。女儿杜晓月，是他平日烦闷时最大的宽慰。晓月聪明伶俐，很是讨喜，一天天长大，出落得越发俊俏可爱。杜牧常想一定是前世积德，才与这孩子有如此缘分，哪里是自己救了她，分明就是这孩子今生来报恩，给自己带来欢乐的吧。

“去哪为官不是为百姓造福？去那偏僻的地方反倒更能兴利除弊、教化人心。”杜牧这样想着，去黄州对他而言并非打击，唯一放心不下的是女儿晓月，想到这儿，他的眉头又皱起来。

“丫头这些年跟着我四处颠簸，受了不少罪，好不容易在长安安顿下来，现在又要……”杜牧细长的手指摩挲着白瓷茶杯，自言自语，“我吃苦倒也罢了，丫头去黄州那荒僻之地怎么受得了。”

晓月的笑声很好听，清越空灵，就像琴的泛音，从院子里飘进来，飘进杜牧的心里，杜牧陷入了回忆，那时晓月还小……

“阿爷，该教我弹琴了！”晓月的声音将杜牧的思绪拉回现实，她正期待地望着杜牧，眼睛笑成了月牙。

杜牧记忆中的晓月还是个幼儿，而眼前的晓月已经长到自己的肩膀高了。她自小对诗文没有太多兴趣，对音律却极其痴迷。杜牧公务繁忙，晓月经常吵着闹着要他教琴，为此杜牧还教训过她，那是他对晓月为数不多的几次动怒。想到马上又要带晓月去黄州受苦，心里对她多了几分愧疚。

“阿爷已经把会的都教给你了，也不知还能再教些什么。”杜牧说的是实话。

琴于杜牧，只是爱好之一，虽然琴艺高于常人，但平日案牍劳形，闲暇时又喜诗文，哪有那么多时间钻研琴技。再加上晓月天资聪颖，学得特别快，如今是真的没什么可教的了。

“主人，扬州来了封信，是广陵琴派陆掌门。”正在杜牧犯愁时，管家进来递了一封信。

“广陵琴派陆掌门？”杜牧接过信，有些惊喜，“难道是陆奇？他当掌门了？”

陆奇是杜牧十年前在扬州结交的挚友。当时杜牧是名动天下的大才子，喜好交友，与琴界也多有往来。广陵琴派弟子陆奇弘毅宽厚、古道热肠，与杜牧最是意气相投。

杜牧连忙拆开信，激动得手都有些发抖。纸上字迹工整浑厚，力透纸背，信中说道：

牧之钧鉴：

自兄别广陵，当无恙，甚念！与兄一别，扬州城再无知音，终日与日同起，与月同卧，操琴亦乏然无味，任青烟袅袅，空对香茗。今弟业已掌广陵琴派，谢客纳徒，定心研习，自觉琴技提升，亦颇有心得。然居广陵一隅，感高处难觅，梦萦当年雅集，与四海大家切磋，其景挥之不去。盼兄再下扬州，诗琴相和，重现昔日盛景，亦可与君同醉。

盼复。陆奇叩首。

“去扬州……”杜牧沉吟思索了片刻，转眼间喜上眉梢，“这扬州城本就是晓月的故乡，如果可以去扬州，何必跟着我去黄州受苦呢？若能将晓月托付给陆掌门，丫头还能继续钻研琴艺，岂不美哉？”

虽然萌生了这个想法，但看着眼前天真烂漫的晓月，杜牧哪里舍得和女儿分开，心中滋味有些复杂。杜牧犹豫了一下，还是将自己要去黄州的事细细与晓月说了。

“我不去什么扬州！我要和阿爷一起去黄州！”晓月没等杜牧说完，就哭着抱紧了他。

“傻丫头，你不是最爱学琴吗？广陵琴派可是琴界中人向往的圣地，有机会去那儿学琴是多少人羡慕的，你可别犯傻啊！”杜牧轻拍着晓月的后背轻声安抚道。

听了这话，晓月的情绪更加激动，说：“我不要学琴，不要去什么扬州，我只要一直待在阿爷身边就够了！”

“傻丫头，别说傻话了，你怎么可能一直待在阿爷身边呢？迟早有一天，你是要嫁人的呀。”说到这里，杜牧的情绪也有些难以抑制了，努力控制着声音不颤抖。

“我将来不要嫁人，就要一辈子在阿爷身边服侍。以后晓月再也不调皮，不哭闹，阿爷说什么都照做。”说着说着，晓月呜咽起来，“晓月以后一定好好背诗，只求阿爷不要和晓月分开！”

晓月虽然嘴上这样说，但她心里明白这是阿爷的一番苦心，也许这已是最好的安排，只是突然间就要面对离别，一时难以接受。

“我知道阿爷是为晓月好。其实我也很想去学琴，只是……”杜晓月用袖角抹了下眼泪，小声说道，“阿爷，你可要常写信给我。”

杜牧长叹一口气：“丫头，你也知道阿爷最疼你，也不知道这一分别，再见面是什么时候……”

杜牧最受不了宝贝女儿哭，见此情景更是心疼不已，一时间竟也不确定这决定究竟是否正确。

晓月从小最是善解人意，见到阿爷有些难受，突然收住泪水笑着说：“阿爷你放心，我此去扬州定好好学琴，会让你骄傲的。”

“那阿爷就放心了。我那老友陆奇可是琴界大名鼎鼎的人物，你跟着他学，将来准能成为名家。哦，对了，差点儿忘记……”杜牧突然一拍脑袋，转头吩咐管家王叔，“把我书架最上面的那只紫檀木盒拿来，给晓月。”

管家王叔取来紫檀木盒，晓月接过，沉甸甸的。她打开那木盒，里面黄色锦帕包裹着一块玉佩，白色玉佩只从锦帕里露出了一角，极为剔透明亮。

晓月小心翼翼地打开锦帕，怔住了。那玉佩呈半月形，通透无瑕，隐隐有寒芒，像是用月亮的碎片做成的。玉上刻的镂空图案极其繁复精细，定是世上最顶尖的工匠雕刻的，也不知刻的是什么。

晓月看着玉佩不解其意，问道：“这是什么？”

“这是你的东西，我刚遇到你时这块玉佩就在你身边，你的名字晓月也是因这玉佩形似明月而来。这玉佩价值不菲，在你身边绝对是有原因的，兴许是你亲生父母留下的线索。说来，你也是时候回扬州看看了，带着这块玉佩去吧……”

没等杜牧说完，晓月就放下盒子抱紧他的胳膊，手抓得紧紧的，说：“不！我才不要去找他们，我只要阿爷，我的阿爷可是家喻户晓的大诗人！”

“好，那就不找他们！”杜牧愣了一下，笑着说，“不找他们，不找他们，我就这么一个宝贝丫头，我才舍不得我的宝贝丫头去找他们呢。”

父女二人不再说话，晓月紧紧依偎着杜牧，眼泪控制不住了。

临行前几天，杜牧亲自帮晓月收拾行李，他最了解女儿的喜好，平日晓月喜爱的玩具书籍一样也不能落下，一年四季的衣服都按照顺序叠放好，最后还放了一本自己最新的诗集。

“主人，晓月在扬州的吃穿用度如何安排？”管家王叔提醒道。

杜牧笑着说：“这还不简单，我写几幅字交予陆掌门便是了。取纸笔来！”

杜牧为官刚直清廉，家里并无太多积蓄，但真到用钱时总有办法。杜牧挽袖挥毫写了几幅字，接着又铺开一张纸，提笔写下：“六王毕，四海一；蜀山兀，阿房出。覆压三百余里，隔离天日……”

杜牧的字秀逸圆融，有六朝遗风，写的正是年少时的名作，一时间洛阳纸贵的《阿房宫赋》。作为当世的大才子，杜牧手书的最是价值不菲，可以想见，这将成为扬州城内的富商巨贾们争相抢购收藏的墨宝。

四 晓月回乡

客船摇摇晃晃的，杜晓月将手中的诗集合上放在腿上，向窗外望去。水波不惊，白云倒映，两岸杨柳依依，远处帆影点点。运河很宽，杜晓月望着望着，目光有些失焦，远处的景象在水天一色中慢慢模糊起来。

和阿爷阿娘在长安分别时，似乎还没体会到离别的滋味，坐船坐了这么久，日子都忘了，愁绪才浓重起来。说也奇怪，以前看到就头大的诗集，倒成了杜晓月此行最大的陪伴。

杜牧安排管家和丫鬟蕊儿护送晓月南下，为了晓月一行人的安全，还特意安排了侍卫随客船一路照应。从长安到扬州要行船三十日，经洛阳、汴州、泗州等地。为了晓月不至于舟楫劳顿，杜牧又写了几封文牒，给沿途地段的几位好友打了招呼，安排好杜晓月一行。刚上船时，蕊儿像以前一样和杜晓月斗嘴，但谁知杜晓月上船后就变了个人，也不还嘴了，一路很安静。

杜晓月在心里算着日子，应该今天就能到扬州了，喃喃道："扬州，我的故乡，真会像阿爷诗文里那么让人魂牵梦萦吗？"

"你是在和我说话吗？"蕊儿有些发蒙。

杜晓月没反应，仍呆呆地望着窗外。

自打上船后，杜晓月就没了时间感，日子忽快忽慢。有时候，一个下午比一个月还要漫长，而这一个月的时间又好像一个下午那么短暂，这种感觉晃晃悠悠的，就像坐船一样。

刚才天还亮着，眼下夕阳西下，极望处余晖洒落在蜀冈的山峦间，这条河似乎绵延到无尽的远方，直到与天边夜幕失去界线。

就在杜晓月发愣时，客船的长官敲门进来了，道："前面就到东关渡了！"

管家王叔立即开始收拾行李，杜晓月回过神，把诗集装进书箱。

她走到船头，深吸一口气。远处的城市是一片翠绿，岸边柳荫延绵，其间有几点红色，是盛开的桃花。

随着客船临近渡口，喧闹的声音也靠近了，杜晓月的心也随之雀跃起来。

蕊儿高声欢呼道："到了，到了！"

岸上立着一个大大的牌坊，气势恢宏，上书"东关渡"三个大字。渡口前，船上人声鼎沸，水面船只林立。渡口处按客船和商船分别设置了停靠点，杂役忙着指挥南北两路船只分列两边，依次停靠码头。

码头来往的很多是货船，这些船上堆满了锦、镜、铜器、木器、海味等。扬州是全国水陆交通的枢纽，南北货物最大的集散地，这里云集了四方商贾，转运各式各样的物产。

排在杜晓月客船前边的是一艘货船，水位吃得很深，里面装的是色彩艳丽的丝织品，锦、绫、纻……满满当当。

"芽儿哟，还要等好久嘛！前面在搞锤子，要把老子等得急死！"那货船上人说的是蜀地方言。

"'蜀船红锦重，越橐水沈堆。'还真是如此啊。"杜晓月见此繁盛景象，想起了阿爷的那句诗。

"广陵派掌门陆奇应该已经在码头等着了。"管家王叔的话打断了杜晓月的思绪，他说，"可以准备下船了。"

好在今天客船的队伍不算太长，很快杜晓月一行就上了岸。走陆路的高邮官驿早已把杜晓月一行抵达的时间告知陆奇，陆奇也提前安排好接应事宜，准时在此等候。

陆奇笑着迎上来，满面春风。他穿着青色长衫，相貌堂堂，长长的胡须显得很有派头。管家和陆奇一阵寒暄。

"晓月都这么高了？还认识我吗？你小的时候我还抱过你呢。"陆奇笑着说，很是亲切。

杜晓月见这陆先生的气度和阿爷有些相似，看着值得信赖，安心不少，道："陆先生好！我从小便常听阿爷提及您，说您是他在扬州最好的朋友，最是意气相投。以后有劳您多多关照了。"

“那么晓月就托付给陆先生了。”管家也客套道。

“放心，牧之的女儿就和我自己的女儿一样，我一定会把晓月照顾好。”陆奇郑重地说。

管家王叔望向杜晓月说：“晓月，王叔只能送你到这儿了，以后在扬州照顾好自己。我也没什么好送你的，这些银两是我的一点心意，收下吧，在扬州别亏待自己，想吃啥就吃啥。”临别时刻，管家王叔的声音也有些颤抖。

“这也太多了，我怎么能要？”杜晓月望着银两，有些惊讶，这些足有管家王叔一年的薪水。

管家王叔执意要给她，杜晓月实在推辞不过，眼睛湿润了，说道：“王叔，我会想你的！”

一旁的蕊儿一直不吭声，眼里噙着泪，鼻头微红。杜晓月看着她，心里也有点伤感，笑着说：“有什么好伤心的，以后就没人和你吵嘴了。”

听了这话，蕊儿一下子哭出来，抓住杜晓月手说：“小娘子，虽然我们老斗嘴，但我心里一直把你当成我最好的朋友。以后一个人的时候别怕寂寞，要记得，我还惦记着你呢。”

陆奇特地安排了两辆马车，一辆是粉色装饰的舆车，一辆是拉行李的平板车。杜晓月看到拉车的是蒙古马，比家里的马矮不少。

杜晓月乘着车远去，远处的管家王叔和丫鬟蕊儿还站在原处望着她，他们在挥手作别。和阿爷分别之后，心里本就空落落的，此刻又要和他们分别，杜晓月感觉心里又少了些什么。

车行至东关街。东关街位于城东的中心。整条街呈鱼骨状，这里商铺林立，酒肆颇多，正可谓大道衔杯，一市酒垆。

“这里到处美酒飘香，阿爷最爱吃酒，怪不得他那么喜欢扬州。”杜晓月说。

“那可不，以前牧之常与我来这儿。”陆奇笑着说。

虽然幼时杜晓月曾随阿爷来过这里，但此时记忆早已模糊。

车行到大市，这是扬州最热闹的地方。杜晓月早就听说过扬州的繁华，但此时望向车外，还是被震撼到了。这里各种行肆一应俱全，从铜器店、漆器店、瓷器店到珠宝饰品店、乐器行、布店、粮铺等应有尽有。

这一路车水马龙，有形形色色的人，热闹至极。林立的酒肆外面酒博士在招揽着客人，衣着华丽的娘子在香粉铺、布料庄里挑选着，还有波斯商人正用不标准的唐话高声叫卖着各种玛瑙宝石和珍贵药材。

天色渐暗，扬州城街市上却更加喧嚣起来。九里三十步的长街里，到处人声鼎沸，楼台上挂着数万盏绛纱灯，远远望去不计其数，万千灯光把天空的云也照成了绯色，简直比白天还要亮。

“扬州分为罗城和子城。子城是扬州官署的集中地，在蜀冈之上。罗城也叫大城，在蜀冈下，是百姓和商贩们居住的地方。”陆奇热心地讲解道。

“街垂千步柳，霞映两重城。”杜晓月又想起了阿爷的一句诗。

罗城中街道与水道交错，碧水绕护，花树掩映，有座座楼台隐约其中。河水清浅，像一面明镜，映照出天空皎洁的明月和夜市罗布的灯火，映出了岸边水阁上曼妙的女子凭栏吹着玉箫的身影。

杜晓月从小就背杜牧那些描写扬州的诗，但都是应付差事，直到此时才对诗中的意境有了些领悟：“这要是在烟雨朦胧中就一定更美了，如若再来点烟雾，简直像是仙境一般。”

“扬州城由六条南北大街、十几条东西大路构成交通网络。南北向的官河穿城而过，官河以东为江阳县属，官河以西为江都县属。扬州城到了晚上才最是漂亮，到处是水、是桥、是树、是花……”陆奇继续讲道。

杜晓月坐在车上，看得目眩神迷，不禁感叹这扬州城的繁华不逊于长安，幼时印象模糊，此刻亲眼所见后才能明白阿爷及那么多文人才子为何会如此迷恋这里。

远处一酒肆前，一群嬉笑的年轻人簇拥着一个醉酒的美丽女子，女子跌跌撞撞，跌落桥下，众人反倒一齐哄笑起来，更开心了。

“哎呀不好，前面有人落水了！”杜晓月惊呼道。

“放心，这里水浅，没事的。”陆奇似乎并不着急。

果然，不一会儿人群中的几个小伙子就跳入水中，把人扶了上来。

就在此刻，一曲缥缈的琴声宛若仙乐，从街角一座高耸的碧瓦朱楼里传来。杜晓月整个心神都被琴声攫住，心间荡漾起来，忍不住赞叹道：“是琴声，这《流水》弹得可真好！”

“不错了，在业余里算是高手。”陆奇笑道。

"这还只是业余？比我不知高到哪里去了，我觉得弹得比我阿爷都要好。"杜晓月有些惊奇。

"你要超过此人不难，在广陵琴派学上数月时间足矣。"陆奇说着望了眼天色，问，"晓月饿了吧？我们先去吃点东西。"

杜晓月应允，陆奇把马车停在一家雕栏玉砌的酒楼旁。

酒楼门口旌旗招展，金碧辉煌的牌匾上写着"惜余春"三个大字，里面灯火通明。杜晓月望去，只见宽敞的大厅里，侍女们蛮腰袅娜，井然有序地来回穿梭，手上托着的翠釜中盛着紫驼峰，举过头顶的水晶盘中是鱼脍等各种美味佳肴；还有杂戏歌舞表演，有在盘子上跳舞的，有爬旗杆玩吊索的，有玩走钢丝的。

"不会在这吃吧？看着就很贵的样子，果然是阿爷的故交，陆先生也太大方了！"杜晓月闻着里面飘来的菜肴香气，不争气地吞了下口水。

陆奇领着她走到门口，杜晓月刚要迈步往里进，陆奇却突然一个转身向左边拐去，杜晓月差点儿一个踉跄，有些尴尬地小声嘟囔："不是这儿啊？"

他们绕过这家酒楼，七拐八绕，离热闹的主街越走越远，人也越来越少。沿着狭长的巷子走了好久，陆奇才终于停了下来，说："到了，这儿不好停车，所以刚刚把车停在酒楼那边。"

杜晓月四下张望，心里疑惑起来。这里没看到什么酒肆，只有前面一个简陋得像是民居的屋子门口排着长长的队伍。

"就是那。"陆奇指着前方说。

"就这里？"杜晓月见这地方简陋，难免有些失望。

"可别小瞧这里，这吴大娘蒸饼铺可是远近闻名，没有吃过都不算来过扬州！"陆奇笑道。

"没错，这儿的蒸饼可出名了，以物美价廉著称！"旁边不知哪来的路人插嘴说。

"物美价廉？"杜晓月心里有些打鼓，早就听说扬州美食天下闻名，再加上自己一路颠簸，已是饥肠辘辘，却没想到来扬州的第一顿饭会吃得这么简单，心里暗自嘀咕，"陆先生也太抠门了吧。"

陆奇见杜晓月不说话，拍拍胸脯说："我知道你在想什么！别以为我抠门，我请你吃这个，完全是因为这里是扬州必吃店铺之一，这可是'网红店'哦！"

"'网红店'是什么意思?"杜晓月问。

"最开始，这家店是因为受渔夫欢迎而出名的。渔夫们出去捕鱼，常常十天半个月住在船上。蒸饼便于携带保存，他们出船时都喜欢买上一堆蒸饼装在渔网里带走。由于渔夫们经常带着渔网在店外面排队，加上这店的生意太过红火，所以人们就叫它'网红店'。"陆奇说。

店门口摆着一个长长的木桌，后厨的伙计从店里走出来，把手里捧着的几摞蒸笼放到桌上，再把空蒸笼抱走。吴大娘掀开了新出炉的蒸笼，蒸饼的清香伴着热气扑面而来。一时间，队伍涌动起来，人们闻到香味都把持不住了。杜晓月注意到，队伍里面果然有不少渔夫打扮的人背着网兜，此外还有不少衣着华丽的人，杜晓月更觉得稀奇。

陆奇接着说："后来因为一件事让这家店更红火了。扬州城里的大财主崔东风先生得了怪病，吃什么东西都没味道，下人为他寻遍了山珍海味都没用。后来他无意间见到仆人在吃吴大娘蒸饼，好奇地尝了一口，只一口他就哭了出来。"

"哭了出来?"

"没错。他自幼家贫，后来不断打拼，成了扬州著名的富商。他吃过天下所有的山珍海味，有一天突然觉得什么都没了滋味。而这一口普普通通的白面蒸饼，让他想起了小时候过年时母亲给他做的蒸饼，找回了当年的感觉，从此他的怪病就好了。因为这件事，吴大娘蒸饼铺在扬州就更火了，不少富家子弟都争相要来买。"

听陆奇说完，杜晓月稍稍打消了疑虑，看来这蒸饼铺还真有些传奇，道："陆先生可真会选地方，我险些误解了您。"

"得了吧!"队伍前面一个人转过头来说，"你可千万别相信他，他陆奇就是因为抠门才来这儿的!"

"陆先生，这位是?"杜晓月问。

陆奇摇了摇头说："我不认识这位先生。"

那人笑着说："陆先生虽不认得我，但扬州城可没有几个人不认得陆先生!"

陆奇听了这话，腰杆微微挺直，捋着胡须显得有些自得。

杜晓月心中暗暗称奇："没想到陆先生在扬州这么出名。"

"陆奇先生的抠门在扬州可是出了名的!最出名的一件事还得说是当年他成

亲办酒。办酒宴前不久，他突然说自己生了怪病，不能闻到肉味，否则就要呕吐晕倒，所以婚宴上所有菜都是素的。婚后不久，这怪病竟莫名其妙地好了，你说是不是怪事？”那人笑望着陆奇，似有讥讽之意。

陆奇面露羞赧，也不解释。杜晓月有些无语，没想到陆先生居然是因为抠门而出的名。

终于排到了杜晓月，吴大娘见她有些面生，便问：“是陆先生来了啊。这位小娘子模样俊俏，还是头一次见，是谁家的啊？”

“这是杜晓月，杜牧的女儿，今天刚回扬州。”陆奇说。

“原来是杜先生的女儿啊，居然都这么大了。当年杜先生领你来过的，你肯定都不记得了。快看看想吃什么，这一次，吴大娘请客！”吴大娘笑着说，见到杜晓月分外亲切。

杜晓月听到这话暗自揣度：“陆先生抠门的程度可真是超乎想象。他一定是料到吴大娘为人豪爽，听说我是杜牧的女儿，念及和阿爷的情分，一定会请客，所以他才带我来这儿，真是抠到极致。不行，我偏不能白饶了他。”

想到这儿，她连忙摆手说：“大娘的美意晓月心领了，只是这次不能让大娘破费，否则就太不给陆先生面子了！今日晓月初到扬州，陆先生答应要为我接风洗尘，请我吃饭，吴大娘请客岂不是驳了陆先生的美意？”

“是啊，说好这第一顿饭是我请晓月吃的……”陆奇面露难色，尴尬地挤出笑容。

吴大娘看出了杜晓月的心思，道：“晓月，别人不了解陆先生，我是真的了解他。你可千万别以为他是吝啬之人，他是最大方的。只是，自从接任广陵琴派的掌门之位后，他平日省吃俭用把全部的银子都用在广陵琴派上了。如今这广陵琴坊看着这么气派，里面大半的屋子都是陆先生自掏腰包维护着呢！”

“嗐，跟孩子说这些干什么……”陆奇说。

杜晓月这才恍然大悟，心道：“原来是这样，我也记得阿爷提及过陆先生为人豪爽，常常仗义疏财。”此时，她对陆先生心生敬意，他为广陵琴派付出这么多，甚至不惜背了个“抠门”的名声，自己还对他有误解，真是惭愧。

“先点菜吧，最近是烟花三月，旅游旺季，生意忙。以后得空时多来找大娘玩啊。”吴大娘笑道。

杜晓月也怕耽误了后面的客人，望着菜牌点菜道："嗯。我要两份桂花糖饼，两份羊肉饼，两份……"

听杜晓月点了好几份还没完，陆奇有些冒汗，手悄悄揣进口袋摸了摸里面的铜板。

"好了，就这些！"杜晓月话音一落，陆奇算是松了口气。付完钱后，吴大娘麻利地用油纸打包好蒸饼递给他们。

二人转身刚要走，身后一道炸雷般的声音响起："站住！"

杜晓月吓得一个激灵。只见一个恶汉拦住了去路，他身材魁梧得像座小山，满脸横肉，眉间一道刀疤，露出不怀好意的笑容，模样很是凶悍。

五　第一琴店

“我懒得排队，你这蒸饼卖给我！”那恶汉说着便伸手要去夺杜晓月手里的蒸饼。

杜晓月向后一跳躲开，把蒸饼抱紧在怀里，道：“不卖！我们也是排了好半天队才买到的。怎么光天化日还要明抢吗？”

“不卖？不卖我打断你的狗腿！”恶汉喝道，“一个臭丫头还敢这么放肆？知不知道，我是王家的人！”

陆奇用身子护住杜晓月，却被恶汉一把推开。很快，恶汉就从杜晓月怀里夺过蒸饼，随手往地上扔了几个铜钱，转身就走。

他没走出几步，右肩却被人用手搭住了，那人道：“慢着。”

“谁要找死？”恶汉愤怒地转过身子。

是一个瘦弱的黑衣少年，他身着便于活动的黑色缺胯袍，戴着斗笠，夜色中看不清面目。在小山一样的恶汉面前，少年像一把黑剑矗立着。

“把蒸饼放下，给人道歉。”少年的声音冷冷的。

“臭小子，少管闲事！”恶汉指着少年的鼻子骂道。

恶汉的手指已经顶到了少年的眉心，但少年纹丝不动，连眼睛都没眨一下。

“想要蒸饼，去后面乖乖排队。”那少年压低了斗笠道。

“听你口音不是本地的，不认识我也不怪你！”那恶汉气焰嚣张，“你可以去打听打听，我是王家的人。你若知道我们王家的势力，早就吓得屁滚尿流了。滚一边去。”

“我最后一次警告你——”少年低声说，“把蒸饼还回去！”

“就凭你还警告我？哈哈哈哈……”恶汉猖狂地大笑起来。

“一个仆人都这么嚣张，这王家真是无法无天了。看来，我今天必须惩治你一番。”面色冷峻的少年冷笑一下，说话时扭了扭手腕，抻了抻脖子，“是时候活动活动筋骨了。”

“哎哟！”众人还没看清是怎么回事，刹那间，恶汉就已经摔倒在地。恶汉在半空中才意识到，自己是被那少年扫了一脚。

“臭小子，不讲武德，偷袭我，看我怎么教训你！”恶汉狼狈地爬起来，怒火中烧，向少年猛扑过去，对准少年的肚子奋力使出一拳。

少年一个瞬步，闪到恶汉的侧面，恶汉扑了个空。少年顺势在他后背一点，恶汉又重重地砸在地上。恶汉摔倒在地，踉跄着站起来，怒喘着粗气，脸上青筋暴起，像头被彻底激怒的公牛。

“臭小子，你有种别跑！”恶汉话音未落，少年脚步腾挪，已经到他身后绞住他的双臂。恶汉想要挣扎，却挣脱不开。

那一瞬间，嚣张的恶汉才感到一种无比强大的恐惧压迫而来，这瘦弱的少年怎么会有这么大的力气。

少年只稍微用力一掰，那恶汉就吃痛大喊：“哎，哎，疼疼疼！松手，松手！”

“怎么样，还嚣张吗？”少年手上又一用劲儿，问。

“啊！啊！啊……”恶汉的叫声越发凄惨，像是待宰杀的猪的叫声。

渐渐地，恶汉喊叫得没了力气，身子像团化了的铁瘫软下来。

“少侠，饶了我吧，我再也不敢了，求求你了……您大人不记小人过，饶了我吧……”恶汉哭喊着求饶，再也没有刚才的嚣张。

黑衣少年松开手，恶汉扑通一声，瘫倒在地，重重地喘着粗气，好半天动弹不得。

“还不快滚！”少年朝他肚子上踢了一脚。

恶汉狼狈不堪地爬了起来，跌跌撞撞跑到远处，似乎缓了口气，回头朝这边啐了一口，道：“哼，臭小子！本大爷记住你了，得罪了我们王家，你算是完了！”

恶汉撂完狠话，那少年只冷笑着瞥了他一眼。恶汉被少年的眼神吓得浑身一抖，那种“被支配的恐惧”又蔓延开来，连滚带爬一溜烟儿跑没影了。

围观的路人见少年出手教训王家的人，一直都噤若寒蝉，见那恶汉跑远了，才有人好心地劝道："公子，你得罪了王家的人，可算是碰到硬茬儿了，要想保命，快抓紧时间离开扬州吧。"

"他们要敢来找麻烦，就让他们来吧，来一个我打一个，看看谁的拳头硬。"少年丝毫没有惧意，但也没了买蒸饼的兴致，转身走了。

陆奇对杜晓月嘱咐道："这个少年了不起。晓月，刚才你那样还是太危险了，王家在扬州横行霸道，势力很大，以后遇到了，不到万不得已，千万不要得罪他们。"

看陆奇如此郑重，晓月连忙点头应允。看热闹的人渐渐散去，二人回到马车，陆奇想起正事，问："琴乃琴师的良师益友，钻研琴艺离不开一把好琴。晓月，你既要学琴，琴可准备好了？"

"我从小用的是杜家祖传的琴。"杜晓月说罢取出自己的琴，是一把再朴素不过的琴，装饰也很简单，看得出岁月的痕迹。

陆奇摇了摇头说："这琴看着不错，不过，你若想有所成就，最好再去觅得一把更好的琴。走，我带你去琴店看看。"

二人坐车驶过几条街就到了。这琴店坐落在大市正中，素墙灰瓦，牌匾上写着"第一琴店"。与这夸张的店铺名字相比，门面显得十分狭小简陋，门口甚至只能容一人走过。

"口气这么大，居然敢称第一，怎么看起来破破烂烂的，吹牛吹得也太离谱了。"杜晓月心里暗自嘀咕。

二人依次走进门，屋子里更加狭小昏暗，墙上挂着几把很普通的琴，正前方弯月形的柜台上点着一支蜡烛，也不见伙计。

借着微弱的烛光，依稀可以看到柜台上摊着一本账簿，上面蒙着一层灰尘，看样子很少有人光顾。杜晓月觉得这里面有些局促，闷得慌。

"这里能有什么好琴吗？"杜晓月问。难不成陆先生又是为了省钱才带自己来这里的？

陆奇却说："放心，这里准没错。"

"第一大师，第一大师，有人来买琴了！"陆奇摇了摇挂在柜台旁的铜铃，朝屋后大声喊道。

屋里没有动静。陆奇又喊了几声，依然一片安静。陆奇有些纳闷儿地说：“难道大师不在家？”

“怪不得叫第一琴店，原来是因为这主人姓第一啊。”杜晓月笑道。

“不不不，这第一琴店可称得上是名副其实的天下第一。”陆奇面色严肃地说，自打他进来后就没笑过，像是敬畏这里的什么。

陆奇喊了好半天，屋子里始终没人应答。杜晓月在这待得难受，说：“看样子没有人在。这里实在憋得慌，陆先生，我们走吧。”

杜晓月话音刚落，门后传来一阵窸窸窣窣的声响，是有人在走动，接着传来一串咳嗽的声音。

“嘘，他来了，别乱说话。”陆奇说完整了整衣襟，表情更加严肃。

一位老者从屋后晃晃悠悠地踱步出来，不紧不慢，打着哈欠，伸着懒腰，只用余光瞥了下二人，脸色很不好看，瓮声瓮气地说：“是何人打扰老夫歇息？”

“第一大师，在下广陵琴派掌门陆奇，来替徒弟讨一把琴。”陆奇说完努力挤出一丝笑容，额头渗出了几滴汗珠。

“就是这黄毛丫头要买琴？好办，随便从墙上挑一把便是了。”老人无精打采地说，捂着嘴又打了个哈欠。

“这墙上的琴别处也有。”陆奇笑容变得有些尴尬，小心翼翼地问，“大师您这好琴多得是，可否拿几把给我们开开眼？”

老头儿瞥了眼杜晓月，嘴角耷拉下来，凶巴巴地说：“哼，墙上这些琴配这黄毛丫头绰绰有余！要买只有这些琴！买不买？不买别浪费我时间。”

杜晓月实在忍受不了这个老头儿的古怪脾气，气道：“哪有你这么做生意的，我们来买琴，倒好像欠你钱似的。”

“晓月，不得无礼！”陆奇语气严厉，接着又对老人挤出笑脸说，“大师，孩子小，不懂事，您别和她计较。”

老头儿摆了摆手，表示没把杜晓月的不敬放在心上，沉默片刻，长叹口气说：“如今的人只是把琴当作戏耍的玩物，当成争名逐利的工具，是赚钱的商品。哪有几个真正爱琴惜琴的人，世间都是如此对琴的人，我这琴店也越发开不下去了，你们随便挑一把琴又有何妨？”

“你我素不相识，怎知我不爱琴？我乃杜牧之女，书香门第，自幼习琴，怎会不爱琴？”杜晓月有些愠怒。

老人笑了一声，道：“我管你阿爷是谁。即便是当今圣上，若是没有爱琴之心，要杀要剐，我也不会把琴给他！”

“我当然有爱琴之心！”杜晓月辩驳道。

听了这话，老人弯下身子，双眼直勾勾地盯住杜晓月，像审视犯人一样上下打量着。他的眼珠黑得像无底的深井，深邃而浑浊，似乎掉进去就再也出不来了，看得杜晓月心里直发毛。

老头儿盯了许久，终于直起身子，开口道：“此话当真？”

杜晓月并不心虚，用力地点头说：“此话当真！”

老头儿揉着腰说：“也罢也罢，就当你说的是真的。但是你年纪太小，好琴在你手里也浪费了，过几年再来吧。”

“你这人怎么这么不讲理！”杜晓月气道。她实在受够了，说话时不禁挥舞起拳头。

抬手的瞬间，晓月腰间挂着的月形玉佩晃动了下，吸引了老头儿的目光。他盯着玉佩望了好一会儿，骤然间瞳孔收紧，不敢置信地揉了揉眼睛，倒吸一口气，神色严峻，问道：“这块玉佩怎么会在你身上？从何而来？”

“哼，我就不告诉你，气不气？”杜晓月使坏道，“谁让你不卖我琴。”

“刚才是老夫怠慢了，在此给小娘子赔罪。”老人拱手赔礼，道，“老夫姓第一名诺，字天诺。开这家店不为卖琴，只是为琴寻得有缘人而已，所以对来者都有些苛刻，恕老夫无礼了。”

“哼。”杜晓月扭头不理。

“不知这块玉佩怎么会到你手里，我听说那……算了，既然为你所有，务必仔细收好，小心保管。”说话时，老人的目光仍然没有离开玉佩。

杜晓月听老头儿似乎知道这块玉佩的来历，虽好奇想问，却因为赌气不想和他说话。

“琴师择良琴，良琴亦择琴师。琴是有生命、有灵魂的，越是品质高的好琴越是难以为常人所驾驭。一把稀世名琴若与琴师不和，则在琴师手里难以演奏出水准，反倒不如寻常之琴。”老人语气变得柔和，一改之前傲慢的态度。

杜晓月听了这个说法，只当这老人在说疯话，半信半疑地问：“您是说琴是活物？”

“那是当然！”老人点头说，语气坚定，“境界高的琴师与琴心意相通，自然就能感受到琴魂的存在。算了，跟你说这些，你也不懂……”

老人不再说了，对着桌台吹了口气，灰尘扬起，在场的几个人都咳嗽起来。他又取出一块布将桌子擦净，然后摊开一卷布帛垫在桌上。

“稍等片刻，待老夫取琴来。”说完，他就走回屋内。

趁老人离开的间隙，杜晓月问：“陆先生，这老人所言过于离奇，琴真是活物？真有琴魂的存在吗？”

“此言不虚。外人听着也许觉得荒诞不经，但凡境界登堂入室的琴师都会明白其中道理。”陆奇笑着说，“当琴技炉火纯青时，琴就成了琴师躯体的一部分，人有精魄，在日积月累中，与琴师朝夕相伴的琴也会受其感化，琴魂乃是琴师所修习的琴道外化的显现。琴魂无法为肉眼所见，但能为心意感知，琴师的心是什么样的，琴魂就会外化为什么样子，有善有恶。琴魂形态各异，有的显现为最普通的日用之物，有的显现为飞禽走兽，有的甚至是这世上无人见过的奇异神兽。”

“那陆先生，您的琴魂是什么样子呢？”杜晓月问。

“是一把玉壶。”陆奇笑道。

杜晓月听得直发蒙，将信将疑地说：“那我怎么没感受到过琴魂的存在？”

“你功力尚浅，但我相信只需假以时日，你会感知到的。”陆奇说。

说话间，老人已经抱着一把琴出来了，他将琴轻轻地置于桌台布帛上。

“老兄弟，麻烦您看看与这孩子有没有缘分吧。”老人轻抚着琴，头也不抬地说，“此琴名为飞泉，连珠式，为西蜀雷氏所斫。此琴用杉木斫，纳音为桐木镶贴而成。此琴温劲通透，纯粹完美，如朝阳初露，纯净安宁。来，你试弹一下。”

此琴是标准的连珠式琴，项腰作连续三个半月形弯入，犹如珠串项链，造型玲珑精巧，“日月如合璧，五星如连珠”。

杜晓月见这琴宝贵，也不敢用力，只是轻轻拨弄了几下。

“不对，不对，这把不对。”杜晓月还没弹几下，老人便摇头说道。

老人紧闭上眼睛，似乎在脑海里努力搜索着，枯瘦的手指轻点着密布皱纹的额头。

“试试那把吧。”他睁开眼睛，把琴抱回去，抱了另一把出来。

“老祖宗，打扰您歇息了，麻烦看看您与这孩子有没有缘分吧！”老人恭敬地对琴说着。杜晓月见他神神叨叨的样子有些吓人，心里发毛。

“此琴名为大圣遗音，伏羲式，精整富丽，色泽艳丽，发音松脆，浑厚古朴。此琴曾是宫廷用物，你看这琴腹内池两侧有朱漆隶书款‘至德丙申’四字，此琴堪称‘鸿宝’。来，你再试试这把。”

伏羲式琴造型古朴浑厚，琴首微圆，颈部有一半月形弯入，因其形制中正大气，为琴人所喜爱，是许多名琴常见的样式。

杜晓月弹奏起来，老人凝神听了一阵，耳朵跟着动了下，迟疑了一阵，摇摇头说：“怎么还是不对。”

如此反复试了不知道多少把琴，老人始终不满意，杜晓月却不知有什么区别，听不出个所以然。

“难道非要拿出那把不成？那把琴可是最难搞的，这么多年来无数人试过，都不行。算了，死马当活马医，试试看吧……”老人念叨着又回去取琴。

老人还没出来，杜晓月就闻到一阵摄人心魄的异香，如一朵幽兰在心中盛开，有些心悸，又有些荡漾，竟不自觉地会心微笑起来。随着那香气越来越近，老人抱着琴走了出来。

老人口中那把“难搞”的琴，材质罕见难以辨别，能看得出年岁久远，但漆面光洁如新。这琴形状看着很古怪，比别的琴扁平些，像是缺了一块。桌台上黄色烛光映在琴上，那烛火的光晕像一朵花安宁地开在琴身上。

虽然这琴造型奇特，但杜晓月见了却有种说不出的亲切，像失散多年的故友重逢，忍不住就伸手去摸。指尖刚触到琴面，杜晓月一个激灵，顷刻间像是坠入了另一个世界，眼前掠过无数画面，心中百感交集。她被惊得猛收回手，世界又霎时安详下来，再望向那琴，那琴静躺着，似乎有无数的故事正要向她诉说。

老人仔细观察着杜晓月，见她愣了半天，提醒道：“怎么了，还不试试？”

杜晓月试着弹奏起来，说也奇怪，顺手极了，琴音倾泻而出。与其说是杜晓月在弹琴，不如说是琴弦在引领着杜晓月的手指。琴音一起，昏暗的屋子不再狭小，变成一片空旷的山野，明月朗照，那琴音就如瀑布倾泻，水流激荡声环绕在这山野间。

一曲已毕，整个屋子似乎还在随着音律隐隐震动，不知何时，门口已经围拢了不少人驻足听琴。此时，晓月心中生起一种奇异的感觉，既祥和又怅惘。

门外的路人恍过神来，纷纷鼓起掌来。

“哈哈哈，太有趣了！这琴竟然选中你了！”老人大喜过望，喜悦中似乎还有些困惑，俯在琴身上耳语，“那么多天赋异禀的奇才都不行，怎么就偏偏选中她了呢？”

“这把琴多少钱？”陆奇问道。

老人的目光流连在琴上，满是不舍，道：“怎能收钱！此琴乃我老友，它等待数十年之久，来过无数天才琴师却都无缘。今日它能选中这个丫头，实在可喜可贺。我为它高兴还来不及，怎么可以收钱？”

“还不快谢第一大师赠琴！”陆奇笑着对杜晓月说。

杜晓月道过谢，心里却更困惑，老人一开始态度那么恶劣，结果却又不收钱，真不知道他这家店要怎么维持下去。

“大师，您还没介绍这把琴呢。”陆奇说。

“不用介绍，关于此琴无须我多言，日后它会慢慢自己说的。”老人摆摆手说，接着细细交代了平日的保养方法。

陆奇和杜晓月再三道谢，离开了琴店。

杜晓月抱着琴，有些兴奋，问道：“陆先生，我明日就可以去广陵琴派学琴了吧？”

“可以了。牧之与我是故交，你学琴之事自然不是问题。”陆奇答道，“只是，你目前只能以旁听的身份学琴。这倒不是我不讲情面，而是各大门派中，广陵琴派的规矩是最严格的，收徒的条件极为苛刻，对心性要求极高。你要想成为正式弟子还需要通过考核。”

陆奇的话像一盆冷水，杜晓月刚热起来的心凉了半截，说：“只能当旁听生？那……通过考核成为正式弟子的人多吗？”

“很少，甚至可以说，千里挑一。”陆奇摇头叹道。

六　广陵琴派

广陵琴坊坐落在官河沿岸，靠着罗城北郊热闹的东西大街，不远处就是著名的禅智寺。琴坊外车辚辚，马萧萧，贩夫走卒人来人往，坐落于此颇有闹中取静之意。琴坊四周的青石院墙边松柏密布，墙上藤蔓密集缠绕，从外面望去，很是雅致。

琴坊大门上方的房檐举折平缓，以黑色琉璃瓦覆顶。黑漆大门顶端悬着金丝楠木匾额，上书四个大字，广陵琴坊。

杜晓月随着陆奇走入门内，院内松竹掩映，竹间有瘦长峰石，松林间苍苔满阶。沿着松竹小径向前，来到一片开阔的庭院，庭院墙边架着的竹竿上爬满了花藤，飘曳的绿叶衬着紫红色的花朵，令人赏心悦目。

正中的大厅倒很气派，是重檐的歇山顶。进入大厅，墙正中挂着伏羲像，屋内紫檀雕的案几上，放着三尺来长的伏羲琴，颇有古意，地上两溜楠木椅子。

穿过回廊，来到西边的一间琴房。琴房中，一名和杜晓月差不多年岁的白衣少年正在习琴。

那少年身着简便的白夹衣，头戴皂罗折上巾，面如冠玉，抬手间气度非凡。

“云止稍停。来给你介绍一下，这位是杜晓月，从今日起来广陵琴派旁听。”陆奇边说边拍了拍少年的肩膀，“从此以后，晓月和你一起学琴，算是你的师妹。杜晓月，这是你刘师兄。”

“师兄好。”杜晓月的声音有些羞怯。

“师妹好。”少年笑得自然。

“云止，你给晓月简单介绍一下广陵琴派的情况，领她四处转转。”陆奇说。

“好的，请师父放心。”刘云止恭敬地答道。

交代完毕，陆奇转身离开了。

刘云止领着杜晓月走出琴房，一路沿着回廊，回到正中那间最大的屋子，介绍道："这里是正厅，琴派内重大事项都在这里决定，各种重要的仪式，比如拜师仪式等，都在这里举行。"

"到底怎样才能成为正式弟子呢？先生还没告诉我。"

"一般来说，弟子经过层层选拔后，先以旁听的身份在琴派里学习，经过数月考察，师父认为合格，其他弟子也无异议后，还要通过一个最终考核。"刘云止耐心地介绍。

"最终考核是什么？是要弹琴吗？"

"是作诗。师父会令弟子从锦囊中抽取题目，弟子按照主题作诗，律诗绝句皆可，最终由师父评判是否合格。"

"啊，为什么考这个，这学琴和作诗有什么关系啊？"杜晓月从小最怕背诗，一听到这儿头都大了，"那琴弹得再好也不行，非得会作诗，对吗？"

"广陵琴派素来崇文，崇奉琴道为先，琴技次之。考作诗倒不是考究一个人的文采，而是通过诗中所言观察弟子的品性志趣，因此，广陵琴派收徒的最终考核历来都是作诗。"

"我最怕学诗了，没想到来学琴还是逃不了……"

"杜师妹说笑了，久仰令尊大名，家学渊源，作诗应该难不住你。不过可得抓紧了，得争取赶在下次定阶考试前成为正式弟子。"

"定阶考试又是什么？"

"你还不知？琴阶代表琴师的水平，从低至高依次是宫下、宫中、宫上、商下、商中、商上、角下、角中、角上、徵下、徵中、徵上、羽，共十三阶，最高是羽，达羽阶者，已臻化境，世间罕见。羽也暗合羽化登仙之意，传说能达到这种境界的，甚至能够飞升成仙。琴阶由各大琴派掌门对各自门派的弟子进行判定，定阶考试两年一次。因为是各个门派自主评定，每个门派的评判标准难易也不同，所以不同门派之间的琴阶有时难以直接对照，总的来说，越是名门正派的琴阶越有分量。有的小门小派为了扩大声势，会故意以给高阶来广揽门徒。而名门大派则更加珍惜自己的名誉，有时反而会压低琴阶来显示自己门内人才辈出。"刘云止细细讲道。

“那师兄你是什么琴阶啊？”

“我侥幸评得商中，在同辈中算是较高的了。”刘云止语气平和，听不出一丝骄傲。

“那咱们师父是什么级别啊？”

“当今六大门派的掌门基本都在徵阶，师父算是其中的佼佼者，能达到徵中。一般来说，达到徵阶的水准才有继承掌门之位的资格。继承掌门之位后，也就不再参加公开评级，只是琴师们心中自有判断。”

“什么，六大掌门也只是徵阶，那世上还有谁是羽阶啊？”杜晓月有点吃惊。

“羽阶者已臻化境，万中无一，当今世上虽然高手辈出，但实力能达到羽阶的，都是传说中的人物。刚才说到琴阶由各大掌门亲自评判，但羽阶者实力甚至远超琴派掌门之上，非一派掌门所能评定，而是琴界一种公认的尊号。即便有达到如此境界的高人，他们的境界已近乎仙人，更不屑于参与琴界纷争，所以身份极为神秘，对于他们具体有哪些人，人们众说纷纭。”刘云止说着面露崇敬之意。

杜晓月若有所思，对那神秘的羽阶充满向往，笑着说：“希望师兄你有朝一日能突破羽阶，这样的话，我就也认识羽阶的高人了！”

杜晓月本以为刘师兄会谦虚一番，却没想到他目光坚定，郑重地说：“达到羽阶正是我的目标。我相信，会有那一天的。哦，对了，看到桌子正中那支毛笔没？相传是薛易简祖师传下来的，每年定阶大会的结果都会用这支笔来记录。”

“啊，用了这么多年，毛居然还没秃？”

杜晓月这句话把刘云止也逗乐了。二人走出正厅，刘云止领着杜晓月向院子后面走去，经过一处回廊。

“这个回廊名叫叹息廊，据说是因定阶大会上升阶失败的弟子们常常聚在这里哭泣而得名的。”

“这些弟子也太不争气了，考不过还要哭鼻子。”

“定阶考试是很严格的，有的弟子好多年升不了阶，那是很痛苦的。不过这叹息廊还有一种说法，是说这里景致绝美，当年蜀山琴派掌门来这里参观时不由赞叹，发出叹息，因此得名。”

刘云止领着杜晓月来到了西北角的一间厢房，推开门说："这以后就是你的屋子了，师父已命人将你的行李安放妥当。进去看看吧，我在外面等你。"

这间屋子布置得十分温馨，看得出陆奇没少费心，日常用品也一应俱全。靠墙的木床样式古朴，挂着粉色罗帷，整齐地铺着蚕丝床褥。屋子角落立着三彩柜，南面靠窗的位置是梳妆台，台前是彩穗装饰的雕花月牙凳，台子正中的水心镜青光莹莹。杜晓月的行李物品已经整齐地堆放在屋角，还有第一大师赠予的那张琴也已放在桌案上。

"再放点花草，就更完美了。"她对这房间很满意。

杜晓月知道师兄还在屋外等候，不多停留就出来了。刘云止见她出来，为她合上屋门，道："听师父说，你自小跟随令尊学琴。杜公虽不是我广陵琴派中人，但琴道与我派颇为相合。我广陵琴派自古便是以诗入琴，传承千古文脉，杜公亦擅作诗，因此，你从小练习的琴法也算是为正式入广陵琴派打下了点基础。"

"我学了这么多年，还只能算有点基础吗？"杜晓月有点不平，毕竟阿爷都说已经没什么可教自己的了，在刘云止口中居然只算有点基础。

"你这还不算入门呢。"刘云止笑了。

杜晓月有点不服，便问道："既如此，我能见识下师兄的琴艺吗？"

"我学艺不精，不过可以先为师妹演示一遍广陵琴派的琴法。"刘云止说着便带杜晓月回到琴房。琴台上是刚才他弹的琴。

杜晓月走近，仔细地端详起来。这把琴是仲尼式，紫栗壳色，琴面密布冰裂断、牛毛断和龟纹断，断纹美妙犹如鬼斧神工，"千金难买龟纹断"，琴不过百年不出断纹，这些断纹是年代久远的标志，更是藏家鉴赏古琴的重要依据。此琴长方形龙池凤沼，龙池上方楷书题刻"来凰"。

"师兄的琴叫来凰？"

"是的，师妹的琴叫什么？"

"我昨日刚从第一琴店得来的，也不知道它的名字。"

"第一琴店？你居然能从第一大师手里买到琴？他收藏的琴都非俗物。"刘云止显得极为惊诧。

"是啊，他脾气特别怪，一开始说什么也不卖，结果却不要钱送我了。对了，他也没讲那把琴的来历，只说那琴会自己告诉我的。”

“能得到第一大师的认可很不容易，看来杜师妹果然非同寻常。对了，光顾着说话，忘了弹琴了。”

刘云止端坐到琴边，向后一甩袖子，闭目静坐。整个房间安静得仿佛空气都凝住了，杜晓月只能听见自己的呼吸声。

他左手虚抬在琴弦上方，右手食、中、无名三指并紧向内拂弦，接着瞬间向外弹出。一声嗡鸣，清婉流畅的琴声如流水汩汩涌出，若松涛起伏连绵不绝，又似有桂花香气氤氲其间。一起一落间，白袂飘舞，琴声悠远。

杜晓月惊呆了，若不是亲眼所见，如此琴声哪像是出自一个少年之手，其中功力实在深厚。

杜晓月正听得入神，突然，院子里树上的麻雀唰唰飞起，刘云止耳朵一动，猛然按住琴弦，琴声戛然而止。

“何人？”刘云止大声喝道，“别躲了，出来吧！”

只见院子里那棵参天的榆树上嗖地跳下一人。

“广陵琴派好像也不过如此呀。”那人笑着说。

杜晓月觉得来人有点眼熟，定睛一看，原来是之前在吴大娘蒸饼铺前教训恶汉的黑衣少年。

少年和杜晓月年岁相仿，头戴斗笠，身着黑色锦衣，衣上有麒麟图纹，脚蹬黑皮靴。上次夜色中没有看清他的样貌，这次看清了。他面庞俊俏，英姿勃发，睫毛又长又密，瞳如黑玉，闪烁着宝剑般的锋芒。

“你是什么人？”刘云止喝问道。

“在下李飞儿，初来宝地，还请多多指教。”少年拱手道。

“你怎敢口出狂言，说广陵琴派不过如此？”杜晓月质问道。

“我从长安远道而来，想来号称天下第一的琴派开开眼界。”李飞儿说着眨了下眼睛，说到“天下第一”几个字时拖长了声音，更似有戏谑之意。

“看你长得浓眉大眼的，为何不从正门进来，反倒像个毛贼翻进院子？”杜晓月见他不敬，有些不爽。

“我本想从正门进来拜会，怎知门口的弟子说我没有请柬，死活不肯放我进来，无奈只能从墙外树上翻进来。”李飞儿笑着摊手说。

“做贼还有理了？”杜晓月说。

“你不是在蒸饼铺遇到的那个小丫头嘛，也会弹琴？”李飞儿说。

“是啊，你既然口出狂言，何不弹奏一曲，让我们看看你的本事？”杜晓月问。

“好啊，那在下就献丑了。”李飞儿毫不推辞，笑着大步迈入屋内，径直坐到琴前。

李飞儿眼中闪过一道锋芒，没有任何准备，抬手便弹。

他只挥手一滑，就瞬间震慑住了杜晓月和刘云止，那琴声苍健浑厚，杀气腾腾，刀光剑影间，琴声越发激昂，杀意越来越重，仿佛来到了昏天黑地的战场，金鼓雷鸣声、剑弩交击声、人马辟易声，一时间声震天地，千军万马在杀喊嘶鸣！

和刘云止之前弹琴时的静气截然相反，李飞儿的姿势很不一般，大开大合，那动作与其说是在弹琴，不如说是在舞剑。

刘云止越听越惊，一道冷汗顺着脊背流下，心想：“这少年看着年纪与我相仿，琴艺却远在我之上，少说也有商上。我自以为算是同辈中的佼佼者，没想到世间竟还有如此天才。即便是师父在这般年纪时恐怕也未有如此功力。听这琴声杀意腾腾，莫非是三秦派的？”

三秦派的琴法得兵法之道，传说三秦派祖师乃是汉朝开国功臣，“运筹帷幄，决胜千里”的张子房。“圯上老人”曾传授子房兵法，授其《素书》。当年刘邦采纳张良的意见，亲率大军追击项羽，并令韩信、彭越合围项羽。韩、彭迟迟不至，张良献计曰：“君王能与共分天下，今可立致也。”韩、彭果然派兵来援。韩信先用“十面埋伏”之计兵围项羽于垓下，继而使出“四面楚歌”之计，听闻四面都唱起楚歌，楚军军心大乱，项羽最终自刎于江边。待刘邦建立汉朝后，张良竟主动告退，拂衣而去，摒弃人间万事，云游四方，精研琴道，将《素书》中的琴学传承下去，成了三秦派的祖师。

二人正听得认真，谁知啪的一声，琴的第七弦突然被李飞儿弹断了。

“你把琴弄坏了！”杜晓月嚷道。

“对不起，我不是故意的。你们广陵派的琴也太不经弹了。”李飞儿轻笑一声，似乎并无歉意，接着起身往屋外退去，“好了，今天我玩够了。咱们后会有期！”

“想来就来，想跑就跑，你把广陵琴派当什么地方了？给我站住，别跑！”杜晓月说着就追上前去。

她怕李飞儿跑了，想伸手抓住他，却只碰到对方的斗笠。斗笠掉落，也碰掉了李飞儿的发束，一头乌黑的长发散落下来。

刘云止和杜晓月都怔住了，眼前之人哪里是个少年，分明是个小娘子，五官精致，眉目间英气十足。

“你……你是女孩？”刘云止呆住了，磕磕绊绊地问，“你，你怎么男装打扮？”

“嘿嘿，你管不着。”趁二人愣住的瞬间，李飞儿已经退到大树下，突然一个转身，轻巧一跃，在空中左脚蹬下树，弹向院墙，右脚又蹬住墙，眨眼间几个腾挪，已经跳出院外。

杜晓月还要追，刘云止连忙拉住她：“不妨事，我这一根弦也不值钱的。”

“琴弦事小，我是气不过她来广陵琴派撒野，如此狂妄无礼，不知是哪里来的乡野村姑！”杜晓月气道。

“哎，此人确实有狂妄的资本，琴技在我之上，可以说是极为罕见的天才琴师。”

“比师兄你还厉害？”杜晓月实在难以相信。她自己从小习琴，却被师兄说还没入门，更没想到今天这个和自己年纪相仿的李飞儿竟已超出师兄。

“三秦派与广陵派素有纠葛，如今三秦派出了如此天才，恐怕将来是要压广陵派一头了。”刘云止感慨道。

“三秦派与广陵派有何恩怨？”

“广陵派地处扬州，而三秦派地处长安。广陵派崇文，崇尚‘君子左琴右书’，而三秦派尚武，信奉‘侠客剑胆琴心’。广陵派弟子多为文人名士之后，而三秦派弟子则多为官宦子弟。两派琴道不合，素来互相不大看得上，经常暗暗较劲儿。”

其实广陵派是历史最久远的琴派，一直独领风骚，没有琴派能与之匹敌，原本是名副其实的天下第一琴派。直到唐开元天宝年间（公元713—756），三秦派迎来了一个不世出的天才董庭兰。即使没听过这个名字的人也一定听过那流传千古的名句，“莫愁前路无知己，天下谁人不识君”。这首《别董大》便是高适写给董庭兰的，足见董庭兰当时已名扬天下，其影响力远超琴界。董庭兰凭借一己之力将三秦派发扬光大，有了与广陵派相抗衡的实力。

当时广陵派中最负盛名的天才是薛易简，他九岁习琴，十二岁就能弹黄钟杂调三十曲，周游四方，吸取众家之长，传说在三十九岁那年就到了羽阶。当时的董、薛二人可谓是一时瑜亮，难分高下，他们暗暗比拼，却也互相欣赏。自此之后，人们就常常将三秦派与广陵派相提并论。近些年，因三秦派地处长安，受到达官显贵们的追捧，其中不乏皇亲国戚，声势越来越大，竟隐隐有要超过广陵派的势头。

刚才的插曲过后，刘云止接着带杜晓月游览广陵琴坊。广陵琴坊历史久远，大大小小的地方都留下了不少典故传说，有些甚至充满神秘色彩。还有许多刘云止也不清楚来由的稀奇古怪的规矩，比如某间屋子带花纹的地砖不能踩，踩了会倒霉一天之类的迷信说法。

“这间屋子看着好气派，是师父住的地方吧？”

“不是……这是间茅厕。”

“啊？”

“这间屋子是掌门的书房，正门只有掌门和地位最高的大弟子才能走，别人要走侧门。”

“哼，我偏要从正门走！”

“哎！杜师妹，别！还好现在没人，让人看见了要受罚的。”

“这屋子是最诡异的，常年空着不住人，没人知道是什么原因。偶尔会有弟子报告说，在午夜听到里面有女人的哭声！”

“啊！别再说了，快走快走！”

“别怕，都是些传说而已，说不定就是有人编出来吓你们这些小师妹的。”

天色不早了，刘云止将杜晓月护送回房间：“今日就到这吧，有什么需要帮助的，尽管开口。我就不打扰了，早些休息吧，明日就要正式上课了。”

“师兄，明日几点上课？”

“辰时，可以早些来，千万别误了。”

刘云止告辞后，杜晓月一下子瘫倒在床上，一路舟车劳顿，又在广陵琴坊里转了半天，可累坏了。她下定决心要苦练琴技，要是有朝一日能胜过那李飞儿，可得好好灭一灭她的嚣张气焰，但现下也只能是想想罢了。

夜半，微风吹过，伸在罗衾外的脚被吹得有些凉，杜晓月从睡梦中迷迷糊糊睁开眼。窗外那轮圆月分外明亮，散发出晶白的光，就连远处城西的山峰也似乎沐上了一层蒙蒙的光晕。平日不爱欣赏风景的杜晓月，见到这扬州的月亮都有点恍神。

她翻过身，喃喃念道："阿爷啊，你在远处的黄州还好吗？"

七　第一堂课

第二日，天刚微亮，杜晓月就醒了，硬是躺了一会儿，听到鸟儿叫了，天色又亮了些，才起身去吴大娘蒸饼铺吃点早餐。时辰太早，长街昏暗，没几个行人，路边卖早茶的小摊冒着热气。杜晓月到了蒸饼铺，这里依然很热闹。

热气腾腾的蒸笼掀开后香气四溢，吴大娘见是杜晓月来了，立刻放下手中的活计热情地招呼她。杜晓月点了一份上次没尝过的萝卜丝馅饼，一大口下去，满口的萝卜清香，肉馅肥而不腻，好吃得让她顾不上大家闺秀的形象，三两口就解决了，好在没人在意她的吃相。吴大娘又死活不肯要钱，硬往杜晓月手里塞。杜晓月趁她不注意，在柜台上扔下钱，转身就跑。

回到琴坊时距离开课时间还早，琴房里有两三个弟子在高声读着什么书，极为专注，没人理会新来的杜晓月。杜晓月见状也不好叨扰，就先找个角落坐下。

刚坐下一会儿，远远就听到屋外有人说笑，那声音越来越近，只见三四个弟子围着一个女孩从屋外进来。那个女孩的打扮和众人不同，弟子们大多衣着朴素，而她华服彩绣，面如满月，妆容艳丽，头戴金丝翠玉攒珠髻，颊边贴着花靥，樱桃小嘴涂着红色。她身上穿着石青连珠纹对襟窄袖襦，罩着淡黄薄纱半臂衫，下着高腰紫红间色裙，裙边系着双鱼玫瑰佩，脚下是如意云头缎鞋。杜晓月不讲究衣着，从来只认为打扮浪费时间，头一次见到这么会打扮的女孩子，看得有些发愣。

那女孩刚进屋，一眼就看到了杜晓月，径直走到她的身边，笑着说：“我滴个乖乖，这不会就是大名鼎鼎的杜晓月吧！”

女孩说话带着浓重的扬州口音，杜晓月听着稍有些吃力，但还是连忙起身施礼道：“师姐好，我叫杜晓月，新来旁听的，日后请师姐多多关照。请问师姐怎么称呼？”

女孩并没回答，倒是笑着望向一旁的弟子，说：“果然，大户人家的娘子和我们小门小户的就是不一样，看看人家这礼数！”

女孩身后一个穿着粗布衣服的男弟子插嘴道：“崔师妹说笑了，你们崔家若只是小门小户，那我们扬州可就没有大户人家了。”

“小三子，你少在那儿嚼舌头！我们家不过就是做了些小本买卖，开了几间玉器、铜器店而已，和人家名门之后怎么比啊！”女孩说着白了一眼那名男弟子。

“崔师姐太过自谦，晓月刚才见到师姐就觉得您气质非凡，宛如画中走出的美人，绝非一般出身。”杜晓月说。

杜晓月的话似乎让女孩十分满意，她掩嘴笑道：“我叫崔蜜儿，去年才成为正式弟子。来，介绍一下，这是甄三，别看他年龄最大，一天天走头六怪的，是个夯货，我们都喊他小三子。”崔蜜儿说话间稍稍收敛了些扬州口音。

崔蜜儿身后，那穿着粗布衣服的男弟子拘谨地点头道：“师妹好，叫我小三子就好。”

“见过甄师兄，请多关照！”杜晓月对着甄三施礼。杜晓月没叫他小三子，而是叫他甄师兄。甄三见杜晓月对自己如此有礼，竟浑身不自在，脸也红了。

“仔细看两眼啊，杜师妹长得确实不丑，是个美人。只不过，师妹说话这口音我听着怪难受的，你不是扬州人吗？回扬州了就要学会说扬州话啊。”崔蜜儿边说边上上下下打量着杜晓月，看得杜晓月怪不舒服的。

崔蜜儿的眼神突然停顿在了杜晓月腰间佩戴的月形玉佩上，大惊，似乎有点酸意地说：“乖乖隆嘀咚，杜师妹，这块玉可不得了啊！原以为我崔家已收罗尽天下美玉，怎么竟把这块给漏掉了！”

崔蜜儿的话不是吹牛。扬州玉器天下闻名，素有“天下玉，扬州工”的说法，而扬州最大的玉器行知玉坊就是崔家开的，那里汇聚了天下顶级的宝玉，收罗尽了扬州顶级的玉石工匠。从小到大，什么价值连城的宝玉崔蜜儿没见过，即便如此，她仍觉得家里的那些玉器没有一样能比得上杜晓月的这件月形玉佩。

还没等杜晓月开口，崔蜜儿又接着说：“琴师相见，最重要的是互相认识对方的琴。小三子，把我的琴拿出来。”

“遵命。”甄三应声说。杜晓月这才注意到，甄三一个人背着两个琴囊，其中一个是简单的蓝棉布袋，另外一个则是绣着金丝花纹的红色锦缎琴囊。

甄三在桌上轻轻放下那只红色琴囊，将琴小心地拖出。这把琴是罕见的绿松石做的，极为引人注目，很少有人会用这种材料制琴。琴徽、琴轸、雁足都是用顶级的和田羊脂白玉做成，质地细腻温润。最为夺目的是，琴身中间镶嵌着的那整块巨大的青玉，纯净如平静的湖水，碧绿无瑕，似乎随时能被风吹起波澜。这块玉有琴身一大半长，光这一块玉料少说就值白银千两。

“这把琴名为碧落幽倩。我这算是波斯献宝了，还是来看看杜师妹的琴吧。”崔蜜儿嘴上客气，却难掩得意的神色。

幽倩？有钱？这不明摆着说自己有钱，也太张扬了些。杜晓月心里暗自吐槽。

她打开自己的琴囊，第一大师赠的那把琴露了出来。

崔蜜儿刚看一眼就扑哧笑了出来：“这琴的形状也太古怪了，怕是做到一半木材不够了吧？哈哈哈哈……”她实在控制不住，笑得停不下来。可看见甄三在一旁没反应，就用胳膊捅了他一下，甄三也勉强地跟着笑了起来。

“是啊，这琴是挺好笑的。”杜晓月附和道，觉得有些尴尬。

“什么事这么好笑？说出来，让师父也开心开心。”陆奇边说边走了进来，刘云止等其他弟子也跟在后面进来了。

“没什么，就是见到新师妹，觉得分外亲切，聊得开心罢了。”崔蜜儿强憋住了笑，道。

“如此甚好！琴界亦是江湖，人心难测，尔等广陵派弟子要相互照拂，日后共同将广陵派发扬光大。”陆奇欣慰地说。

众弟子落座完毕，房间里安静下来。

陆奇走到杜晓月身边，对着众弟子介绍道：“这是你们的新师妹，叫杜晓月，她现在虽然只是旁听，但很有天资，将来也许会正式入门。她年纪小，你们要照顾好她。”

“师妹好！”众弟子纷纷施礼。

“师兄师姐们好！”杜晓月向众弟子还礼。

陆奇走上讲台，清了清嗓子，屋子又安静下来。他说：“今天既来了新师妹，师父就借此机会，把琴学的基础再和你们温习一遍。

“关于琴的起源，说法有很多，有传说是伏羲氏创制的，也有说是神农氏造的。至五帝时，始改为八尺六寸。虞舜改为五弦，第一弦为宫，其次商、角、徵、羽。周文王、周武王增加了文、武二弦，是少宫、少商。天下琴学纷繁复杂，名家辈出。到了如今，其中最主要的琴派有六大门派，分别是广陵派、三秦派、蜀山派、燕山派、九嶷派、岭南派。每个琴派风格迥异，也都有自己的绝技和秘谱。在这中间，属我们广陵派历史最为久远，是当之无愧的天下第一琴派。”陆奇说到这顿了一下，环顾众弟子，有的弟子似乎面露疑色，但没人敢吭声。

“不管外人怎么说，这点你们自己要心中有数。也许有的琴派现在风头正盛，但你们要记住，自古以来，我们广陵派，才是天下第一琴派。”陆奇语气坚定。

“师父说得对！我们广陵派就是天下第一！”崔蜜儿拍手称道。不知为何，别的弟子都不作声，只有她最激动。

“判断琴艺高下，分为琴道、琴技与琴力三个方面。不同的琴派崇尚的琴道不同，甚至同一琴派里的每个人对琴道也有不同的理解。我们广陵派为先古圣贤所创，信奉道琴一体，琴以载道，用弹琴修身养性，进而教化天下以通神明之德，合天地之和。”陆奇声音爽朗，说着从桌上拿起一本书，“这本《广陵琴道》最早为东汉桓谭祖师所著，后来经过广陵派历代名家大师的增添补充，成为如今的版本。”

陆奇神色一变，严肃地说：“作为广陵派弟子，这本书必须要逐字背诵。今天的课堂任务就是背诵前三章，下课前默写，默写不出的罚抄十遍，然后明天留下来继续默写，再默写不出再罚抄，直到背会为止。云止上来，把书发下去。”

屋子里传来一阵哀号声。杜晓月接过厚厚的书不禁心生畏惧，暗暗叫苦，想不到来学琴还是逃不了背书。

“琴道乃琴学之本，无琴道之人有如无本之木，琴技与琴力再高也只会误入歧途。那琴技和琴力是什么意思，有谁能解释清楚？”陆奇说完，见众弟子都低着头，只有蜜儿正热切地望着自己，于是说，“蜜儿，你来说说看。”

“好的，师父。”蜜儿站立起来，脱口而出，“琴技是琴学之体。简单地说，就是弹奏的各种技巧，每个门派都有自己的独家秘技，这是绝不能外传的。琴力则是对琴曲的功力，有的人毕生只练一曲，那这曲上的琴力便炉火纯青，无人能及。有的琴家大师即使琴技再高，在这首曲子上的琴力却未必能胜过他。”

陆奇满意地点头道：“说得很好，坐下吧。接下来的时间，你们就好好背诵《广陵琴道》，书已放在你们每个人的桌上了，开始吧。”说罢，陆奇背靠在座椅上，摇起了扇子，闭目养神。

“昔神农氏继伏羲而王天下，上观法于天，下取法于地，近取诸身，远取诸物，于是……”杜晓月翻看着书，觉得这本《琴道》实在无聊，都是些迂腐的空话，此情此景仿佛回到了从前被阿爷要求背书的时候。

琴房里吟诵声此起彼伏：

“琴之言禁也，君子守以自禁也。”

“大声不震哗而流漫，细声不湮灭而不闻。”

“八音广博，琴德最优。古者圣贤，玩琴以养心。”

……

就在阵阵的读书声中，却有一个异样的声音越来越响——鼾声！

“师父，杜晓月睡着了，还打呼噜！”崔蜜儿猛地站起来惊呼道，她的表情震惊中带着气愤，像是王母娘娘看到有人触犯了禁忌天条。

崔蜜儿的声音打断了众弟子的吟诵。屋子里立刻安静下来。这突如其来的安静反倒惊醒了杜晓月，她下巴一点，迷迷糊糊地醒过来。

陆奇望见杜晓月竟然睡着了，难掩失望的神色。未等陆奇开口，崔蜜儿抢先道：“师父，杜师妹虽然只是旁听生，但广陵派向来规矩严格。进了广陵派的门就要一视同仁，杜师妹此举，按例要罚去藏书阁抄书吧？”

“什么？”杜晓月本还没完全清醒，但听到要受罚，心里一惊。

“晓月，学习琴道乃琴人的必修功课。你学琴的第一堂课竟然就睡着了，让我实在有点失望。”陆奇叹了口气，“你崔师姐说得没错，按照广陵派的规矩，你必须受罚。明日不要来上课了，去藏书阁抄书，抄完了才能回来学琴。”

杜晓月这时已经完全清醒了，低着头说：“我……我甘愿受罚。”

众弟子看着杜晓月刚来第一天就出了丑，便都交头接耳议论起来。有为之失望的，大名鼎鼎的杜牧之女竟是这样的表现；有感到气愤的，广陵派是多少学琴之人向往的地方，自己也是费尽千辛万苦才得来的机会，而这个杜晓月竟然如此怠慢；甚至还有幸灾乐祸的，不知何人竟笑出了声。

只有刘云止心疼杜晓月，他知道，这个姑娘一路自长安赶来车马劳顿，也没有好好休息，更知道她满怀期待想要学琴，只是没料到第一堂课的内容是枯燥的背书。她睡着绝不是因为对学琴之事的怠慢，没想到师父居然丝毫也不体恤。

杜晓月心里惭愧极了，明明口口声声称自己是爱琴之人，实在想不到怎么会在第一堂课上睡着。她极力躲避旁人的目光，但余光还是能瞥见有人面带讥笑地望向自己，只感觉脑袋嗡嗡的，脸似火烧，手脚指头都扣紧了，身子控制不住地微微颤抖。

就在众人注意力都集中在杜晓月的身上时，琴房外的草丛里一道白影一闪而过，除了甄三没人在意。甄三警觉地向窗外望去，细长的眼睛来回扫视，却没看到人。

八 藏书阁风波

藏书阁位于广陵琴坊最北面，为木构重楼，重檐硬山顶，两侧作如意式风火墙，有天井及东西回廊，形成封闭的院落。屋内的书架造型均呈横立的古琴状，设七层，如古琴的七弦，书架首部设有标签，以玉片为料，刻着蝇头小楷，标注着藏书类别。

屋子正中摆着一盏褐彩云纹镂空香炉，遍体青釉，上绘如意云气图案。香炉散发的香气带着点药味，是为了保护藏书阁里的珍贵书籍，特意在香饼里添加了能杀虫驱蚊的药材。

陆奇揭开香炉的头盔形盖子，用香箸轻轻拨弄着炉腹内的香灰，炉内的香饼稍微有点干枯了。杜晓月在一旁恭敬地站立，望着陆奇添香不敢作声。

陆奇捻着香箸，在香灰上密密地戳了十来个小孔，快要熄灭的一点活火又蓦然通明起来。他又将一粒新香置于炉内，整间屋子里气息更加浓郁。

“晓月，云止和我说过了。此事不能怪你，都怪我太着急了，一来就让你上课，没有安排时间让你好好休息。”陆奇语气缓和，说着盖上炉盖，几缕似有似无的氤氲从炉顶花苞形钮上的镂空里飘出。

“先生，是我的错。我甘愿受罚，不能坏了规矩。”

“也好，在这里抄书，也能增进你对广陵派的了解。按照规矩，你要罚抄三本书。抄完三本就可以回去上课了。”

杜晓月有点无语，心想不是说不怪罪嘛，那抄一本意思意思就好，怎么还必须抄完三本呢？但嘴上只好说：“好的，先生。”

“这屋子里的书随你挑，除了……”陆奇抬头望了眼二楼，神情严肃起来，“除了二楼那间屋子里的。记住，别去那间屋子。”

杜晓月顺着陆奇的目光望过去，只见那屋门上结结实实地拴着重重的铁链，还锁着好几把大铜锁，仿佛屋子里是什么凶猛的野兽一样。

“那间屋子不是锁着吗？我想进也进不去吧。”杜晓月心里实在困惑，那间屋子都锁成那样了，怎么还不放心呢？

“好，那我就不啰唆了，你抓紧时间，早日抄完回去上课。”陆奇交代完毕就走了，临走前又瞥了一眼那间上了锁的屋子。

陆奇不提那屋子还好，杜晓月本来也没有注意，但老师那副惴惴不安的样子，反倒让她对屋子来了兴趣，心痒地想进去一探究竟。

几日后。案几上的杜晓月抄得头晕眼花，书只抄了一本多，照这个速度还得在藏书阁里耗上一周。眼下，杜晓月的手早已酸麻得不听使唤，看着旁边摞成小山似的三本书，心里更是烦躁。

杜晓月摔下笔猛然起身，恨恨地说：“哼！都怪那崔蜜儿，我打会儿瞌睡很快就能醒来。若不是她大声告状，陆先生怎么会晓得？”

她揉了揉酸痛的手指，抻了抻胳膊，正准备趴下休息一会儿。

“要不要老夫帮你啊？”一个尖细的声音传来。

杜晓月也不知道声音打哪来，四下张望了一番，没看到什么人影。

“你在哪？是人是鬼？”她感到有些害怕，浑身起了一层鸡皮疙瘩。

“老夫不是人。”

“啊！”杜晓月感觉脊背发凉，整个身体都僵住了，“你别过来！我没做过坏事，你别害我啊！”

“也不是鬼。”

“不是鬼，怎么看不见你？”

“低头看！”那声音大声喊道。

杜晓月低下头，竟然看到了一只兔子。那兔子一尺多高，“手”抱在胸前，像人一样站立着。

它胖乎乎的，毛发雪白，若是掉在雪堆里怕是很难辨认。圆圆的脑袋像个汤圆，眼睛炯炯有神，完全不像寻常兔子一副目光呆滞的模样。此刻，它正一本正经地望着杜晓月。

杜晓月掐了下自己确定不是在做梦，诧异地问：“你是兔子？是你在说话？”

“正是老夫。”兔子点了点头。

“不是鬼就好。原来是会说话的兔子精，我还是第一次见到妖怪。”虽然兔子会说话很是离奇，但杜晓月见那兔子长得可爱，恐惧感也就消散了。

“休得无礼！什么妖怪？老夫乃是兔千岁，是尊敬的月神姐姐派到人间的使者。”那兔子前爪叉腰，生气地别过头去。

“不是兔子精，是月神姐姐的使者？难道是天上的玉兔不成？”杜晓月越发觉得离奇好笑。

“不错。”兔子点了点头。

“那不过是个传说罢了。玉兔不在天上，怎么会来这儿？你怎么证明自己是玉兔？我看，你只是个普通的兔子精。”杜晓月实在不敢相信玉兔会出现在自己的眼前。

“老夫能直立，能人言，上知千年之事，下能辨别所有萝卜的品种。岂是寻常的兔子精可比！”兔子噘起嘴，对杜晓月的态度十分不满。

“哈哈哈，你骗小孩呐！还上知千年之事，兔子能活几年？”杜晓月见它生气，觉得有趣，想要逗弄一番，便念叨起来，“兔子精，兔子精，兔子精！”

“老夫最烦听到这三个字！”那兔子气得蹦了起来，可跳得还没有杜晓月的膝盖高，“老夫已经三千多岁了，你这样的小儿按道理该叫我一声祖宗！叫我兔千岁！”

杜晓月见它真的生气了，连忙道歉：“好好好，消消气，是我错了，兔千岁，您大人不记小人过。既然您说自己是月神的使者，那为何要来人间啊？”

“哼，这才像话。老夫身负使命，来人间是为了完成尊敬的月神姐姐交代的任务，你若感兴趣，老夫说说也无妨。琼花仙子的故事你晓得不？”兔子很快就消气了，看得出来它也算是好脾气了。

“自然知道，这个故事扬州城内谁人不知？传说琼花仙子为了保护百姓，与金蟾同归于尽，化作了满城的琼花。不过这都是传说，你问这个做什么？”

“你之前不还以为玉兔也只是传说吗？”

“那你的意思是……琼花仙子的故事是真的？”

“不错。你既然知道琼花仙子的故事，也应该知道月神姐姐与琼花仙子情同姐妹。琼花仙子和金蟾同归于尽的事令她悲痛无比。直到有一天，月神姐姐发现了让琼花仙子重现世间的方法。人间有一种强大无比的力量，老夫来人间的任务就是找到这种力量，用这种力量能唤醒琼花仙子。”

“那种力量是什么？”杜晓月听得半信半疑。

“那便是至真至善的琴音之力。琴音合乎宇宙之道，宇宙之道即至真至善。所以必须觅得禀性良善又对琴有极高天赋之人，不断通过弹琴的方法修炼以参悟宇宙至真至善之道，待其琴技提升至化境便可汇聚天地灵气，琴音将拥有无穷的力量。只可惜精通琴艺的人很多，而至善的人却少之又少。所以直到现在，老夫还没完成这个任务。”说到此，兔子长叹了一口气，用软乎乎的爪子拍了拍大脑袋，接着说，“一旦琼花仙子重现人间，她就能继续守护广陵城，这里将会重新变成人间的一片净土。”

“找不到别人，那你自己上就是了。怎么，你不合格？”

“老夫的爪子弹不了琴。要是能弹早就弹了。”兔千岁伸出了爪子张开，粉色肉垫上的指头像剥开的山竹一样，短短的，确实无法像人一样弹琴，“所以老夫得找人类来帮忙。”

“所以你觉得我能行，来找我帮你咯？”

“虽然还需要再考察一段时间。但总的来说，你是个不错的苗子。你说得不错，老夫需要你的帮助。”

“天下琴界名家辈出，我只是广陵派的一名旁听生，连正式弟子都不是，你怎么会偏偏选中我呢？”

“此事与当前的琴技无关，老夫观察的是潜力。老夫在这广陵派已蛰伏了漫长的岁月，凡是来学琴的都会仔细观察，他们中的大多数虽有聪颖之资，却乏天才之质。但你不一般！”兔千岁说着激动起来。

“我怎么不一般了？”

“这么多年了，这么多年在第一堂课上就能昏睡过去的，你还是头一个！第一天就能在课上睡着的，若不是蠢笨至极，对琴理一窍不通的庸才，那便是资质极高，看书一眼便能领会全部真义的绝顶天才！嗯，我想在你身上赌一把。”

杜晓月不知兔千岁的话是嘲讽还是真心夸赞，也不知该如何回答。

“如果你愿意帮助老夫，老夫也会助你学琴。在我的扶持下，你的琴技将飞速进步，远超常人，突破羽阶将只是时间问题！”

“什么，突破羽阶？怎么可能，世间还有这种好事？”杜晓月做梦都不敢想。自从上次见到李飞儿嚣张的样子，她就在心里留了个结，听到兔千岁有方法让自己的琴技突飞猛进，一下子就想到，将来肯定有机会去灭灭李飞儿的威风，心里十分痛快。

“当然了。不过，你得答应老夫三个条件。”兔千岁望着杜晓月吃惊的样子显得很得意，故意卖了个关子。

“哪三个条件？”

“第一，你要负责老夫的供养问题。要每日给老夫备足食物，萝卜、青菜，要新鲜的。”

“这个简单，只要你愿意帮我提高琴技，萝卜、青菜管够。”

“第二，老夫会说话之事万万不可让外人知道，以免引来不必要的麻烦。在别人面前老夫就只是只普通兔子。”

“这也好办，我回头就和别人说养了只宠物。”

“第三，从此没外人在场的时候，你就是老夫的仆人，要尊称老夫为兔千岁，每日随叫随到，端茶倒水、洗脚捏脚、揉肩按摩……”

“太过分了！”杜晓月越听越气，厉声打断，“我怎么可以给一只兔子当仆人！”

“一时难以接受是正常的。只是突破羽阶的机会多么难得，这么轻易就拒绝了，只怕你会后悔的。老夫先休息一会儿，给你充足的时间考虑。”说完兔千岁从书架上抽了两本书，铺在地上，然后躺了上去。

杜晓月觉得是该好好考虑。多么难得的机会，突破羽阶，那可是成为世上顶尖高手的机会啊，只是，这兔子靠谱吗？嗯，毕竟是只会说话的兔子，不管真假，多少也有些本事，要不先答应它再说？不行，那可是给它当仆人，这也太过分了，谁知道它还会提出什么无理的要求。

各种念头在脑子里打架，杜晓月在屋子里来回踱步，绕了一圈又一圈。正犹豫着，却见那兔子在一旁仰面朝天，捂着肚子哈哈大笑起来。这兔子闭着眼睛躺在那，笑一会儿，歇一会儿，又笑一会儿。这副古怪的样子让杜晓月更加不敢惊动。平白无故这样大笑，笑了这么半天还没完，难不成这兔子是疯的？

半个时辰过去了，杜晓月实在忍不下去，便踱步靠近，戳了下兔子，然后猛地闪到一旁，问：“兔千岁，你怎么了？”

兔千岁睁开眼，见杜晓月已经离得远远的，一副紧张兮兮的模样，便擦了擦眼角笑出来的眼泪，解释说：“别怕，老夫只是在看戏。”

“看戏？这哪有什么戏看？”杜晓月越发坚定自己的判断，这兔子怕是有病。

“不好解释，说出来你恐怕更是难以相信。老夫活了数千年，脑子里装了太多东西，太多的知识和往事。为了保存好它们，老夫发明了一个方法，叫记忆宫殿。就是先在大脑里想象出一座宫殿，然后把所有的内容分门别类地装进去，方便随时取用。这里面收罗尽了天下的各种故事秘闻，只要闲着无聊，老夫便去记忆宫殿里找一段在脑海里回放，就像常人看戏一样。”兔千岁自顾自地说着，似乎并不在意杜晓月是否相信。

“那你刚才看的是什么戏？”

“是几百年前老夫和嵇康吃酒斗嘴，老夫硬说阮籍弹得比他好，可把他给气坏了。你不知道，他那副气急败坏的样子可好笑了。”

“鸡汤？兔子不是吃素吗？”

“什么鸡汤，老夫说的是嵇康。”

“嵇康？弹《广陵散》的嵇康？”

“对。”

“什么？你说，传说中的嵇康是你的朋友？”杜晓月目瞪口呆，不知是这兔子疯了，还是自己疯了。

“没错，他弹奏世上最后一曲《广陵散》的时候，我就在旁边。”兔千岁打了个哈欠，并未觉得此事有何稀奇，见杜晓月还呆愣着，问道，“怎样，第三个条件你考虑得如何了？”

杜晓月眉头蹙起，思索了一阵，道：“我本来还有些犹豫。但现在看你这疯疯癫癫的样子，实在是放心不过，也不知道你说的那些是不是胡话。第三个条件我不能答应。”

九　作对的琴

“不过……”杜晓月做沉思状。

“不过什么？”兔千岁连忙问。

“只要不提第三个条件，我还是愿意帮你的。”

“这……这恐怕不行。”兔千岁的耳朵耷拉下来，神色落寞了一会儿，突然猛地抬头大声说，“第三个条件，你非答应不可！”

“凭什么！”杜晓月觉得有些好笑。

“就凭你之前抄的书在老夫手里，你若不答应，老夫就烧了它！”兔千岁狡黠地笑了，从身后掏出一个册子，正是之前杜晓月抄好的那本。

“混蛋！还给我！那可是我辛苦好几天的成果！”杜晓月急了。

“答不答应？”兔千岁走近香炉，做出要把册子扔进去的姿势。

杜晓月直扑过去，兔千岁用嘴咬住书本，四爪着地，一下子跳开，杜晓月扑了个空。

杜晓月边追赶边喊：“你这只流氓兔子，用这种卑鄙手段威胁我！快把书还给我！你要不还，我就告诉别人你会说话的秘密，然后把你抓住交给官府，说抓了一只兔子精！快还我！”

兔千岁用香炉作掩护躲在后面，杜晓月刚要抓到，它就又绕到另一边，两人围着香炉不停转圈。

追赶间，只听嘭的一声，炉子重重摔倒。杜晓月一个没收住，撞倒了香炉，香灰撒了满地，香炉底部也裂开一条缝隙。

“看你干的好事！”杜晓月快被气哭了，眼眶都红了。

兔千岁也知道闯了祸，连忙说：“老夫错了。你别哭啊，老夫最怕女孩子哭了。”

杜晓月见兔千岁心软，更是佯哭起来。兔千岁在一旁连忙安慰，好半天，杜晓月还哭得停不下来，它急得团团转，哪里知道杜晓月是装的。

“好好好，第三个条件作废，这下行了吧？”兔千岁实在受不了女孩子哭，没了辙。

“好，一言为定。”杜晓月瞬间收住眼泪，痛快地答应了。

兔千岁这才知道中计，但既然已经答应了，便只能说：“老夫一诺千金，说到一定会做到，也希望你遵守诺言。”

“没问题。”杜晓月笑了，眼里的泪花还没干，突然，她瞥了一眼地上，道，“等等，这炉子有些奇怪。”

炉子底部的裂缝细长，极为规整，并不像是摔裂的。杜晓月走近用手指敲了敲，听声音里面似乎是空的。

“让老夫来看看。”兔千岁贴在缝上用眼睛观察，似乎明白了什么，伸出爪子扣住那条缝隙往外拔。

它一使劲儿，炉底似是有机关一般弹开，一本书掉落出来。封面没有书名，从纸张泛黄的程度来看，年头已经很久了。

杜晓月捧起书，吹开上面的灰尘，翻开第一页，上面工工整整地写着：“皎月清辉，琼华祯祥。”

这几个大字旁，还有一行小字，笔迹和大字截然不同，小字歪歪斜斜地写着：“此书赠予有缘人。恭喜你，捡到宝了！”

“这是谁的笔迹，这么调皮？”杜晓月哑然失笑。

她翻看着书，里面收录的是一些谱子，杜晓月也看不出有什么特别。丑丑的小字笔迹时常出现，记录一些心得体会，看样子这本书曾经还有另一任主人。

“给老夫看看。”兔千岁接过书，刚翻了几页，不由得大惊失色，结结巴巴地说，“这，这……”

“怎么了？”

“这里面的好多曲谱早就失传了啊！这不可能！”兔千岁不由得越翻越快，嘴里念叨着，“不可能，不可能……”

“你不是上知千年之事吗，怎么一本旧书就把你吓着了？”

“这里面记载的琴曲，不光有广陵派失传的，就连其他门派失传的也有，还有许多更是老夫闻所未闻！这书的作者到底是谁，怎么会收集到这么多散佚的秘谱？不仅这书的编者是个神人，就连做批注的也是个奇才！他对这些琴曲的见解领悟，恐怕当今世间无人能及……”兔千岁越看越觉得惊奇。

“哦？这么厉害，那这字怎么会这么丑？”

“也许，我的眼光没错，你真是天选之人，这么珍贵的奇书竟随便就让你捡到了。看来这是天意啊！”兔千岁突然举起拳头，信心十足地说，“从今日起，我会助你学琴，你今后的成就将无可限量！”

“我生来就爱琴，无论是否有你的帮助，我都会尽百倍的努力去学。不过，我倒真想验证一下，看你说的那些传说是不是真的。如果琴技到了化境，是不是真能唤醒传说中的琼花仙子。”杜晓月笑着说。

从此，兔千岁就住进了杜晓月的屋子。杜晓月在房间的毯子上放了一个蒲团，晚上兔千岁就睡在上面。师兄师姐们听说杜晓月养了个宠物，纷纷来看，见到兔千岁都喜欢极了。她的房间一下子成为广陵派最热闹的地方，每天都有师姐来看兔千岁，有的一天来好几趟，每次都少不了抱在怀里对着兔脑袋蹭一番，嘴里还“小兔兔”叫个不停。兔千岁这一阵可受了不少罪，为了安抚它的情绪，杜晓月每天萝卜、青菜伺候着。

杜晓月已经完成了抄写，重新回到广陵琴坊上课了。有了兔千岁的陪伴，时间过得很快，日子平淡又充实。除了每日的课，闲暇时光里，兔千岁还要给杜晓月额外补习。

“照这样下去，我什么时候才能达到羽阶啊？”杜晓月问。

“你天资不错，再加上我的辅导，如果运气好的话……六十岁之前应该能行。”兔千岁用爪子托着下巴思索了一会儿，说。

“什么？六十岁？你之前不是说……”

“是啊，我之前说有了我的帮助，你突破羽阶只是时间问题，又没说这时间有多长。好了，你这已经算是很快的了，这辈子最起码还有盼头。有的人就算练到一百岁，别说羽阶了，就连徵阶都摸不着！”

“可是，这也太久了吧……到那时候都成老太婆了。薛易简祖师不是三十九岁就突破羽阶了吗？”

“薛易简那可是千年一遇的奇才。你别想那么多，好好练琴，再用点功，说不定能提前些。”

“你现在每日只辅导我这些入门基础，也不见有什么长进。你不是说那本无名书上的曲子很厉害吗，怎么不教我练？”

“不是我不想教你练，而是这些曲子的要求太高，即便是其中最简单的也要到商阶水平才能练习。你现在还差得太远，先把基础练好再说吧。”

最开始的一两个月，她的琴技进步很快，但渐渐地，琴技提升的速度变慢了。杜晓月感到自己好像陷入了瓶颈，每天的重复练习也日益乏味。就连琴也感觉越来越不顺手，像是在和自己作对。

这一日课上，陆奇教授琴技。

“琴的弹奏技法，右手有托、擘、抹、挑、勾、剔、打、摘、轮、拨刺、撮、滚、拂等；左手有吟、猱、绰、注、撞、进复、退复、起。以指甲肉别之，轻而清者，挑摘是也；轻而浊者，抹打是也；重而清者，剔擘是也；重而浊者，勾托是也。那么，谁来讲讲这些技巧在什么情况下使用好呢？”陆奇说着环顾四周的弟子。

弟子们纷纷低下头，生怕目光和陆奇产生接触，除了刘云止和一旁的崔蜜儿，崔蜜儿的手举得老高。

“别点到我，别点到我……”杜晓月在心里默念着，这些理论知识是她最头疼的部分。

“云止，你来说说看。”陆奇说完，杜晓月松了口气，崔蜜儿见没点自己显得有些泄气。

“外弦一二，欲轻则用打摘，欲重则用勾剔；内弦六七，欲轻则用抹挑，欲重则用擘托；中弦三四五，欲轻则用抹挑，欲重则用勾剔。抹挑勾剔以取正声，打摘擘托以取应声，各从其下指之便也。”刘云止对答如流。

“云止说得很好，其他人要多向他学习。”陆奇很满意。没人注意到坐在角落里的甄三嘴角不屑地撇了一下。

“接下来这段练习曲融合了广陵派所有的基础指法，颇有难度，我先演示一遍，你们跟着练习。”说罢，陆奇屏息凝神弹奏起来。

陆奇的琴叫玉壶冰琴，乌黑的漆面光泽竟如铜镜一般，隐现着微微蓝光，七根琴弦闪烁着幽幽银芒。

陆奇造诣颇深，左手挥洒间苍劲有力，随着手上的动作，脑袋也跟着投入地摇摆。杜晓月看着他那投入的神情，仿佛看到阿爷吟诵自己得意诗篇时的样子。

虽是一首简单的练习曲，但陆奇弹得张弛有度，很见功力，时而似流水潺潺绕花间，时而似小儿女窗口喁喁语。

陆奇弹罢，众弟子跟着试弹起来。

“哎，不对！”杜晓月屡屡出错，手都不听使唤了，“哎呀，又错了。”

也不知是怎么的，这琴好像故意和杜晓月作对似的，怎么弹怎么不顺手。这么基础的指法本不是什么难事，这琴弦却像是故意躲避着杜晓月的手指一样，该碰到的时候摸了个空，不该碰的时候却又故意冒出来，老是误触到琴弦弄出杂音。

半个时辰过去，杜晓月一遍也没能完整弹出，看到崔蜜儿已经可以熟练地整首弹奏，她更加焦急。崔蜜儿瞥了眼杜晓月，见她手忙脚乱的样子，轻哼了一声，显得有些得意。

“可有人已练会了？有愿为大家演示一遍的吗？”陆奇问道。

“我！我来！”崔蜜儿生怕这个机会被别人抢走了，连忙答道。

“好，蜜儿上来试试。”陆奇说。

崔蜜儿走上前去不假思索便弹起来。在她的演绎下，碧落幽倩似乎生出魔力，这首基础的练习曲竟也清脆悦耳，如山泉般涌出来，直抵每个人的内心深处。众人还没听够，却已一曲完毕。

“好！崔师妹弹得好！”甄三带头鼓起掌来，众师兄弟也跟着纷纷喝彩。

崔蜜儿略显得意，接着抬头望向杜晓月，说：“我这只是抛砖引玉。素知杜师妹自幼学琴，功力了得，只是我们还从未见识过。这简单的指法杜师妹应该早就练会了，何不借此机会让我们一睹师妹的风采？”

杜晓月心下一惊，万没想到崔蜜儿会突然点到自己，心下暗想：“她刚才明明看见我没练好，这不是故意让我出丑吗？”

一时间，她愣在原处，不知如何反应。

众弟子见杜晓月并未起身，纷纷起哄齐声喊：“晓月！晓月！晓月！”

甄三趁势站了出来，没经杜晓月同意就把她的琴摆到了台前。

“哎，别呀！”杜晓月想要阻拦却已来不及，知道今天必然要出丑了。

在众人的起哄声中，杜晓月只得硬着头皮起身，步子拖得老慢。待她走到台前，崔蜜儿“嘘”了一声，示意大家安静。

杜晓月盯着琴弦，深吸了口气，打起十二分的精神，祈祷这一次琴不要再和自己作对，希望能一次成功。

杜晓月弹奏起来，弹得虽然不稳，但所幸还没出错。众人屏息静听，琴声缭绕在整间屋子。见杜晓月弹得比刚才要顺畅，崔蜜儿不禁皱起了眉头。

突然，一个突兀无比的杂音响彻室内，旋律中断了，整个房间也安静下来。

杜晓月耳根发热，虽已料想到这一幕，但此时仍旧尴尬无比。众人不知作何反应，只有崔蜜儿脸上露出了得意的微笑。

见此情景，刘云止解围道：“晓月师妹第一次面对这么多人演奏，太过紧张，不妨事，不如再试一次可好？”

杜晓月本想就此作罢，但话已至此也只能再试一次。很快，没弹几下就又错了。她不甘心就这样下场，于是屡屡尝试，却又屡屡失败。琴音反复卡住，嘈杂无比，听得人心生烦乱。

之前上课打瞌睡被罚的场景还历历在目，这次又当众出丑，此时的杜晓月感觉脸烫得厉害，呼吸也变得急促起来。

“之前听说这杜晓月自幼学琴，琴技了得，看来没啥资质，名过其实了。”琴室内有人议论道。

“就是，这水平不过尔尔，我上去都比她弹得好！”

“就这还敢上去演示？也真是太小瞧我们了，不知天高地厚。”

台下的议论，杜晓月听得格外清楚，她低着头，从耳根一直红到了脖子。

陆奇清了清嗓子制止住弟子们的议论，道：“晓月此前从未正式拜师学琴，短短一两个月能弹到如此水平实属不易。只是还缺了些火候，需要勤加习练，今后有不会的问题多向你崔师姐请教。”

“杜师妹，下次有不会弹的，可以来问我，我一定全力帮助师妹。”崔蜜儿笑着说。

杜晓月只觉得脑袋发蒙，之后的课更是一个字也听不进去。终于熬到下课，刘云止和几个常来看兔千岁的师姐围过来安慰她，杜晓月却不搭话，只顾低着头跑回了屋子。

房间里空空荡荡的，兔千岁不在。杜晓月呆坐着，对着琴。

此刻，她心中烦闷，想着自幼习琴，就连阿爷也常夸她天分高，怎么现在连这么基础的曲子都弹不好，难道是这琴有问题？

于是，杜晓月从行李堆里翻出从长安带来的旧琴，又尝试了下刚才的练习曲。这一次，居然一气呵成，并未有半点阻碍。换回新琴，结果又屡屡出错。之前在琴店里时觉得这琴十分顺手，偏偏这些时日怎么弹怎么不对。

“第一大师说琴是活物，难道你是故意和我作对吗？”杜晓月端详起这琴，之前并未把这话当回事，此时却不得不重视起来。

杜晓月还从未像今天这般仔细地打量过这琴。

果然，这一看，竟然真发现了什么！只见这琴的凤沼里刻着一个“吹”字！

“这难道是什么机关吗？要我吹它？”杜晓月思索了一阵，对着刻字的位置使劲儿吹了一口气。

十　歌吹的传说

杜晓月吹一口气，琴却并没有什么变化。

“难道是吹得还不够用力？”杜晓月又仰头深吸口气，腮帮子鼓得老高，猛地朝里面呼出去，琴仍然没有一点反应。

就这样，杜晓月变换着各种角度，使出吃奶的力气。很快，杜晓月吹得脑壳生疼，腮帮子酸痛，累得瘫坐在地上喘着粗气。

“这是在做什么？琴脏了擦擦便是，这样吹多费力气？”兔千岁不知从哪回来，见到杜晓月的样子笑道。

“不……不是，你看，这琴……这里刻了一个‘吹’字。”杜晓月喘着粗气说。

兔千岁朝那望去，愣了片刻，接着大笑起来，笑得两只爪子捂着肚子满地打滚：“笑死我了，哎哟，笑得我肚子都疼了！”

“有什么好笑的？”杜晓月大惑不解。

兔千岁坐起来强憋住笑，说：“这字不是叫你吹它，而是……”还没说完却又忍不住笑了起来。

“是什么，快说呀！”

“‘吹’，是这把琴的名字。”兔千岁说。

“这琴叫‘吹’？我怎没听过这名字，你既然上知千年之事，可认得这琴？”杜晓月赶忙问。

“待老夫查看一番。”

说罢，兔千岁爬到琴上，闭上眼睛趴在琴面，粉红的鼻头在琴上嗅来嗅去，长长的耳朵贴在琴面上来回扫过，像是探测器一样。

“少安毋躁，容老夫在记忆宫殿里搜寻一番。”兔千岁说着闭上眼睛，爪子在空中有规律地摆弄着，真像是在翻找东西似的，突然，它跳了起来，“哈，找到了！”

“这琴究竟什么来历？”

兔千岁神色庄重，斩钉截铁地说：“如果老夫没判断错的话，这把琴就是大名鼎鼎的歌吹！”

“你是说歌吹？”杜晓月实在震惊到了极点，张口结舌地说，“这琴居然是绝世名琴歌吹？不对……据《天下名琴榜》记载，歌吹早已毁于战火，怎么会出现在这里？”

杜晓月虽然早就知道此琴来头不小，可怎么也不敢想象这把朝夕相处的琴居然是传说中的歌吹！她紧盯着琴，目光就快要在琴上刻出印子了，虽然和这琴朝夕相处，可此时经兔千岁这么一说后，再看这琴似乎比往常名贵许多。

《天下名琴榜》收录天下名琴，无数琴界中人的毕生梦想就是得到一把榜上名琴。能入榜者虽皆为上品，却依然有高低之分。也有部分琴存在争议，甚至有人质疑说，那些琴是藏家买通编书之人，好让手中藏琴与千古名琴并列。不过，歌吹的确是公认的最为传奇的几把琴之一，在整个榜单中都举足轻重。榜中名琴分为“鸿宝”和“仙品”两个级别，能称为“仙品”的不超过十把，而歌吹就是其中之一。

“上次在藏书阁你得到了一本无名奇书，现在，这把绝世之琴居然也在你的手里。看来老夫没选错人，你还真是天选之人。”兔千岁的目光在琴身扫视一圈，迟疑一阵道，“不过，准确地说，这把琴不能算歌吹，只能叫雪吹。”

“怎么一会儿说是歌吹，一会儿又是雪吹？到底是怎么回事？”杜晓月问。

“这可就说来话长了。人们只知歌吹超凡绝世，却又有几人知晓背后的故事……”兔千岁叹道。

“如此说来，你是知道的，那快给我讲讲。”杜晓月催促道。

兔千岁清了清嗓子，娓娓道来。

话说，前朝皇帝好大喜功，四处征伐，认为自己建立了千秋伟业。而他又喜好音律，爱炫耀自己的才华。他最怕江南人说他没有文化，于是便学习吴语，结交江南士人，尤其钟爱扬州这座城市。

为了给自己歌功颂德，展示他自己“允文允武，多才多艺”的风采，他命天下最厉害的斫琴师为自己做一把世间最好的琴，并赐名为“歌吹”，意思是在自己的统治下歌舞升平，百姓安居乐业，处处听见歌吹之声。

为了寻找到世间最稀有的材料来制琴，他集全国之力，征发军士万人，分成两支队伍，分别朝南北两个方向出发，命他们不到尽头不许回来。往北的队伍回来了，说他们曾经到了世界的尽头，那里是一片只有冰雪荒无人烟的冰原，并带回了千年灵鹿的鹿角、极寒之地的冰蚕丝和有凤凰栖息过的梧桐；而往南的队伍再也没有回来。

彼时，最顶尖的斫琴师居住于扬州城，传说他的妻子美丽无双，宛如洛神再世。更难得的是，他的妻子也精通琴道，他们以琴为媒，互为彼此的知音，是一对令人羡慕的神仙眷侣。皇帝命他斫歌吹，斫琴师禀报皇帝，斫制歌吹需要三年。

第二年，皇帝实在耐不住性子，想去扬州看看斫琴的进展。为了此次南下，他特地制造了极为奢华的龙舟。那龙舟是一座水上宫殿，有四层，高四十五尺，长二百尺，上层有正殿、内殿、东西朝堂，皆饰以金玉。皇帝乘着龙舟南下，到了扬州后，迷恋上这里的繁华，建造了行宫，一住就是数月。

有一次，他一时兴起去斫琴师的家里做客，斫琴师的妻子为皇帝端茶。谁知皇帝见了之后，被她的美貌所吸引，觉得自己拥有的世间的一切都没了滋味。那一刻，他无比嫉妒琴师。皇帝命斫琴师的妻子弹奏一曲，她无奈下只好演奏一曲。皇帝听了琴曲，觉得颇合心意，认为自己才是她的知音。临走时，皇帝说：“等歌吹做好之后，把琴和你的妻子一起送到我的宫里来吧。”

听闻此言，夫妻二人没有作声。待皇帝出了门，他们相拥而泣。

“不仅要带走我斫的琴，居然还要夺走我的妻子，狗皇帝！”此时，斫琴师对做了两年多的歌吹已经有了感情，献上歌吹对他而言，本就像割掉心头肉一般，谁知皇帝还要夺走他的妻子。

他下狠心，如果妻子留不下，那这把琴得留下，不能两样都被皇帝夺走。于是，他用剩下的废弃材料拼凑了一把琴，打算到时把这劣质琴献上去，而把真正的歌吹留在身边。

夫妻二人约定，妻子入宫后，分隔两地的他们会在每日辰时一起弹琴，通过琴音跨越空间，虽然不能见面，但依然能够心意相通。此外，每月最后一天的晚上，他们都要同时升起孔明灯，这样，即使隔着宫墙也都能看见，表示自己还在思念着对方。

斫琴师又把歌吹的材料巧妙地一分为二，做成了两把琴，更为神奇的是，这两把琴也能合为一体，浑然天成。他觉得这把琴就是他和妻子的化身，本是一体，也只有合在一起时才是完整的，他为这两把琴分别取名叫雪吹和雨歌，自己留下了雪吹，把雨歌交给了妻子。

一年后，无可奈何的斫琴师把假歌吹和妻子献给了皇帝。皇帝十分满意，对他大加赏赐。斫琴师目送着妻子进了宫，妻子身影消失的瞬间，他手捧着皇帝赏赐的重金，却觉得自己的心停止了跳动。

夫妻俩按照约定，在每个月末同时升起孔明灯，努力维系着他们那脆弱的、仅有的联系。只有看到宫里那盏灯升起的瞬间，斫琴师才感觉到自己的心又跳动起来。

直到有一次，斫琴师没有看到妻子应该升起的那盏灯。他干坐着紧盯宫墙，眼睛睁了一夜，直到天亮。也许是有什么事情耽搁了，她一定还平安无事，斫琴师这样告诉自己。好不容易熬到下一个月末，又坐了一夜，还是没看见灯。

斫琴师没有放弃，再撑了一个月，还是没有。天亮的时候，他的眼泪已经流干了。他花光了皇上赏赐的金子，四处托人打听，问他的妻子是死是活。

“她活得好好的，现在是皇上最宠幸的妃子。”有人告诉他。

斫琴师听完这消息，笑了。

他控制不住地大笑，笑了整整一天，直到笑不出声，把邻居们都吓坏了。那天以后，邻居再也没见过他，只有那把雪吹留在屋子里。

他永远没有机会知道，妻子从没忘记他，是皇帝发现了他们的秘密，禁止她放孔明灯。在他消失后，妻子终于找到机会，扮成宫女带着雨歌从宫里逃了出来。她四处打听斫琴师的下落，可是哪有人知道呢。

“把她给我抓回来！活的带不回来，就要死的！”皇帝发现那个女人逃跑后咆哮着说。

可笑的是，还没等抓到她，皇帝的江山就被推翻了。在叛军包围下，皇帝下了最后一道命令，命人缢死自己。直到身体僵硬了，他还死死地抱着那把假的歌吹。皇帝死后，叛军一把火将他的尸体和怀中的琴一起烧了。

不知过了多久，妻子问遍了人也打听不到丈夫的消息，就来到扬州城外的琼花林下，终日弹奏，祈祷有一天丈夫经过时，听到雨歌的琴声，能够与她重逢。

可是直到最后，她也没能见到他……

故事讲完了，杜晓月沉默着，两眼盯着眼前的烛苗失了神。兔千岁用爪子戳了她好几下，她才勉强回过神来。琴面泛着昏黄的幽光，光洁的琴面依稀映照出闪烁跳动的烛光。

杜晓月痴痴地望着琴说："说来你可能不信，这几日我一直有种奇怪的感觉，我感觉歌吹似乎在和我作对。"

"我信，琴都是有个性的，更别提歌吹这种传世名琴了。"兔千岁说，它并没有感到奇怪。

"你也相信琴是活物？那你可知这琴为何和我作对？"

兔千岁闭上眼睛，屏住呼吸，把爪子贴在琴面感受了一阵，缓缓睁开眼睛，猜测道："也许这琴是在捉弄你……这琴虽然年岁久远，但因为一直没有主人处在沉睡之中，现在刚刚醒来，如初生的小孩心性顽劣，还很调皮。"

"原来是这样……"杜晓月若有所悟。

"不过，老夫觉得，更有可能的是，它是想通过这种方式引起你的注意，在求你帮忙。"兔千岁说。

"求我帮忙？帮什么忙？"杜晓月问。

"刚才讲了半天口干舌燥，快给老夫倒杯茶，再拿几根萝卜来。"兔千岁说。杜晓月乖乖倒好茶端给兔千岁，接着又从筐里取了几根萝卜。兔千岁接过茶一饮而尽，啃了一大口萝卜。

十一　前往琼花林

“雨歌和雪吹的命运就和它们的主人一样，分离之后，再未相遇。你若能寻得雨歌，让它们百年后重逢，那它们一定会感激你，任你使唤。不仅如此，如若合二为一，歌吹发挥出全部的潜力，一定比现在强上数倍不止。”兔千岁边说边挥舞着萝卜。

“那这雨歌在何处，如何才能寻得？”杜晓月说着又给兔千岁塞了根萝卜。

“你可算是问着了，老夫还真就知道。你也可以猜猜看。”兔千岁眨巴了下眼睛，故意卖了个关子。

“不会是……不会一直留在那琼花林中了吧？相传琼花林中有一件宝贝，也有不少人前去寻找，却都失败而归，原来这宝贝竟是雨歌？”

“不错！其实雨歌一直随主人留在了琼花林中，她的后世弟子们世代守护着这把琴。他们一直在等待有缘人，只是为了防止心术不正之人觊觎这把琴，在琼花林中设下了重重迷阵、无数考验，想要通过也不是那么简单。这么多年下来，也没人能通过考验成功将雨歌取走的。”兔千岁说完又啃了口萝卜。

“这么困难的话，我能行吗？”杜晓月有点灰心。

“莫慌，总要试一试吧，这不是有老夫在嘛！何况，你手上还有雪吹，你去比别人的希望都要大些。你再将此事说与陆先生，让他派几个得力弟子与你一同前往琼花林破解迷阵，那成功的概率就更大些。”兔千岁说。

杜晓月说罢便去找陆奇。

“‘富而可求也，虽执鞭之士，吾亦为之。’钱，钱，钱，哎……当时只以为学琴是风雅之事，谁知道当上掌门后，维持琴派周转整天离不开算钱，反倒多了这许多烦恼……”陆奇嘴里念叨着，手里的算盘打得飞快。

听到有人敲门，他像是怕被撞见似的，赶紧把散落在桌上的铜钱收进抽屉，正色道：“请进。”

杜晓月进门施礼，道：“先生打扰了。您可还记得领我去买琴时，第一大师说过这把琴会向我介绍它自己吗？如今我知道这琴的来历了。”

陆奇手不自觉地扶着抽屉，有些诧异，道：“这把琴确实看得出非同小可，只是不知来历，怎么，你已经知道了？”

“如果我没猜错的话，这把琴就是传说中的歌吹！不过准确地说这琴只是歌吹的一半，叫雪吹，而传说中琼花林里藏着的宝物就是另一半琴，名叫雨歌。”

陆奇一拍桌子，有些激动，道：“好家伙！这琴竟然是歌吹！虽然传说那琴早已毁于战火，不过你这么一说，想来也不是没有可能。”

杜晓月点了点头，说：“不过，要想彻底搞清楚，必须要去琼花林，见到那另一半琴。我想去看看。”

“只是此事……”陆奇似乎很是犹豫，沉思着，指尖敲击着桌面。

“陆先生，此事有何不妥吗？”杜晓月问，有些担心陆奇会阻止她前往。

“没有，没有。只是此行前去……来回的路费不用我出吧？”陆奇吞吞吐吐地问。

“当然不用，此行是我的私事，来回费用早就准备好了。”杜晓月答道，稍有无奈，没想到陆奇担心的竟是这个。

“如果你要去，试试也好，不过，也别抱太大希望。世人皆知这琼花林中守护着秘宝，只是这么多年来，无数人前去，却没人能成功。这路途遥远，你一个人去不大方便。”陆奇松了口气，捋着胡须思忖了一阵说，“把刘云止与崔蜜儿叫来吧。”

听到陆奇这么说，杜晓月出去唤来二人。他们不知被师父叫来是因为何事，神色都有些紧张。尤其是崔蜜儿，她见到杜晓月在此，蹙起眉头，暗自思索，难道是因为琴技课上的事，让晓月怀恨在心，向师父告了自己的状。但仔细回想，这几天并未留下什么把柄。

陆奇开门见山，将杜晓月的事细细说与二人，道：“琼花林路途虽不太远，但要进入也是困难重重，晓月一人怕是应付不来。你们二人与她同去，助她闯关，可好？”

“杜师妹此行，我必全力相助。”刘云止爽快地答应了。

“去琼花林？这么多年来还没听说有人能成功，即使我们三人一同前去，也是希望渺茫，只怕白费工夫。”崔蜜儿有些犹豫。

“嗯，为师自然知道此事难度极大。不过，传说琼花林中人琴法精妙，哪怕你们此次空手而归，能够与琼花林中人一较琴艺，就当是历练一番也好。”陆奇笑道。

崔蜜儿自幼便是家中的掌上明珠，生活起居被照顾得无微不至，这样的千金小姐哪里愿意去那琼花林探险。但师父话已至此，她也只能应允：“我……我愿一同前往。”

崔蜜儿脸上不动声色，心中却十分不快，没想到杜晓月竟给自己凭空生出如此麻烦，此次前去注定徒劳，她肯定故意折腾自己。杜晓月见崔蜜儿也要去，心里也不太乐意，不知道陆奇为何如此看重她。

其实这都是陆奇的一番苦心。他早已看出她们二人不合，特意安排崔蜜儿一同前往，希望经过此番历练，同甘共苦，能够了解彼此，以清除之前的嫌隙。

翌日，杜晓月带着行李，怀抱着兔千岁，在广陵派门口等着刘云止和崔蜜儿。

“你在这广陵琴派待了这么久，陆先生这么厉害，你怎么不选他帮助你完成使命？”杜晓月问兔千岁。

“我也考虑过，可看他资质平平，恐难担此大任。”兔千岁说。

杜晓月无言以对，陆奇已经是当今琴界鼎鼎大名的人物，在兔千岁嘴里却成了乏天才之质。

“不过，他们那一辈里倒是有个人天赋异禀，我也曾对他寄予厚望，只可惜……”

“只可惜什么？”

兔千岁叹了口气，没有回答，表情有些沉重。杜晓月问了几遍，它都不肯再说。

到了约定出发的时候，晓月站在门口等。过了一炷香的工夫，刘云止才走了出来。只见他手里拎着大包小包，肩上还背着小山一样的行囊。

晓月打趣道：“刘师兄，你拿这么多东西做什么，难道是要搬家不成？”

刘云止面露难色，解释说："这都是你崔师姐的……"

正说着，崔蜜儿也出来了。她两手空空，并不觉得让刘师兄拿所有的行李有何不妥。

"你要带上宠物兔吗？"刘云止有些吃惊，问。

崔蜜儿随手拍了拍兔千岁的脑袋，不放心地说："这兔子看着还挺机灵，就是不知道会不会到处拉屎撒尿？"

兔千岁心里十分恼火，心想："老夫乃是堂堂的兔千岁，怎么会到处拉屎撒尿？"但它在外人面前不能开口反驳，只能朝着崔蜜儿龇牙，喉咙里发出低沉的呼声。

果然，崔蜜儿被吓得往后一跳，问："这兔子不咬人吧？师妹可得看好了。"

杜晓月看了一眼兔千岁，道："师姐放心吧，我会管好它的。"

车马在城东的胡姬酒肆等候，三人要沿着彩衣街往城东步行一小段路。刚走了一半路程，崔蜜儿已经叫苦连连，蹲在地上抱怨着："哎呀，上辈子是造了什么孽哦，今天要让本娘子这样'充军'！"

"再坚持一下吧，到了胡姬酒肆，我们就可以歇歇了。"刘云止安慰道，转头看向杜晓月，"晓月累不累，那兔子看着怪肥的，要不我帮你抱？"

"谢谢师兄，不用，很快就到了。"杜晓月谢道。

没走出多远，崔蜜儿已经累得不行，手撑着膝盖弯着腰，上气不接下气地问："我滴个乖乖，还得走多久，怎么还没到？"

就这样，崔蜜儿没走几步便要问一次到了没，表情越来越难看。终于到了酒肆，早就筋疲力尽的崔蜜儿瞬间还了阳，快步冲到空座位瘫坐下来。

众人歇了一会儿，崔蜜儿缓了过来，就高声叫来酒博士，指着菜牌说："我要燕窝鸡丝汤、金银肘、炒鳝糊、清炖甲鱼、柳蒸羊、蒸鲥鱼……"

杜晓月见崔蜜儿还没点完，担心吃不完，便提醒道："崔师姐，这有点太多了，一会儿我们还要赶路，吃这么多只怕乘车会难受。要不，少点一些可好？"

"这有什么，吃不了，扔了就是。难得来一趟，各式菜肴不都得尝尝？"崔蜜儿不以为意，继续点菜，"这个文思豆腐羹来三份……"

"崔师姐不用给我点，我吃不了多少，师姐点自己那份便是。"杜晓月说。

听到这话，崔蜜儿停了下来，扭头望着她说："杜晓月，怎么本娘子请你吃东西，你还不领情？”

“师姐，晓月哪敢不领情啊。只是我自幼肠胃不好，吃不了多少，吃多了会不舒服。”杜晓月赶忙解释道。

听了这话，崔蜜儿反而瞬间火了起来，道：“你吃不了？拐弯抹角说我能吃呗？我看你分明就是故意处处和我作对！”

刘云止连忙劝说道：“崔师妹，别这样说。杜师妹素来吃得少，再加上，你点得……确实，稍微多了那么一点……”

崔蜜儿早就想发作了，只是碍于师兄在旁边，听到刘云止帮杜晓月说话，更加火大，指着杜晓月鼻子放声说：“刚才你见我走不动了，诓我说这店就在前面，结果走了大半天，我腰都直不起来了！现在我要吃东西，你又在这说三道四！”

杜晓月进入广陵派这么些时日，早已了解崔蜜儿的大小姐脾气，此刻见她发飙也不恼怒，只是沉默着看向一旁，不予回应。

“刚才那些菜可以下单了吗？”酒博士突然插口道，但这紧张的气氛中没人搭理他，他只好再次询问，“可以下单了吗？别的客人还等着我呢……”

“崔师妹消消气，杜师妹最是善良，怎么可能有意惹你生气呢？这样吧，就当是我的错好不好，我自罚三杯！”刘师兄息事宁人道。

崔蜜儿听了这话，知道刘云止是向着杜晓月那边的，愈发恼怒，声音越来越大，指着杜晓月鼻子骂道：“好啊，你们合起伙来欺负我！杜晓月，你第一天来我就看你不顺眼了！你仗着是杜牧的女儿，自命清高，整天鼻孔朝天，不把我们放在眼里，我却偏不服你！”

“崔蜜儿，休得无礼！”只听门外一声怒喝，来人是一个肥胖的中年男子，脸胖得从正面看不见耳朵，穿着圆领团花锦袍，扎着鎏金铜蹀躞带的肚子鼓得像个硕大的西瓜。

此人是城中富商崔东风，也就是崔蜜儿的父亲。本想到东门外为女儿送行，没想到撞上此番情景。其实，他早就看到蜜儿与人争执，在一旁观察许久，见蜜儿越发无礼，实在看不下去。

“崔蜜儿，你看看你这无赖撒泼的样子，哪还有半点大户人家娘子的体统？你小时候我是怎么教你的？”崔东风气哼哼地迈步走来，肚子气得更鼓了。

崔蜜儿见父亲突然出现，吓得一个哆嗦，整个人都愣在原地。

崔东风拱手向杜晓月赔礼道："恕我管教无方，替蜜儿给小娘子赔罪了，请你不要和她计较。"

崔东风虽对崔蜜儿自小宠爱有加，但也教她基本的礼数。谁想到，今日却见到她这般骄横无礼，心中十分不悦，看来是自己把女儿宠得没样儿了。

一旁的蜜儿成了个"木偶"，好半天都没有反应，又一个哆嗦才恍过神来，颤颤巍巍地坐下了，畏惧地低下头不敢作声。

"崔伯伯，此事不能怪崔师姐。我们刚才走了半天，她实在累坏了，又饿着肚子，怪我说错话，才导致师姐情绪失控。"杜晓月笑着说。

崔东风见杜晓月谦逊有礼，和自己的女儿截然相反，便对她很是欣赏。转过头再看到一旁的崔蜜儿，反而更加来气，大声喝道："蜜儿，还不快向你师妹道歉！"

崔蜜儿这才敢抬起头，望向杜晓月，眼里完全没了平日的神气劲儿。她小声说："晓月师妹，是我错了！"

"崔师姐说的什么话，我也有错。"杜晓月连忙说。

崔蜜儿哀求地望向父亲，说："我平日待师妹不薄，关系最好，只是今日情绪失控，一时吵嘴，不信你问问杜师妹！求求你，千万不要扣我零用钱……"

说完，崔蜜儿可怜地望向杜晓月，似乎是在乞求她说几句好话。

晓月也不是什么小心眼的人，也替崔蜜儿解释说："今日之事不是崔师姐的错。师姐平日人特别好，对我特别热心，说愿意随时随地帮助我提高琴技。她在广陵派中很有威望，大家都很佩服她的。"

崔蜜儿听到杜晓月的话，暗暗松了口气。

崔东风听到此话，语气稍有缓和，道："虽然你杜师妹替你求情，但你今日所为还是让为父大失所望，你以后每个月的零花钱减半！"

"什么？一个月只给十两金子，这可叫我怎么活啊……"崔蜜儿像被拿住了命门，瞬间颓废了。

一旁的客人们听到这话，嘴里的饭差点儿都喷了出来："十两金子！我们全家一年也花不了这么多啊！"

"小杜娘子，日后蜜儿若还像今日这般放肆，直接来告诉我，我来管教她！”崔东风叮嘱道。

“不会的，崔师姐待人一向有礼，肯定不会再这样。”杜晓月见崔蜜儿畏缩的样子，竟有点心疼。

崔东风望着杜晓月，更加欣赏了，赞叹道：“不愧是杜牧的女儿，要是蜜儿能像你这样就好了。你们几个孩子此行也不容易，一路上要相互照顾。我也没什么能帮忙的，只有这点金子给你们，路上买点茶水喝。俗话说得好，‘世上行事钱开路’，若是遇到什么麻烦，有钱也好化解。”说罢，崔东风掏出一把瓜子形状的金子塞给杜晓月。

“不敢，不敢，这么多钱我怎么能收？”杜晓月没有接。一旁的崔蜜儿悄悄冲她挤眉弄眼，示意收下。杜晓月见推托不过便收下了。

“如此我才可放心，那我就告辞了，后会有期。”说罢，崔东风走了出去，坐上轿子。几个仆人抬起轿子，晃晃悠悠地远去了。

这场风波终于停了下来。很快，酒博士就开始上菜，崔蜜儿听了杜晓月的建议，去掉了几样菜。

在吃饭之前，杜晓月从包裹里掏出萝卜和青菜给兔千岁。在一旁等了很久的兔千岁早就饿坏了，拿着萝卜大口大口地啃起来，还用爪子使劲儿往嘴里刨。它的吃相十分可怕，把四周的客人都吓了一跳。

杜晓月很是尴尬，真想装作不认识。兔千岁吃完后，气喘吁吁地躺倒，肚子鼓得老高。

用餐完毕，一行人出了酒肆，车马已经在门口等候。乘上车，崔蜜儿再没叫苦叫累，言语间对杜晓月也客气了不少。

十二　神乎其技的流风和回雪

琼花林位于扬州城东北二十里的茱萸湾。春秋时，吴王夫差开了一条通江入淮的邗沟，因开沟堆土，在运河中间形成了一座小岛，后来不知怎的，这里逐渐开满了琼花。传说中，这都是琼花仙子幻化而成，所以就称这里为“琼花林”。

“车只能驶到这里了，再往前你们得步行过去。穿过前面的那片树林，就是一个三面环水的小岛，那就是琼花林了。”车夫说着停下了马车，大路已经走到了尽头。

众人下了车，眼前是一片雪松树林。林间，小鹿欢快地奔跑跳跃，毫无戒心，鸟儿婉转鸣唱，使这片林子显得更加幽深。雪松林深处是一片沼地，生长着一排排直刺天空的水杉，形成天然的围墙，将这里与外界隔开。

“那后面应该就是琼花林了！”刘云止说。

众人绕过水杉林，果然看到一座溪水环绕的小岛。此时正值春夏之交，是琼花的花期，树上的一朵朵琼花像锦白玉盘，远远望去，小岛上的林子像被一片白雪覆盖。琼花林间点缀着几丛芍药，紫红鲜艳，更衬托出白色琼花的清新淡雅。琼花很是奇特，花大如盘，洁白如玉，八朵雄花组成一个花环，花环里还有许多像满天星一样的嫩黄花蕊。只是这琼花白得耀眼，不似凡间应有之物。

众人在琼花林外来回打转，寻不到入口。正愁没有头绪，就看见林外一个农夫打扮的矮胖男子，手持葵扇，弓着身子给琼花树浇水。

刘云止连忙上前询问：“这位郎君，打扰了，听闻琼花林中藏有秘宝，我们是为见宝物而来。不知从哪能进入这琼花林内？”

男子继续浇着水，头也不抬，摇着葵扇说：“哦？又来人了。呵呵，我正是琼花林中人。你们可知要见宝物，要通过几重考验？”

刘云止拱手施礼，道：“原来阁下就是琼花林中人，敢问怎么称呼？还请郎君指点一二。”

“我叫流风。我这里就是第一关。”男子懒懒地说，也不正眼看这几人。

“那这一关的考验是什么？”杜晓月问。

流风用葵扇指向一旁的琼花树，漫不经心地说：“第一关的考验是画琼花，你们若是能画得比我好，就算是通过了。画一次五百文，若要试，就交钱，纸笔在那桶里，自己去取。”

他身旁有一堆木桶，都已经装得满满当当。看样子，前来通关的人还真不少。

“我滴个乖乖，闯关还要收钱？你们琼花林缺钱缺疯了吧！我看你们这根本就没什么宝物，都是骗人的幌子，骗取钱财罢了！”崔蜜儿跺着脚气道，“什么琼花林，我看你们改名叫穷疯林算了！”

“想试便试，不试便走。”流风像是司空见惯，对崔蜜儿的话没什么反应。

刘云止怕崔蜜儿口无遮拦，说：“崔师妹，既然琼花林的规矩就是如此，多说无益。来都来了，我们总要试试看，付钱就付钱吧。”

于是，三人挨个掏了钱，拿取纸笔。

“没想到第一关的考验居然是绘画，我的水平实在拿不出手，还得靠你们了。”杜晓月有点犯难。

“没事的，我从小最爱画画，包在我身上。”崔蜜儿显得很有信心。

刘云止并没急于提笔，而是走到琼花树下，仔细观摩起来。杜晓月见状，也学着师兄的样子，走到琼花树下观察起来……

杜晓月第一个画好，对众人说：“画好了！”说罢，举起自己的画，给众人展示。杜晓月的画惟妙惟肖，像是真的摘了两簇琼花，印在纸上似的。

尽管杜晓月自幼不爱画画，毕竟也是书香门第，琴棋书画都是名师指导，还有杜牧的指点，再加上天资聪慧，画得也像模像样。

流风看了眼画，摇头说：“勉强算不错吧，但毕竟功力尚浅，虽得其形，未得其神。”

“那我这幅呢？”刘云止也已画好了，拿过来给流风看。

刘云止画的琼花潇洒写意，栩栩如生，风一吹，整簇琼花跃然纸上。

“好！可以称得上是气韵生动，浑然天成。倒是有些功力。”流风点头，似有赞许之意。

“怎么样，那我们通过考验了吗？”崔蜜儿忙问。

“只可惜，和我比还差点儿意思。”流风笑道。

“我滴个乖乖，你这人口气好大！刘师兄的画工高超精妙，非常人可比，你说他画得不如你？有本事，把你的画拿出来看看，也让我们见识见识。”崔蜜儿被他的口吻激怒，不客气地说。

流风轻笑了一下，道：“你们早已见过我的画了。”

众人不解，面面相觑，流风见他们竟浑然不知，越发得意。

“你的画究竟在哪儿？我们未曾见过呀。”杜晓月疑惑道。

流风指着刚才他浇水的那棵树，笑着说：“这树上的花不是真的，都是我画的。”

“怎么可能？休要骗我，这分明是真花啊。”崔蜜儿难以置信，快步走到树下，从上面摘下一簇。她举起那簇琼花对着阳光，仔细辨认一番，实在分不出是真是假。

“放入水中看看。”流风提醒道。

崔蜜儿将琼花放入水中，竟然化了，居然真的只是一张纸画的。这满树的纸花经风一吹，微微摇动，都活了，隐隐还有墨香。他们三个人在临摹时观察了许久，竟无一人发现这些琼花是画的。即使现在知道了这些花是画的，一眼望去，也实在无法分辨。

刘云止登时心中一沉，想不到世间竟有如此高手，输得心服口服。

杜晓月和刘云止的画都不合格，此时只有崔蜜儿还没交卷，但她显然也不抱什么希望。

“小娘子，你的画还用拿出来比吗？”流风得意地说。

“我……”蜜儿迟疑着，见众人都望着自己，也只能举起画作。

若不知道他们画的是琼花，完全看不出崔蜜儿画中是何物。纷乱的颜色涂抹一团，倒像是个两三岁孩子的涂鸦。众人实在没忍住都笑了出来。

“没什么别的事，诸位就请回吧。”流风说完伸了个懒腰靠坐在树旁。

“我们大老远来一趟，竟然连第一关都没过，就这么被打发走了吗？”三人情绪都十分低落，虽然知道这琼花林考验重重，却没想到连第一关都没通过。难道就这么无功而返了吗？

“咳，咳……”

众人正欲离去，却听流风清了清嗓子，搓动着手指，众人不解何意。见众人愣着，流风又清了清嗓子，瞥了眼木桶里的铜钱。

崔蜜儿第一个反应过来，从包里掏出金子，笑着说：“流风大师，今日能见识您神乎其技的画功，实在荣幸之至。虽不能过关，但您对我们画技的指点也让我们感激不尽，这点金子略表心意，您拿去吃茶。”

流风见到金子，眼里闪过一道光芒，接着正色道：“哎呀，谁说你们没过关了。最后这位小娘子的画我还没仔细看，刚才眼花看得不清楚，得拿近些再瞧瞧。”

说罢，他取过画，装模作样地观瞧起来。众人等他评点，却见他半晌还不作声。见众人不动，流风有些无奈地挠了挠头。崔蜜儿心领神会，又伸手掏了些金子。

“哎呀，这画作真是精彩绝伦，实力远远超于我，能见到如此杰作真是三生有幸！”流风突然来了精神，眉飞色舞地说着。

“扑哧”一声，杜晓月没忍住笑了出来，心想：“这话亏你说得出口！”

流风旁若无人，接着欣赏着画，赞叹道：“凡夫俗子不懂这幅画的高明之处，不知其中精妙，我真是自愧不如。一个画师能用很短的时间就画得像一位大师，却要用一生去学习画得像个孩子。这哪里是人为能达到的境界，简直犹如鬼斧神工一般。只可惜，这种精妙很少有人能够读懂。”

众人听他越吹越神，还真像那么回事。

崔蜜儿看他那真诚夸赞的样子也有点恍惚，脸颊泛红：“我的画真有这么了不起？”

“必须的！”流风高声说。

“崔师姐从小爱画画，果然了不得！”杜晓月笑道。

“那这一关我们算是通过了？”刘云止问。

“过了！这画实在太妙了，我还得继续膜拜一会儿，恕不相送。你们沿着面前这条小径一直往前，穿过一个小坡后右转，见一池塘，我的师兄回雪就在池边等着你们。”流风还在低头欣赏着蜜儿的画。

没想到竟是这样过了关，众人虽有点发蒙，但也信心大增，脚步更加欢快。沿着流风所指的方向前进，隔着老远就看见一方黑色的池塘。

那一汪黑池突兀无比，像是天公挥毫时不经意地把一个巨大无比的墨点洒在地上。

崔蜜儿惊呼：“这水怎么黑成这样了？”

池塘边有一书案，站着一个书生模样的瘦削男子，正在写字。见众人前来，他停下笔，拱手作揖道：“诸位郎君、娘子，在下回雪。诸位可是来闯关的？”

“我们正是为此而来。”见此人彬彬有礼，众人也都跟着还礼。

回雪指着身后的黑池介绍道：“鄙人不才，一生无甚建树，终日以练习书法为乐。这池水，是写完字后洗笔用的，渐渐地就被染黑了。”

众人听闻皆是惊讶，究竟是写过多少字，用过多少墨，才能将这一池的水都染黑？不过无论如何，回雪这一关是极难通过了。

“难道这一关是比试书法？”杜晓月问。

“不错。诸位能通过流风师弟的考验说明有些本领，但可惜，在下这关未必过得去。我苦攻书法，如今练成一小技，任凭谁写的字，只要看上两眼，便都能临摹得分毫不差。所以这关的考验就是，诸位用任意的方式写一幅字，在下依样写出，若有半分出入，便是在下输了。”

“能将这一池水都染黑，看来他的书法功力极为了得，这一关恐怕难了。”刘云止感慨道。

“我们的目的是寻琴，怎么又是考作画，又是考书法的？”崔蜜儿嘀咕道。

“琴棋书画乃是君子四友，其中之道皆是相通的，精于琴道者，其他几项也差不到哪儿去。想来设置考验的人一定是精通琴棋书画的高人。”刘云止解释道。

众人犯难之际，崔蜜儿悄悄从口袋里掏出金子，想要故技重演。

谁知回雪见了金子，勃然大怒，道：“这是何意？我原以为你们是知书达理之人，怎会行如此龌龊之举！要试便试，若是没把握胜过我，自愿认输吧！”

崔蜜儿悻悻而回，刘云止只好硬着头皮第一个试。他自幼习字，专攻欧体，用楷书挥毫写下一句诗：“昆山玉碎凤凰叫，芙蓉泣露香兰笑。”这几个字用笔精准到位，颇见功力。

“字写得不错，足有欧阳询两三成的功力了，但与欧阳询相比，感觉更加瘦硬修长而不受拘束。”回雪笑道，“只可惜难不倒在下。”说罢，他就提笔临摹起来，须臾之间便写完了。

众人看了看他临摹的，又看了看刘云止写的，一时眼花，还真分不清都是谁写的，尽皆叹服。

“怎么样，还有人要试吗？”回雪问。

刘云止没难住他，众人颇受打击。

崔蜜儿心生一计：“正经写字他会临摹，若我胡写一通，看他怎么办是好！”

于是，她拿起笔，胡乱在纸上勾画起来，东一笔西一笔，很快纸上凌乱不堪。即使要蜜儿自己再写一遍，也绝无可能。

崔蜜儿得意地望着回雪：“怎么样，我不信这你也能临摹出来。”

回雪笑了笑，毫不慌张，先是从左到右扫视一遍，接着闭眼冥想了一会儿，右手轻轻比画着，似乎在还原每道笔痕下笔时的力道、姿势、角度等。他轻笑了一声似有所得，猛地睁眼提笔写起，很快便完成了。

“这不可能！”崔蜜儿惊呼道。

众人望去，心中皆是一惊，竟与崔蜜儿那幅毫无二致，甚至那些零散的墨点、极其细小的笔痕都完美地还原出来。

“我就不信找不到一点出入。”杜晓月把两幅字上下叠在一起，举起对着阳光，细细辨认每一个细节，努力想要找出破绽。

无奈，还真是一模一样。

众人犯了难，崔蜜儿沮丧地说：“看来这一次寻琴要无功而返了。杜师妹，咱也别白费力气了，我看你也不用试了。现在天色还早，我们早些返回，说不定还能赶上晚饭。”

“好，就恕在下不远送了。”回雪拱手道。

十三　轻云的棋局

杜晓月还没想放弃。

“先生真是太了不起了！刚才的几幅墨宝能送给我带回去收藏膜拜吗？”她故意显出极为佩服的样子。

“这算什么，拿去便是。”回雪被夸赞，也有些飘飘然。

“我见先生写字神乎其技，不知先生写字的方式也能原样模仿吗？就比如，我用左手，先生也用左手，这您也能做到吗？”杜晓月接着问。

“那当然，这怎能难得住我？如果做不到，就算我输。”回雪笑答，更加神气了。

杜晓月狡黠一笑，道：“好，有你这句话就够了。再拿一支笔来。”

回雪见她提出这个要求，感觉有些蹊跷。

原来，杜晓月有一个绝技。她自幼常被父亲要求背诗，背不出就要罚抄。为了节省时间去玩耍练琴，杜晓月便尝试用左手和右手同时写字。也不知是天生的，还是因为习琴使双手变得灵巧，日积月累，这左手竟和右手一样熟练。之前在藏书阁中被罚抄书，她也是用了这一招才省了许多时间。

“像我这样写字，你能照样临摹吗？”杜晓月笑道，接着左右手各执一支笔，同时写字。神奇的是，她为了增加难度，故意将左边的字反着写，两边的字左右对称，像是从镜子里照出来的一般。

回雪见到此景，这才有些慌张，心中暗叫不好。

“杜师妹，没想到你还有这般神技！”刘云止不禁赞叹。

回雪虽日夜修习书法，可练的都是右手，若要用左手写字，并不太擅长，更别提双手同时写字，且左手的字还是反的。

“那我试试吧。”他面露难堪，后悔刚才夸下海口。

他左右同时提笔，显得十分笨拙，刚开始几笔倒还像那么回事，但没一会儿，双手渐渐不听使唤，左手的字迹已经歪歪扭扭起来，完全不成样子。他摔下笔叹道：“是在下输了。”

众人一阵欢呼。

“杜师妹果然深藏不露，有此等绝技！”刘云止竖起大拇指。

崔蜜儿也真心感慨道：“我滴个乖乖，没想到杜师妹这么厉害，有这神奇的本事。”

“崔师姐过誉了，都是些小玩闹，上不得台面。”杜晓月笑道。

回雪显得略有不服，苦笑道：“算你们侥幸过关，下一关从此前去。我在这等着，你们应该很快就会失败而返了。”

众人循路而前，只见远处一位干瘦的老者正端坐在雪松树下，闭目打坐。在他身前的地上摆着一张棋盘，是下了一半的棋局。

“老丈，这里可是第三关？”刘云止问道。

老人闭着眼睛，没有回答。

“可能是岁数大了，耳朵不大灵光，再大声点试试。”崔蜜儿道。

杜晓月贴近老人的耳朵，扯着嗓子喊：“老丈，这可是第三关？”

老人被吓得猛睁开眼，大喝道：“你吼那么大声干什么！我只不过睡着了。”

“抱歉，打扰了！”杜晓月吐了吐舌头，有些不好意思。

老人饶有兴致地上下打量起杜晓月三人，似乎对他们连过两关有些好奇，道：“好久没来人了，没想到这次的这么年轻，真是后生可畏啊。年纪轻轻就能过了前面两关，了不得！”

“打扰老丈休息了，我等为寻琼花林宝物而来，敢问老丈这第三关是下棋吗？”刘云止施礼道。

“是的。不过，我这关可没那么简单。这么多年，能通过此关的一只手就数得过来。”老人长舒一口气，指着面前的棋盘道，“这一关的考验就是这盘‘珍珑棋局’，此乃琼花林前人耗费心力布成，深盼棋道高手能够破解。挑战者执白，若能解开，老夫也会颇感欣慰。”

崔蜜儿低声问道：“什么叫‘珍珑棋局’啊？”

刘云止解释道：“‘珍珑棋局’是围棋的难题，不是两人自然对弈出来的结果，而是高手故意摆出来难为人的。就像是兵家设下的阵法，设局者以逸待劳，挑战者的每一步变化布局者都早已计算好，准备好应对之策。因此，这棋局中或生、或死、或劫，对挑战者而言极其难以推算。”

普通的“珍珑棋局”少的只有十几个子，多的也不过四五十个，老人面前的“珍珑棋局”却有一百多个，下得近乎完局。崔蜜儿和杜晓月自知不谙棋道，看了一会儿实在看不明白。

“师兄，我棋艺不精，这一关怕是帮不上什么忙了。”杜晓月说。

“我也不大会下棋。”崔蜜儿小声说。

“之前两关，多亏你们发挥出色，这一关就交给我吧。”刘云止点头示意她们放心。

刘云止虽不露声色，但心里倍感压力。尽管他对棋道颇有研究，可眼前这“珍珑棋局”非同小可，乃是高人竭尽心力布成。刘云止仔细观察棋局，发现这其中劫中有劫，既有长生，还有共活，或是收气，或是反扑，实在复杂。只稍稍计算了左上角一块白棋的死活，就已经感觉头昏脑涨。

刘云止对杜晓月说：“此局精妙无比，极其耗费脑力。我对弈时，请杜师妹在旁弹奏，为我凝神。”杜晓月点头应允。

刘云止坐下执白棋，开始对弈。

渐渐地，周遭景物在刘云止眼前模糊起来，只见棋局上的黑白子仿佛化成了对阵的两方军队。黑色那边设下了八门金锁之阵，东一团人马，西一团人马，将白军团团围住，双方纠缠不清。刘云止指挥着白色军队左冲右突，却始终落入黑方布下的陷阱，杀不出重围。幸好一旁有杜晓月的琴音助力，才让白军军心稍定。

刘云止举棋不定，仔细计算，原以为在中路找到了黑棋的破绽，却发现其实那块黑棋又有可活之道，若强攻就要牺牲掉自己这方几块白棋，牵涉极多，再算了几下，只感觉气血翻涌，突然眼前一黑，一口鲜血竟从口中喷出。

“师兄，你没事吧？”杜晓月赶紧停下了琴，关心地问。崔蜜儿也快步上前扶住他。

“没有大碍，只是此局过于复杂，用神过度，气血不支。”刘云止抚着胸口说。

“寻琴事小，身体要紧，这棋实在下不过，就算了，我们能到这一关已经不错了，师兄还是先休息一会儿吧。”杜晓月放心不下，转头问老人，“这局棋暂停一下，可否？”

老人答道：“不妨事，我有的是时间，等等也无妨，你们休息好了再试。”

崔蜜儿照看着刘云止。杜晓月从行囊里拿出了手帕，在溪水中浸湿了，捂在师兄的额头上。崔蜜儿也取出了携带的茶水，递给刘云止。兔千岁上前用鼻子嗅了嗅刚才刘云止吐出的鲜血，又用耳朵在他心脏位置听了一会儿，确认没有大碍。

“看来还是得老夫出马了……”兔千岁心道。

众人休息着，兔千岁跳到棋盘旁仔细观察起来。

“怎么，这兔子也会下棋吗？”老人不由得伸出手摸了摸兔千岁的头，觉得它十分可爱。

兔千岁有些反感，但没有反抗，认真观察着棋盘，突然似乎发现了什么，接着跳到棋盘上，用鼻子嗅了起来。

老人见状忙说：“哎，管好你这兔子，别把我的棋盘打乱了。”

“放心，那兔子乖得很！”杜晓月说。

兔千岁粉嫩的鼻子微微抽动着，从上到下挨个闻过每一个棋子，突然停在了一颗黑棋上，定住了。

老人神色有些紧张。杜晓月还没明白。

兔千岁对着这黑棋深深嗅了下，然后伸出粉色的舌头舔了几下，这颗黑色棋子竟然露出了白色。

“哈哈哈，没想到还有此玄机，竟让杜师妹的兔子发现了！”刘云止已经缓了过来，上前拾起那颗棋子看了看，“原来这是颗白棋，外面用糖裹着芝麻粉，才变成了黑色，混在了黑棋之中。”

他把变成白色的棋子放下，再看棋盘，那黑棋原本布下的阵法瞬间群龙无首，就好像主帅被人所夺，一下子棋局形势大变。

“此阵取法诸葛亮的八阵图，纵使文曲星下凡，棋局本身也无法解开，唯一的破解之法反在这棋局之外。人生如棋，过于执着，只会为局所迷。只有身在棋局中却能跳出棋局外的人才能破局。兔子嗅觉比人灵敏，没想到你们竟因此意外破了局，看似偶然，却也难说不是天意，有趣，有趣。”老人捋着胡须，脸上挂着一丝笑容。

刘云止此刻见到这棋局形势逆转，一下子来了精神，道：“我休息好了，继续下吧。”

黑方没了主帅，很快便溃不成军，接下来的对弈变得轻松起来，只是收拾残局而已。

“承让了！”刘云止将决胜的一颗子按在棋盘上，长舒了一口气。

“恭喜，是老夫输了。棋逢对手，真是人生快事！”

老人输了棋，却显得很是欣慰，笑着说，“还有最后一关，你们从此处前去，到琼花林深处能看到一座小院，上写着‘鹿鸣苑’，里面便是最终的考验了。”

一行人顺着琼花林的小道走。兔千岁蹦蹦跳跳地跟着，不时去扑路边的蝴蝶，就要跑远了。杜晓月一把抓回来道：“一把年纪了还这么调皮，天黑之前我们必须赶到小院，不然你没有萝卜吃。”兔千岁耷拉下脑袋，溜达在最后。

“看到了，就在前面。”杜晓月发现前面左侧树林中的屋子说，“那里应该是‘鹿鸣苑’了，好特别啊。”

这小院竟是以竹为墙，竹墙上紫藤缠绕，紫色的花儿像一串串铃铛，随风而动，房顶是人字形，以稻草覆盖，稻草铺得异常整齐，像用梳子梳过一样，透过树叶的夕阳，房顶熠熠生出微黄的光。暮色下小院宁静而神秘。

杜晓月喊了声：“有人在吗？”

一个女童从屋内缓缓走出，看样子只有六七岁，却像个大人一样面色严肃，她鞠躬作揖道：“在下琼花林主蔽月，请问诸位为何事而来？”

“我们是为见琼花林中的宝物而来，请问小娘子这是最后一关吗？”刘云止施礼道。

“原来是为此事而来……可惜呀可惜，你们来晚了一步。”女童面露遗憾，叹了口气。

“发生什么事了？怎么会来晚了？”杜晓月忙问，众人皆有些诧异。

“就在刚才，东西已被人取走了。”女童眼里竟有些不舍。

听到此话，众人都有些失落，没想到费尽周折居然是这个结局。

杜晓月有些不甘心地问：“人们只知这琼花林中有宝贝，却不知这宝贝是何物。我虽与这宝贝无缘，但只想确认一件事，那宝贝可是一把琴？叫雨歌？”

“不知。”女童答。

“你怎会不知？”崔蜜儿问。

“那宝物终日藏在一间密室内，祖师吩咐，除了通关的人，谁也不允许进去，所以我也从未见过它的真面目。”女童说，“可惜你们白跑一趟了，恕不远送。”

众人落寞无语，知道此行无果了，告辞离去。

十四　琼花林主

见众人散去，那女童转身往回走。正走到一半，屋里走来一个妙龄女子，怒气冲冲，拿着把团扇，往那女童头上敲了一下，道："又来捣乱！"

女童"哎哟"一声，捂着脑袋。

"快把刚才的客人请回来！"女子命令道，那孩子捂着脑袋灰溜溜地跑去追赶。

女童追上众人，说："不好意思，刚才都是我胡说的，我不是琼花林主蔽月，请你们跟我来。"

众人大惑不解，回到鹿鸣苑，妙龄女子笑着赔礼道："这孩儿叫琪琪，最爱恶作剧，没想到近来越发过分了。一时没看住，趁我更衣时出来捣乱，诸位莫怪。最后一关还没人通过，你们还有机会。"

女子的目光纯净，和那个女童比，似乎更加天真无邪。

"这小孩小小年纪，竟如此顽皮，可得好好管教。"被折腾一番的崔蜜儿有些生气。

"童言无忌，小孩子调皮点才有趣。在下刘云止，敢问娘子如何称呼？"

那女子笑着说："忘了做介绍了，我乃琼花林主蔽月。"

蔽月的眼睛如一汪春水，随着清风流转；肤白如雪，恰似在白瓷片上晕染了淡淡的胭脂。刘云止觉得眼前有些恍惚，似乎闻到这本淡雅至极的琼花林间氤氲着一阵清香。

蔽月打量着刘云止道："先前还在奇怪是何等才俊居然能连闯三关，没想到竟是这么年轻。"

"咳，咳……"杜晓月见蔽月和刘云止二人对视半晌也不说话，咳嗽几声打破了平静，“我们此番前来，是想见见传闻中琼花林的宝物。请问娘子宝物是否是一把琴，叫雨歌？”

蔽月有些震惊地说：“你怎会知道？这是我琼花林的秘密，不曾为外人知晓。雨歌乃琼花林祖师之物，是我琼花林至宝。琼花林弟子世代守护，设下考验，只为防止被心术不正之人得去，现如今还没有人能通过考验。你怎么会知道这琴？”

杜晓月瞥了眼兔千岁答道：“因为歌吹的另一半琴——雪吹在我手上。说来你可能不信，我感觉冥冥中是雪吹引我来找雨歌的。”

“雪吹？”听到这两个字，蔽月眼里放出光芒，不敢置信地说，“这琴还真如传言那般有另一半？”

“没错，它们合二为一才是完整的歌吹。”杜晓月边说边放下行李，解开琴囊。

微风拂过，雪吹仿佛有了呼吸，光洁的琴面映照出琼花林的山野景致。蔽月声音有些颤抖：“这……这琴还真与雨歌有些相似，就像同一块木材做的，相似却陌生的感觉，说不清多了点什么，少了点什么。”

杜晓月此前对歌吹的故事也只是半信半疑，如今见蔽月惊奇的样子才算是有了把握，问：“那可否有劳娘子将雨歌取出给我们瞧瞧？”

蔽月不舍地把目光从雪吹身上移开，轻叹一声，道：“若能让二琴重逢，也算了却了琼花林祖师的遗憾，实为幸事。只可惜，按照琼花林祖师立下的规矩，你们还是要先通过考验。在此之前，无论如何也不能见雨歌。”

“你这人怎么这么不肯变通？我们可是带着雪吹来的，就连看看也不行吗？”崔蜜儿皱着眉，问道。

“不行。”蔽月坚持道。

“既然琼花林规矩如此，也不好让蔽月娘子为难。那我们先通过这最后一关就是了。”刘云止说。

蔽月遗憾地叹道：“这最后的考验太过艰难，曾有人坚持数年最后无功而返。只怕这二琴，终是无缘重逢了。”

“这最后一关的考验究竟是什么？竟如此之难？”杜晓月有些好奇。

“相传祖师在这琼花林中日夜奏琴，为伴的只有林中的清风、山间的流水和天上的飞鸟。日复一日，年复一年，不知道过了多久，她的琴力达到了出神入化的境界，能让天上的飞鸟听懂，听到琴音的鸟儿也会飞下来和着旋律啼鸣。”

“这么神奇？这最后的考验不会是用琴音召唤飞鸟吧？”杜晓月说着倒吸了一口凉气。

“没错，这最后一关的考验就是用琴音召唤飞鸟，并用琴音感染鸟儿，让它伴着琴音唱和。”蔽月一字一句地说。

“这怎么可能？那只是个传说罢了，世间怎么可能有人做到！”崔蜜儿忍不住惊呼道。

“即使这传说是真的，琼花林祖师练了不知多少年才达到这种境界，以我们的功力，恐怕十年数载都难以企及。”刘云止感慨道。

“此事确实极为困难，所以我才遗憾。每个到达此关的人，我都会传授祖师当年所留下的琴法，期待有朝一日能有人悟透其中真意，只是这么多年还没人能实现。”蔽月说罢又遗憾地望了眼雪吹。

“既然你也会弹，那达到召唤飞鸟的境界了吗？”崔蜜儿问道。

蔽月摇了摇头，道：“我功力尚浅，远远不行。此事需要些时日，如果你们愿意，可以住在林中，我们会负责你们的饮食住宿。今日不早了，请诸位先用餐吧。”

“也好，我给师父写一封信，告诉他我们在这需多费些时日，有劳蔽月娘子差人送去。”刘云止说。

蔽月引众人来到侧面的一间竹屋，流风、回雪和轻云早已在此等候，笑着祝贺三人到了最后一关。屋内正中摆放着墨绿色的漆几，几下放着一个熏炉，炉中燃着香粉。几上放着琼花瓣点缀的卤水豆腐、只有手指大小的酱乳黄瓜等菜品，还有胡饼、蒸饼、捻头等点心。最特别的是那盘米饭，细长的米粒，呈淡绿色，香气扑鼻。

“这米饭怎么是淡绿色的？”刘云止好奇地问。

“这是青精饭，有美颜的功效，这种米数扬州最好，我在林子边种了一畦。”蔽月解释道，“大诗人李白有诗云：‘岂无青精饭，使我颜色好。’”

崔蜜儿撇了撇嘴，心想：“这有什么稀奇的，我经常吃的。”

蔽月还准备了桑葚、李子、樱桃等各式水果，以青色瓷盘为器，让人垂涎欲滴。琪琪年纪小，等不及众人，早就开吃了。

兔千岁也不遑多让，跳上桌子，抱着果蔬大口往嘴里塞。

“小兔兔！”琪琪见到兔千岁，十分喜爱，一把就将它抱住。

兔千岁其实最怕小孩，但根本躲闪不及，只好被她抱在怀里。

“怎么全是素的？”崔蜜儿素来无肉不欢，看到菜肴颇为不满。

“琼花林中人皆不杀生，更不食荤。林中寂寞，飞禽走兽都是我们的伙伴。这些果蔬诸位尽管取用，也请各位海涵。我弹奏一曲《相思曲》，也是祖师所作。”蔽月说罢便弹奏起来。

琴音一起，刘云止瞬间便被吸引，周遭的一切都变得模糊，只闻琴声，不顾其他，任身心漂浮在琴音之中。由于竹屋的墙壁很薄，琴声透过夏季澄澈的夜空，畅通无阻地响彻远方。

蔽月弹琴时上身纹丝不动，她的手指洁白细长，右手指尖竖立着，左手的动作极为轻柔，像是在轻轻擦拭琴弦，而不见多余的动作。

虽名《相思曲》，但曲中少有哀怨，优美柔和，渐渐地充满希冀，刘云止放松下来，感到温情而平和。

“蔽月的琴法实在是高妙，到了什么琴阶的水平呢？”杜晓月问。

“琼花林琴法高深莫测，通达天地，自成体系，与各大门派皆不相同，实在很难用现今的琴阶去评级。”刘云止道。

众人住下后，蔽月将琼花林的琴法耐心地传给众人，知无不言。没几日，刘云止竟爱上了林中这种平淡却充实的生活，喜好果蔬和素食的杜晓月和兔千岁也颇乐不思蜀。只有崔蜜儿对与主流大相径庭的琴法不感兴趣，又加上日日食素，实在无法忍受，便告辞先回广陵派了。

崔蜜儿这一走，可是苦了杜晓月一人。蔽月和刘云止之间总有说不完的话，常常把杜晓月晾在一旁。看着他们二人眉目间的神情，杜晓月感觉自己有些多余，可寻琴毕竟是自己的事，也不能像崔蜜儿那样说走就走。

眨眼间，一个月已经过去，杜晓月和刘云止日日跟着蔽月学琴，在广陵派基础上融合了琼花林的技法，触类旁通，琴技都上了一个台阶。由于琼花林祖师创造琴法之时便是使用雨歌，所以杜晓月用雪吹练琴也不再发生被琴耍弄的情况，格外顺手，这倒是意外的收获。

蔽月正专心地教着刘云止弹琴，两人含情脉脉地对望着。

“蔽月姐姐，蔽月姐姐……”

杜晓月早已习惯了被二人无视，但眼下她真的有些无奈了，只好再大点儿声说：“刚才这个‘秋鹗凌风’式我还没学会，蔽月姐姐能再为我演示下‘寄指’吗？”

杜晓月又说一遍，还是没人应答。

这个“秋鹗凌风”想要练成并不容易。左手并不触弦，中指指尖轻抵一弦外侧九徽到十徽之间，其势如高翔之鹗，要做到随时可俯冲连动，准确按弦。眼看那两个人还沉浸在自己的情绪当中，杜晓月只好自己翻看《琼林琴学备要》，再细细品读：“秋霄爽朗，一鹗高翔；凌风俯瞰，气象昂藏。”

这书里记载了共十六势，均是琼花林独家秘传，蔽月毫无保留地传授给他们。

“喻左手之寄指，状其势之飞扬。”杜晓月接着读道。

不过，看到两人在一起的热乎劲儿，杜晓月总忍不住吐槽道：“师兄只怕早就把考验的事抛到脑后了吧。”

这时，刘云止似乎漫不经心地问道：“那个小女孩，琪琪，她是你的孩子吗？”

琪琪正追着兔千岁满屋跑，突然听他提到自己的名字，便停下转头说：“是啊，蔽月姐姐是我娘。你问这个干什么，看上我娘了？”说罢，琪琪做了个鬼脸。

“蔽月姑娘乃神仙般的人物，我……我怎敢有此非分之想。”刘云止心里十分失落，可又不好表现得太过明显。

蔽月听到这句夸奖，耳根泛红，面向琪琪斥道：“胡说，谁是你娘！仔细你的舌头。”

刘云止抬起头望了眼琪琪，这才想起这个孩子太过调皮，初次见面的时候就差点儿被她耍弄。听闻蔽月之言，暗暗松了口气。

蔽月连忙解释道：“琪琪是个孤儿，从小便被琼花林收养。而我……还未成亲。”

她不再说话，接着为刘云止演示琴法。二人都沉默了。

“罪过！罪过！蔽月姑娘，我实在不是有意！”刘云止的手好似被刺一般，连忙缩了回来，神色十分尴尬。原来，在蔽月演示完毕后，他本想伸手碰琴弦，却不小心碰到了蔽月的手。

这是他此生第一次碰到女子的手，虽只是指尖轻微的触碰，但整颗心都酥软了。那触感还停留在指尖，像是轻轻划过了带着露水的花瓣，细腻极了，柔软极了。

蔽月白静的脸上映出绯红，虽有些慌张，却仍保持镇定，轻声说："没事的。"

刘云止抬头看向蔽月，发现她也在认真地看着自己。刘云止从未见过如此纯真的女孩。她的眼睛洁净明亮，恰到好处地镶嵌在两道微微下弯的细长眉毛下。孩童般稚气未脱的脸庞，单薄玲珑的鼻梁，小巧的柔唇宛如弯月，默默无言时也有微动的感觉。

一缕情丝从心底升起，刘云止努力想要克制这种感情，他的理智告诉自己，他已有婚约在身。

虽然和定下婚约的女子素未谋面，但从小刘云止就知道自己有一个未婚妻，而且父亲对那个婚约无比重视。在他还小的时候，父亲刘诗川和好友曾一同参加科举考试，他们同时中榜及第，同年父亲得子，而好友生下女儿，于是他们为子女订下婚约。后来，父亲一直在扬州郁郁不得志，而好友则已经在长安做了大官。

此前，刘云止从未考虑过婚姻之事，和谁成亲对他来说都无所谓，只要让父亲开心就好。可是现在……

十五　现世

刘云止虽然是帮助杜晓月前来寻琴的，但有时不自觉地想，完不成也好，毕竟从来没人成功过，反倒能在这里多待些时日。要是……要是余生就在这里度过，与琼花为伴，还有……还有蔽月，那此生足矣。

之前的挑战者，虽然也费了不少时日，但他们满脑子都是为了完成考验，哪能真正沉下心来学琴呢，只有刘云止专注于研习琼花林琴法。数月后，他就已经对琼花林琴法谙熟于心了。

这一夜，刘云止躺在床上，婚约的事，对蔽月的情丝，千头万绪在他心中纠缠，令他辗转反侧，又希望能迅速入眠，因为醒来就可以见到蔽月了。微风轻抚着树林，飞鸟啼鸣声从林中掠过，刘云止终于进入了梦境。

梦中，大地尽头的太阳正一点点坠入千仞高山之中，红紫色的霞光像倾翻的染料。各山高低远近不同，山峦皱裂间层叠的光影渐次加深，只余下依稀的晖光在山巅。

太阳就快完全落下时，一只凤凰从日落处飞出。它在四方天地间翱翔着，羽毛是燃着的火焰，飞过的天空被烧开了一道口子。它向着眼前飞来，越来越近……

凤凰啼鸣了一声，那声音好像来自极遥远的洪荒之初，如天地本身般古老，却又好像来自变化万端的梦幻未来，来自不可思议的幽暗异界。这声音清澈，如冰封万年的地壳深处的碎裂之音；这声音却又凝重，像异世森林中万丈潭水般平静。这声音像是经历沧海桑田的遗世老人临终时发出的叹息，却又像刚到人间的稚嫩婴儿发出的第一声哭啼。须臾间，所有的悔恨、悲伤、恐惧都被这声啼鸣净化，圣洁的安详让所有的喧嚣寂静，剩下的只有自己的心跳声。

云雾缭绕在山峦间，背阴的山和朝阳的山交叠在一起，向阳和背阳的面不断变幻。直到鸟鸣从安静中升起，千百只色彩各异的鸟儿朝着凤凰飞来，鸟鸣声和谐地汇在一起，美妙至极。

就在这个瞬间，刘云止醒了过来。窗边案几上洒落着暖黄的阳光，一片安宁。此刻，他觉得有太多情绪想要倾诉，不禁起身走到琴边弹奏，想用琴音再现梦中绝美的声音。

琴音起，空中一只白鹤飞来，竟然在屋檐上盘旋不去，鸣叫着，伴着琴音唱和起来。它飞落下来，飞进窗子，来到刘云止的身旁，用脑袋在他的身上蹭了蹭。

窗外，蔽月不知何时循声而来，她笑了。

看到蔽月的笑，刘云止仿佛看到全世界的花儿都一齐绽放，一种无与伦比的喜悦涌上心头。他也笑了。

常人难以领悟琼花林琴法的精妙，最大的障碍便是他们难以通达琼花林祖师当年的心绪。那爱虽然至情至深，却因为种种磨难而被迫分隔，那至深之爱终成遗憾。

而这种情绪，正是刘云止此刻的感受。蔽月是他这辈子第一次真正爱上的姑娘，但因为婚约在身，即使感情再深，也只能把爱意埋藏在心中，其中苦闷无人诉说。每日，所爱之人近在眼前，却又仿佛远在天边，爱而不得，刘云止深深领悟了琼花林主所传琴音的真意。

杜晓月在睡梦中听到一曲绝妙的琴音，挣扎着就要爬起来。兔千岁还蜷缩在蒲团上打着呼噜。

杜晓月戳了戳兔千岁，道："这琴音太绝了，快去看看是谁在弹琴！"

见兔千岁没反应，杜晓月拎起它的一只脚，将它倒立在空中抖了几下。正好到了兔子掉毛的季节，这一抖，飞起不少毛，像只大蒲公英。可兔千岁还是不醒，居然还打起了呼噜。

"你也太能睡了吧，真是服了你了！"杜晓月摇了摇头，无奈地披上衣服。

出了房门，这绝美的琴声，竟是从师兄的房屋里传来的。她有些吃惊地快速跑去……

蔽月见杜晓月来了，拉住她的手惊喜地说："快看，你师兄成功了！"

杜晓月朝屋子里看去，果然白鹤正和着琴音鸣叫，似乎在跟刘云止交流……

“我滴个乖乖，师兄也太牛了吧！这么多年来都没人做到的事你都能成功，可真是绝世的奇才！我没看错，你果然是有朝一日要突破羽阶的男人！”待刘云止演奏完毕，杜晓月激动地说，甚至脱口说出了崔蜜儿的口头禅“我滴个乖乖”。

“这还不都是蔽月妹妹教得好。”刘云止有点不好意思。

“什么时候竟成你蔽月妹妹了？”杜晓月调侃道。

“既然考验已经完成，按照规矩，雨歌可以交给你们了。”蔽月笑着望向刘云止，眼里闪着光……

她领着杜晓月和刘云止来到琼林小院的最深处，此处树木掩映，有一青砖砌成的小屋，门前的杂草长得很高。众人进入屋内，里面一尘不染，看样子是时常有人来打扫。墙壁正中挂着一个美丽女人的画像，画像前的紫檀木案几上点着香，托盘里供着几样新鲜水果，案台正中是一把破旧的琴。

“这就是雨歌？”杜晓月有些失望地问。

那把琴实在太过破旧，布满了裂痕，就这副样子，拿去烧火都不可惜，与自己的雪吹完全没半分相似。

蔽月笑了笑，并未作答，而是走上前去在破琴上随手拨弄了几下琴弦。只听地板轰隆作响，案几前面的地砖竟然缓缓翻转过来，露出了一条地道。

“你们稍等片刻，我取雨歌出来。”蔽月边说边走了进去。

原来那把破琴只是个机关，杜晓月心中好奇，本也想跟着进去，但看到里面一片漆黑，只好停在原处静静等待。

蔽月的脚步声越来越小，直到消失。片刻之后，脚步声又渐渐清晰起来。随着那脚步声越来越响，杜晓月感觉自己也越来越紧张，似乎身后琴囊中的雪吹也在隐隐震动。

蔽月双手捧着雨歌从密道里走了出来。杜晓月看着雨歌，心里涌出一种莫名的熟悉感，仿佛与期待已久的故人重逢。这一刻，已经等得太久了。

杜晓月也将雪吹拿出来，与雨歌并排而放于桌案上。几个人前前后后仔细观察，看两把琴的模样，又惊又喜。

“这两把琴纹路相似，根本就是一块木材做成的！你再看这两把琴的形状！”刘云止惊呼道。

单看两把琴，形状古怪，但上下交叠放在一起时，却又像拼图一样完全吻合。

“这两把琴真的可以合为一体啊！”杜晓月恍然大悟。

蔽月将雨歌翻转过来，背面朝上，刘云止捧起雪吹，抬到雨歌上方。杜晓月趴在两琴中间，眯着眼睛观察，指挥道：“师兄再往右一点，一点点，好，就是这儿！”

刘云止从两侧托着雪吹，慢慢地松开了手。

那雪吹在雨歌上缓缓沉了下去，两琴的纹路互相交错，却严丝合缝，交会时竟像两片冰块般顺滑无阻。合二为一后浑然天成，丝毫看不出其中的缝隙，这才是真正的歌吹。

蔽月眼眶泛红，泪水滑落，感慨道：“想不到相隔两百多年的时间，这两把琴终于团聚了。如果祖师在天之灵能够看到，一定会很欣慰，也算是了却了她的一桩遗憾。”

刘云止也叹道：“人生在世不过百年，悲欢离合，命运难测啊。这琴却能穿越时光，历经数百年的风风雨雨，依旧如初。主人的故事不算圆满，但两把琴最终在沧桑变幻后，承载了他们的遗愿，代替他们完成了团聚。”

杜晓月痴痴地望着歌吹，回想起第一次触碰到雪吹时那种奇异的感觉，歌吹的故事又在脑海里不断闪现。她的思绪完全被带入到琴中，一股暖流从体内涌出，有千言万语想说，却一句也说不出。

“虽然经历了这么久的岁月，但歌吹此时才算真正地完璧现世。准确地说，你是它的第一任主人。”蔽月看着杜晓月郑重地说。

“我是它的第一任主人？”杜晓月有些讶异，又想了想道，“想来也确实如此。”

“师妹，还不快试试这琴，让我们也一饱耳福。”刘云止说。

杜晓月也有点等不及了，便弹奏起跟蔽月学成的琼花林祖师流传下来的曲子。瞬间，琴音仿若清泉涌出一般顺畅无比。她惊奇地发现，之前被雪吹故意针对的那种捉弄感完全消失，现在它就像初见时引导着自己的手指一样。

刘云止赞叹道：“这琴音太绝妙了，真不愧是绝世名琴！”

蔽月的声音有些颤抖，道：“这……这琴音，竟像是祖师在天有灵，亲自现世弹奏的。不对，我感觉这不是一个人弹的，是有两个人，祖师和她的丈夫都在！”

一曲弹毕，众人静默了。

“晓月，此后这琴就托付给你了，一定要照看好它。”蔽月嘱托道。说话时，她的胸口微微起伏，显然是情绪还未平静。

“请蔽月姐姐放心，我会把歌吹看得和我性命一样重要。”杜晓月保证道。

“我相信你！晓月天赋异禀，前途无可限量，一定能带着歌吹成就一段传奇。”蔽月笑着说。

“虽然不舍离去，但我们在琼花林里已经耽搁了太多时日。现在也是时候回程了。蔽月姐姐，有机会常来城里找我们玩啊。”杜晓月说。

几人正说话间，流风冲了进来，气哼哼地喊道：“不行，这琴不能交给他们！”

“我们完成了考验，按照琼花林的规矩，这琴就是我们的了，你凭什么阻拦？”杜晓月问。

流风望向蔽月说：“林主，这琴是我琼花林的宝物，守护了这么多年，怎能轻易交给外人？”

蔽月说：“我们在此守护，就是为了将此琴托付给有缘人，如今他们通过考验，按照规矩，此琴就是他们的了。更何况，如今雨歌和雪吹合二为一，这正是祖师在天之灵希望看到的……”

“可……可是，许多人正是听说琼花林有宝物，才会来闯关，如今宝物没了，还有人会来吗？没人来，我们哪里有收入？”流风越说越气，急得直跺脚。

“我们设置考验本就是为此琴寻找合适的主人，怎可本末倒置？再说，如果我们不守规矩，通过考验却不给宝物，那传扬出去，也一样会没人来的。你不必多言了。”蔽月冷冷地说。

流风争执半晌，见蔽月心意已决，也没有办法。临走时恨恨地看了一眼杜晓月，夺门而出。

见流风出去了，蔽月极为不舍地说：“你们还要回广陵派学琴，这些日子招待不周，还请多多谅解。明日中午，我给你们准备好吃的，吃完了再走吧……”

“如果我们把琴带走了，你们以后怎么办？要不，你随我们一起回去吧。”刘云止也突然意识到这一点，有些不放心地问。

“哥哥的好意蔽月心领了。只是我们琼花林中人本都性情散淡，在这山野间住惯了，受不了城里的日子，虽然雨歌被你们带走了，但祖师传下的琴法还在。说来惭愧，我还没能像你一样，达到与飞鸟交流的境界，还需要留在这继续习琴。”蔽月低头说。

次日，二人准备启程回去了。离开琼花林后，杜晓月哼着歌，心情不错，还不时摸摸身后装着歌吹的琴囊。刘云止却一言不发，他想起之前那只与自己琴音唱和的白鹤，它在空中盘旋着，声声鸣叫，像是在和他们告别。

“我看有些人的心怕是留在琼花林里了吧？”杜晓月打趣道。

此刻，琼花林秋意正浓，琼花早已凋谢，树木也换了秋妆，满眼橘色。二人走出琼花林已经很远了，仍不时回望，也许真如杜晓月所说，他的心永远留在了那里……

蔽月送走刘云止和杜晓月，独自坐在琼林小院里。本来很是热闹的琼林小院一下子冷清下来，她也不太习惯。和刘云止相处短短数月，自己的心里波澜万千，这一去，怕不知何时才能再见，她净手焚香，抚琴，与琼林对话，传思念之音。

“姐姐，起风了，回屋里吧。”琪琪过来唤她。

蔽月起身，整整衣服，回到房间。

她端起茶盏，茶盏下有一片金黄的银杏树叶，上面好像还有墨迹，她拿起来，仔细端详，竟无声落泪。心形的树叶上几行小字，是刘云止的手迹，抄录的是李义山的诗：

来是空言去绝踪，月斜楼上五更钟。
梦为远别啼难唤，书被催成墨未浓。
蜡照半笼金翡翠，麝熏微度绣芙蓉。
刘郎已恨蓬山远，更隔蓬山一万重。

十六　自大的阿罗那顺

车马颠簸，行至半路，杜晓月昏昏沉沉正要睡着，脑袋突像是被重锤锤了一下，耳旁一阵令人头疼欲裂的声音炸起。那声音如山崩海啸，杜晓月和刘云止登时感觉天旋地转。马儿嘶鸣，前蹄腾跃空中，车猛地停下，尘土飞扬，猛然停转的轮子在地上深深拉出一道印子。车夫捂着耳朵痛苦地从车上摔倒在地。

车前方，一个矮胖的身影拦住了去路，竟然是流风。

那令人头痛欲裂的声音，是他的琴声。

“我是讲道理的人，只要把雨歌留下，就放你们走。乖乖听话，别敬酒不吃吃罚酒！”流风一改往日的面目，狰狞地笑道。

“痴心妄想！琴是晓月的，我们怎会轻易把琴给你！”刘云止喝道。

“呵呵，那就别怪我不客气了。”说罢，流风又弹奏起来。

琴声再起，众人痛苦无比，那是一股巨大的压迫感，铺天盖地袭来，仿佛被扼住咽喉，让人喘不出气。兔千岁因为耳朵大，听得最清楚，疼得滚在地上直哼哼。车夫已经呕吐出来，就快昏过去了。

“这是什么妖术？”刘云止心中纳闷儿。

杜晓月身子弱，实在忍受不了，哀求道：“我们不是你对手，放了我们吧，琴你拿去就是。”

“不，杜师妹，这怎么能行……”

“他这妖术实在厉害，不给他只怕是不成了，只能将来再想办法拿回来吧。”杜晓月吃力地说。

“只能如此了。”刘云止叹了口气。

杜晓月大声喊道：“别弹了，别弹了！我把琴给你就是。”

流风停下了，众人这才缓了过来。杜晓月虽然不情不愿，但只好将雨歌交给他。

“哼，算你们识相。告辞了。”流风很得意，转身就没影了。

见流风走了，杜晓月苦笑道：“歌吹的主人，我居然只当了一天。”

“相信就算他得到了雨歌也不会有用，琴是有脾气的，一定不会被他驯服。晓月师妹才是真正拥有过歌吹的人，是歌吹真正的主人。不要难过，我们回去之后从长计议，相信师父一定会助你把琴夺回来的。”刘云止安慰道。

得琴本就是意外之喜，更何况此行收获颇多，不仅得了琼花林琴法的传授，还见证了歌吹合二为一，像做梦一般，这一切很不真实。杜晓月失了琴，却并没有特别难过。

一路畅通无阻，回到扬州城，车马行到大市附近停了下来。只见前面街上挤满了人，把路都堵住了。见到前面热闹，兔千岁偷偷扯了下杜晓月的衣角，似乎想下车看看。

“前边有什么热闹？咱们下车看看吧。”杜晓月明白兔千岁的意图，便提议道。

二人下车来到前面，踮起脚尖，只见众人围住的中心有一个装扮奇异的男子，盘坐于地，赤裸着半身光着脚。看这身打扮，并不像是大唐人士。他肤色黑中透红，脖子上戴着金项圈，耳朵上挂着大大的金耳环，胳膊、脚上也有金镯子，上半身只一条白布穿过腋下绕在腰上。他手里提着一把竹笛，身前有一只箩筐。

“我叫阿罗那顺，自西方天竺而来。老早就听说扬州城繁华无比，所以在此摆下擂台，想与大唐人士切磋音律。只可惜三日过去，好大个扬州城，竟然没一个能胜过我的，实在是有点失望。看来这大唐虽然富庶，却没几个懂音律的人。这里的精神世界实在太空虚了，你们唐人实在太可怜了……”阿罗那顺摇着头叹道，似乎为大唐的精神贫瘠十分惋惜。他的唐话有一种奇异的腔调，路人虽然不是完全能听懂，但都能明白他语带挑衅。

围观众人十分气愤，有人大声道：“这阿罗那顺凭什么口出狂言，我天朝上国岂会无人，怎么容得他这般羞辱？”

一旁的老头儿赶紧拉住他劝道：“这个阿罗那顺还真有些本事，你看见他身前那个箩筐没？那里面有一条眼镜蛇，只要他一吹笛子，这里面的蛇就能随着音乐摇摆舞动。因此，他设下擂台，挑战扬州城中所有的乐师，若是能有比他更善于用音乐控制动物的，那他就认输。只可惜这么多天过去了，许多乐师上去挑战都失败而归，反倒被他奚落一番，他也越发猖狂。我们都拿他没办法，可是没人有这个本事，只能任他在这叫嚣。”

老人指着倒在路旁一个口吐白沫的男子说：“看到没，这个就是刚才上去挑战的乐师，失败后被阿罗那顺羞辱得无地自容，现在还没缓过来呢。”

“还有人要来挑战吗？我不远万里而来，本想长长见识，看来要一无所获了。”阿罗那顺环顾四周，神色自得，摇头晃脑地说，“既然你们唐人如此不懂艺术，我就再勉为其难，给你们开开眼界吧。”

说罢，阿罗那顺举起竹笛吹奏起来，旋律十分怪异，有些刺耳。但令人称奇的是，只见一条深棕色的眼镜蛇，竟从箩筐里缓缓立起，有半人高，随着音律摇晃扭动，看着十分瘆人。

“呀！”兔千岁惨叫了一声，抱住了杜晓月的腿。蛇是兔子的天敌，兔千岁躲在杜晓月身后瑟瑟发抖。围观众人见到蛇出来了，也都害怕得往后退了几步。

那蛇见到人群既不害怕，也不攻击，随着竹笛的节奏左右摇着。阿罗那顺洋洋自得地看着路人吹奏着，越发摇头晃脑。

杜晓月见阿罗那顺得意的样子，实在气不过：“不过是江湖把戏而已，竟敢说大唐没几个人精通音律？师兄，你不是已经练成了能用琴音和鸟儿沟通的神技吗？快上去让他见识见识。”

刘云止本来有些犹豫，他素来认为弹琴是修身养性之法，不是用来争斗出风头的，但听到晓月师妹的提议，也觉得事关大唐名誉，应该站出来比试一下。

“雕虫小技而已，又有何难？看我的。”刘云止大声说着，迈步上前，众人的目光聚集在他身上。

“无知者无畏，年轻人，开始你的表演吧！”阿罗那顺笑道，丝毫没把刘云止放在眼里。

刘云止席地而坐，把来凰置于膝上，弹奏起琼花林中的曲子，那琴声嘈嘈切切，像是有数只小鸟鸣叫一般。一旁的大树下有几只麻雀，听到声音，纷纷飞了过来，把刘云止围住，不停鸣叫着，像是在诉说着什么。

见到如此神技，路人爆发出一阵阵叫好声，掌声雷动："好！好样的！"

杜晓月得意地望着那阿罗那顺，想看看他作何反应。

谁知那阿罗那顺却轻蔑地笑了一声，不以为意地说："哼！这不过是使了什么障眼法罢了。一定是这年轻人身上藏了什么鸟食，才能吸引麻雀来的。年轻人不讲艺德，休想要骗过我！"

"你怎么证明我师兄身上藏了鸟食！"杜晓月质问阿罗那顺。路人也纷纷跟着问道。

"哼，我无法证明，也无须证明，因为这种把戏再简单不过了，实在不怎么高明。"阿罗那顺看都不看，言语间透着轻蔑。

刘云止却也不生气，不加争辩，看着阿罗那顺，笑而不语。

"见到此种神技都不能让他心服，这阿罗那顺还真会自欺欺人，实在是厚颜无耻。"围观路人纷纷打抱不平。

杜晓月皱起眉头，得想个法子让这狂妄的异乡人心服口服，手点着下巴思索了一阵，突然瞥见缩在一旁的兔千岁，有了主意。

兔千岁看到她的样子，头摇得跟拨浪鼓似的，小声嘟囔道："老夫知道你想干什么，但老夫是有尊严的，坚决不能！"

杜晓月狡黠一笑，便朝阿罗那顺道："蛇会跳舞算什么本事？若是我能用琴音让兔子跳舞，你可心服口服？"

"兔子这般蠢物怎么会跳舞？快别吹牛了，哈哈哈……"阿罗那顺大笑起来，"就算观音菩萨来了，也不可能让兔子跳舞。你若真能做到，我自然认输。"

一旁的兔千岁听到被叫作"蠢物"，十分恼怒，爪子握成了拳头，杜晓月对它小声说："他这么侮辱你，还不快给他点颜色瞧瞧，配合下我。"

杜晓月抱着兔千岁走上前去，将它放在地上，接着放下琴囊取出雪吹，弹奏起来。琴音响起，见兔千岁还愣着，杜晓月朝它使了个眼色。兔千岁会意，眼神立马变得像普通兔子一般呆滞，随着音乐没有灵魂地舞动起来。

路人啧啧称奇："这蠢兔子还会跳舞了，真是奇迹啊！"

兔千岁心里很恼火，不知道为什么总是被说是蠢兔子，但表面上也只能不露声色，继续面无表情地舞动着。

阿罗那顺看得目瞪口呆，张口结舌地说："这……这兔子居然会跳舞！

真……真是厉害！”

杜晓月一曲弹毕，兔千岁立刻像丢了魂，躺倒在地，不动了。杜晓月心里暗喜：“这兔千岁一看就是老演员了，演得真像！”

人群爆发出喝彩声，杜晓月见众人叫好也来了兴致，又弹一曲。琴音响起，谁知兔千岁还累得躺在地上喘着粗气没有起来。

杜晓月清了清嗓子，嘟囔了一句：“咳咳，晚上回去给你加几根萝卜。”

听到“萝卜”二字，兔千岁耳朵竖了起来，顿时直起身子，又卖力地舞动起来。

如此这般，琴音一停，兔千岁也停，琴音一起，兔千岁立刻继续舞蹈，来回数次。众人都看呆了。

阿罗那顺朝兔千岁跪倒在地，虔诚地说：“神兔，请受我一拜！”

这天竺人最是迷信，今天见到会跳舞的兔子，更是奉若神灵。

接着阿罗那顺又朝杜晓月拜了下，道：“请原谅阿罗那顺的无知，阿罗那顺再也不敢小瞧大唐人。今天真是三生有幸，能见到如此神迹。回去后我一定会传颂神兔的故事，您的名声将传遍天竺。”

说罢，他收拾东西，背起箩筐，扬长而去。

路人一窝蜂地将杜晓月团团围住，争先恐后地问：“小娘子，你叫什么名字？哪里人？琴技这么厉害，是广陵琴派的吗？”

“我叫杜晓月，就在扬州出生，只是广陵琴派的旁听生。这位是我的师兄，叫刘云止，他是广陵琴派的正式弟子。”杜晓月答道。

“真了不起啊！你们可真是咱们扬州的骄傲，尤其是这位小娘子，今天可算是为我们唐人争了口气。”

“现在只是旁听生就这么厉害，将来成了正式弟子那还了得！”

“是啊，这个白衣少年也不简单，广陵琴派真是了不起啊！”

“姐姐，你是怎么让兔子跳舞的？”一个小孩问。

杜晓月俯下身子，贴着小孩耳朵小声说：“嘿嘿，这是一个秘密。”

“真是年轻有为啊，将来你们一定会成为天下杰出的琴师，到那时可别忘了咱们扬州的父老乡亲啊！”

杜晓月好半天才回答完众人的提问，俯下身轻声对兔千岁说：“今天可真有你的，演技一流，回去后萝卜少不了你的！”

兔千岁两眼放光，很快又装作若无其事，正色悄声道：“老夫可不是为了萝卜才跳舞的，而是为了替大唐出口气，教训教训那个狂妄的家伙。”

刘云止见到这番表演，越发觉得杜师妹不简单，不由得竖起拇指赞叹道：“晓月师妹真是宝藏女孩，没想到还有这一手，这兔子也是神了。你身上究竟还有多少秘密我不知道？”

“师兄才是真本事，我这些实在算不得什么。天色不早了，我们接着赶路吧。”杜晓月笑道。

二人在众人仰慕的目光和此起彼伏的赞叹声中继续上路了……

十七 《琴诀》

杜晓月手拎着大小包裹，跑到陆奇面前，道："先生，看我给你带了什么回来！"

"怎么这么多东西！"陆奇惊道。

"这些都是从琼花林带回来的好东西。这几个瓶子里装的是琼花甘露，清香甘洌，异乎寻常。这包是绿杨花茶，采集百花之蕊制成，我最爱喝。这些是琼花林主蔽月姐姐亲自做的桂花米糕……"杜晓月指着包裹，逐个介绍道。

"真是有心了，晓月，这一路辛苦了吧？"陆奇见这丫头竟然这么贴心，觉得浑身暖暖的，心里感慨，杜牧真是好福气，要是自己能有这么个女儿该多好啊。

"哪里辛苦，还是得好好感谢先生。要不是先生派刘师兄和崔师姐陪我一同前去，我自己还真通不过那些考验。"杜晓月笑道。

"什么，你通过考验了？拿到琴了吗？"陆奇又惊又喜。

"拿到了……只可惜在回来的路上又被人抢走了。"杜晓月将事情原委细细诉说。

陆奇听完长叹一声，道："这流风用的妖术实在诡异，我习琴数十载，素来只知弹琴乃修身养性之法，怎知会有这种可怕的琴术。你放心，我会命人打探流风的下落，广陵琴派会竭尽全力助你夺回雨歌。"

几个常来看兔子的师姐听说杜晓月回来了，也纷纷赶来，关切地询问。杜晓月讲述了歌吹的传奇故事，众人亦是唏嘘不已。

陆奇手捋着胡须说："晓月，你不在的这些时日，师哥师姐们都很想念你。经过我的观察，你完全有成为正式弟子的资格。在第一堂课上，因旅途劳累睡着，我罚你抄写，你毫无怨言，三本书抄得工工整整。后来琴技课上，还未练熟却敢上台演示，更是勇气可嘉。平日崔师姐与你不合，但琼花林一行，你却能放下心中嫌隙，携手共渡难关。你确实是个好孩子。”

“先生过誉了。”

“怎么样，你愿意接受最终考核了吗？”

“成为广陵琴派的正式弟子是我的梦想，我愿意接受考核。”

“那好，既然如此，你随我来。”说罢，陆奇引着杜晓月来到书房。

他从书架上取下一个红色锦囊，说：“最后的考验是作诗，一日内交卷，绝句律诗皆可。这锦囊里的每张字条都是一个主题，来，你抽一个。”

杜晓月手伸进去，里面是一根根卷轴状的字条，抽出一根，打开后看见上面用小楷写着“秋思”。

陆奇笑道：“真是好运气，此时正是秋天，也算是应景了，看样子，你果真与我广陵琴派有缘。抓紧时间，回去构思吧。”

杜晓月回到屋中，只见地上木盆里装满了各式各样的萝卜，兔千岁左爪搂着一堆萝卜护在胸前，右爪正举着一只萝卜大口啃着。

“再过数月就是你们广陵琴派的定阶大会了。”兔千岁一边嚼着萝卜，一边口齿不清地说，“你得赶快抓紧时间成为正式弟子，才有机会赶得上。错过这次，得等好久呢。”

“陆先生说我这几个月的表现不错，有资格参加成为正式弟子的最终考核。我已经领取了题目，是‘秋思’，明日交卷。”杜晓月摊开那张字条给它看。

“你的运气不错，现在正好是秋天，想必作诗也能应景。等你成为正式弟子后，老夫会助你成为天下第一琴师，到时候所有人见了你都得甘拜下风。老夫这几日盘算了一下，为了尽快实现目标，还得需要两样宝贝的帮助。”兔千岁说着，嘴里还在不间断地嚼着萝卜。

“哦，什么宝贝？”

“薛易简的《琴诀》和董庭兰的《颐真》。”

“你是说薛易简祖师和与他齐名的董庭兰，他们留下的书？”杜晓月猛地吸了口凉气，这两位前辈可都是琴界的传奇。

“正是。他们二人针锋相对地比试了一辈子，到最后也没分出胜负，互不服气，这两本书是他们毕生所学的集大成之作。他们撰写此二书，也是希望后人能为他们评判出高下。薛易简的《琴诀》收录了他毕生的琴道心法，而董庭兰的《颐真》曲谱更是融合了他开创的众多琴法技巧，前者是百年间最强琴道心法，后者是百年间最厉害的琴曲。得此其一者，领会其中真意，则可以说是成了他们的传人。若是两者都能融会贯通，将薛、董二人的琴法融于一身，那突破羽阶也只是顺理成章之事，造诣将不可估量。”兔千岁说着放下了萝卜。

“既然你说得如此轻松，莫非是知道这两本书的下落？”

“那本《颐真》据传留在了三秦派里，不过是不传之秘，从未公开，甚至知道这曲谱存在的人都很少。有机缘能得到传授的也寥寥无几，所以老夫并不清楚这书的具体下落。”

听了这话，杜晓月不免失落，兔千岁接着说：“别灰心，你可是很有福缘的天选之人。随随便便就能捡到那本无名奇谱，更是破解了琼花林从来没人通过的考验，成为歌吹的主人。以你这种运气，遇到什么好事都没准儿。”

也不知兔千岁是说真的还是开玩笑，杜晓月摇摇头说：“你可算了吧，只怕我的运气都用光了。那《琴诀》在哪，你知道吗？”

“知道。”兔千岁没有继续说下去。

“什么！你还真知道！怎么不早说？”

“明天再给我加五根萝卜。”兔千岁伸出爪子张开比了个五。

“行。”杜晓月爽快地答应。

兔千岁说：“相传薛易简尚未成名时，在一次宴会上被歌姬唱的一首曲子迷住了，这曲中之词正是张若虚的那首《春江花月夜》。他听完后会心大笑，赞叹不绝，众人不解其意。宴席未散，他就起身而去，径直找到张若虚家里，和他畅谈整整三天三夜，二人相谈甚欢，成了忘年之交。当时他很年轻，而张若虚已经须发皆白。后来他名满天下时，张若虚已去世，他把自己毕生所成编入《琴诀》，送到了张若虚的坟前。”

“那这本《琴诀》在张若虚的后人手中？”

“不在。张家的人知道这书非同小可，怕在自己手上看管不好，便将其送到大明寺保管了。”

“《琴诀》在大明寺？”

“没错，老夫的记忆宫殿不会出错的，那书一直留在大明寺。哪天有空了，你可以去大明寺打听打听，碰碰运气。”

“你怎么会知道得一清二楚？”杜晓月难以置信。

“咳咳，不是早就告诉你老夫活了数千年之久了吗？当时薛易简和董庭兰可都是老夫的朋友，他们那些事老夫没有不知道的……”兔千岁说着扬起了头，似乎对杜晓月的质疑颇为不满。

“你是说，薛易简祖师，也是你的朋友？”

“是的，他和你一样，曾经也是被我选中的伙伴。”兔千岁说。

杜晓月怎么也想不到，自己能和那个名字相提并论，更想不到，这么离谱的话是从眼前这只兔子嘴里说出来，如果不是之前去琼花林验证了歌吹的故事，怎么也没法相信它说的这些话。

“老夫知道你难以接受，慢慢消化吧。实在相信不了，就当老夫是吹牛好了。”兔千岁说着，眨巴了一下眼睛，似乎毫不在意。

杜晓月又认真地打量起眼前这个口口声声说自己已经有三千多岁的兔子，没有一点老态，只是比普通的兔子肥些，眼睛更加有神些而已。除此之外，没什么区别。她忍不住问：“你说你三千多岁了，怎么看起来一点也不显老？”

“这个……从那一天开始，老夫就永远不会老了。”兔千岁这话意味深长，难以分辨其中隐藏的情绪是喜还是悲。

“什么人？”兔千岁听到门外有动静，耳朵警觉地竖了起来。

只听门外一阵惊慌，接着甄三推门进来，手上还拿着东西。

“原来是甄师兄，你找我有何事？”杜晓月问。

“打扰杜师妹了。这是我阿娘做的猪肉脯，从乡下送来的，众师兄弟都尝过了，我特意给你留了一份。今天终于等到你回来了，要是再不回来，可能我就忍不住全吃光了。”说着，甄三把手中的猪肉脯放到桌上，讪笑着挠了挠后脑勺。

“太谢谢甄师兄了，坐下喝杯茶吧。”杜晓月笑道。

“不用不用，我还有事，先回去了，师妹早些休息。”甄三显得很不自在，转身要走。

在广陵派里，甄三算是最古怪的人，他总是紧张兮兮的，话很少，也曾有弟子想与他说笑，但那样反倒让他更局促，支吾着说不出话来，所以少数想与他亲近的人也不得不同他疏远了。但他似乎又总是想要融入集体，不停地做事情，这次送肉脯就是。

杜晓月见他紧张的样子，知道以他的家境拿出这份礼物实属不易，又想起他平日的处境，尤其是被崔蜜儿呼来喝去的，有些心疼，就叫住他，忍不住问道：“你不觉得崔师姐很霸道吗？她那样欺负人，你怎么还总听她使唤？”

杜晓月的话让甄三心里起了波澜，这是他第一次在大城市里感受到被在乎。但他脸上是一如既往的木讷，只是愣了下，摇头说：“没有吧……”

甄三并不讨厌崔蜜儿。

平日里，众弟子大多表面上客客气气，但少有人主动和他说话。看着其他弟子欢快地谈笑着，他总是插不上话——他们的语速太快了，比乡下人快多了。他不是个怪人，在乡下，他的人缘好得很，只是在这儿，他突然觉得自己好像脑子缺根弦儿，比旁人笨得多。

对于哪家的点心更精致、什么传奇故事最流行，甚至一些朝中秘闻……他实在知之甚少，为了融入这些谈话，他对这些事情颇下了一番苦功，努力想要插话，但大多以失败告终。偶尔插上话时，他们也只是看他一眼，有些诧异，或是不失礼貌地笑笑，接着回头和旁人继续原来的交谈。他做了新的尝试，努力想要开些玩笑，结果拙劣的笑话反倒把各自弄得更不自在。

时间久了，他也觉得自己是怪人了。看弟子们在欢笑时，他总怀疑他们是在取笑他，若有偶尔看他一眼的，他就更加窘迫。于是，他和其他弟子的距离就一天天地远了。

直到崔蜜儿来了，只有她愿意走近自己，没大没小地逗弄使唤他。这样的举动反倒让他觉得自己在这里不是完全地格格不入，被使唤时甚至还觉得自己有点用处。比起那些对他敬而远之的人，崔蜜儿的行为并不让他觉得委屈，毕竟在这里有谁能瞧得上他呢……

见甄三出去了，兔千岁将耳朵贴着门听了一会儿，确认没人后才说：“好险，差点儿被他发现我会说话。不多说了，你先作诗吧。”

夜静了，杜晓月专心琢磨起“秋思”的考题，却也没什么头绪。如果小时候背诗时多下些功夫，也许现在就不会这么吃力了……想着想着，杜晓月竟又打起了瞌睡。

“这孩子真是个瞌睡虫。”兔千岁不禁吐槽道，但也不忍心打扰她，毕竟作诗还有明天半天的时间呢。

梦中那时常出现的一幕再一次涌现出来……

天空阴沉，黑云滚滚犹如浓烟，大地上火光通红，人声杂乱，有人像是哭泣般呼喊。慌乱间，一个温柔的女子声音在耳畔响起，自己好似还在襁褓里的婴孩大小，被轻柔地抱了起来，女子的泪落到了她的脸颊上……

“娘！”杜晓月猛地惊醒，四下无人，夜深人静。

她从小就知道自己是被收养的，虽然阿爷阿娘待她很好，但她心中始终有个缺憾——不知道自己为何被抛弃，这是她的心结。她时常有一种说不出的无助感，但在梦中常出现的一幕又让她存有一丝希望，也许，她的母亲是深爱着她的，也许，她不是被抛弃的。她从未在杜牧面前提及这些，整日里都装作开开心心的，只有在午夜梦回时，才会想起这些。

“晓月，你终于醒了，快过来看！”兔千岁的语气有些激动，正捧着之前在藏书阁捡到的无名书，“快看这个标记！和你身上那块玉佩是不是一样的？”

杜晓月悄悄拭去泪痕，起身上前，果然那页上的标记分外眼熟，她取下随身挂着的月形玉佩，仔细对比着上面镂空的图案，真是一模一样！

“这块玉佩也许是我亲生父母留下的线索，难道这本书之前的主人也和我的身世有关？”杜晓月自语道，胸中涌过一股热流。

“老夫虽见多识广，但唯独不认得这个标记，居然在这奇书上有所记载，看来你的身世一定非同寻常……”兔千岁用爪子摩挲着下巴思索着。

“阿爷待我不薄，我从未动过要去寻找亲生父母的念头。毕竟我是被抛弃的，就算我一厢情愿找到他们，若是他们避之不及，我反倒空欢喜一场。算了，不要再提此事了……”杜晓月叹口气，把书合上，左手却不自觉地还攥在玉佩上。

窗外的月亮，仅是一勾银色，有青色的光棱。杜晓月眼前渐渐湿润模糊起来，婆娑中纤细的月亮竟化作了那块玉佩。

她若有所思，那诗有了，徐徐吟了出来：

云舒花落晓风微，谱半琴息旧燕归。

萱草露含何夜梦，青光出岭月依扉。

十八　丹泥禅师

陆奇接过杜晓月作的诗，赞叹一声：“这诗作得好！只是其中伤怀之意，却不像你平日的样子，看来是我还不够了解你啊。”

杜晓月期盼地问：“先生，那我合格了吗？”

陆奇笑道：“还叫什么先生？该叫师父了。”

杜晓月会意地笑了，立刻磕头拜谢：“谢谢师父！”

拜师仪式在当天中午举行，正厅内弟子们分列两侧恭敬等候，见陆奇领着杜晓月来了，立时安静下来。

第一道程序是拜祖师，陆奇领着杜晓月依次跪拜伏羲像和历代祖师的牌位。接着是拜师礼，陆奇坐上座，杜晓月行三叩首之礼后，呈上拜师帖，表明了自己入门后弘扬广陵琴道的决心。然后，刘云止当众宣读了《广陵门规》。最后，陆奇又补充说明了历代传承下来的师训，教育弟子们尊祖守规，勉励弟子们做人要清白、学艺要刻苦，等等。

仪式结束了，刘云止第一个迎上来，对杜晓月笑道：“恭喜杜师妹！”众弟子也纷纷向她表示祝贺，杜晓月拜见过各位师兄师姐。

最后，陆奇要在广陵琴派的族谱里添上杜晓月的名字。当他用相传是薛易简祖师传下的毛笔落下最后一笔时，杜晓月彻底安下心来，仿佛自己有了归宿。她注意到，在陆奇那一辈里，有一个名字被墨涂黑了，那墨迹很是潦草，看得出当时涂写之人很有情绪。

杜晓月成为入门弟子之后，众师兄师姐对她更加亲近起来。弟子们友善和睦，每日习琴焚香、读书论道，闲暇时扫地锄园、养花修树。杜晓月越发觉得广陵派像是一个大家庭。

这一日，她闲来无事，想起之前兔千岁所说的《琴诀》之事，决定去大明寺碰碰运气。

大明寺坐落在扬州城西的蜀冈之上，离府城四里。杜晓月命车夫把马车停在路边等候，自己抱着兔千岁拾级而上。蜀冈不算太高，不过九丈有余，加之台阶平缓，所以上山并不觉得吃力。石阶两边是扬州常见的杨树、柳树和银杏树，时至仲秋，树叶已经枯黄，林间雾气缭绕。

上到山顶，便是大明寺山门了。杜晓月看到大明寺右侧高耸的塔，知道这就是著名的栖灵塔。栖灵塔雄踞蜀冈，塔高九层，塔内供奉佛骨，许多著名诗人都在这里留下过大作。

进得山门，里面有一座天王像。穿过山门，便能看到中庭里摆着一鼎硕大的香炉。炉内香烟缭绕，上香的人颇多，既有普通百姓，也有衣着华丽的权贵富商。杜晓月穿过人群来到大雄宝殿，里面有一尊安坐在莲花宝座上的释迦牟尼佛像，背后是海岛观音，左右两壁分坐十八罗汉。她拜过佛像，一边走一边施礼。

大雄宝殿后有一圆形拱门，进到后院应该就是僧人们的居所了。杜晓月抬脚想往里走，一个小沙弥拦住她道："这位女施主，佛门圣地，宠物不得入内。"

杜晓月望了眼怀里的兔千岁，说："它不是寻常宠物，是天上玉兔。"

小沙弥扑哧笑了："女施主真会编故事，若是三岁小儿没准儿还能信。只可惜佛门庄严，按规矩动物都不能进，即使它是玉兔，也是不能进的。"

兔千岁无奈地眨巴了下眼睛，像是在说："没办法，老夫只能帮你到这儿了，接下来要靠你自己了。"

"好吧，那我自己进去便是。请问寺院的住持在哪里啊？"杜晓月问。

"从前面的侧门进去，一路向前，走到最里面便是。"沙弥答道。

这大明寺可真不小，杜晓月走得脚都酸了，还没到一半，也不知走的方向对不对。她听到一间禅房里有人说话，便走进去想问问路。刚进门，就看到一名僧人正在对着空气自言自语，还不时地点头应和，像有一个看不见的人似的。

"这位法师，打扰了，请问您怎么称呼？"杜晓月见他举动奇怪，有些好奇，也有些害怕。

那僧人见来了人，停止自语，转身答道："贫僧法号彼德。施主有什么事？"

"彼德法师可是在和人说话？我怎么没看见？"杜晓月忍不住问。

“没错，贫僧在和过海大师交谈。”

“过海大师？”

“过海大师就是鉴真大和尚。”

“什么，鉴真大师？他不是早就圆寂了吗？你怎么会在和他说话？难道他的魂魄在这儿？”杜晓月打了个哆嗦，吓得浑身鸡皮疙瘩都起来了。

“施主怎会如此迷信，这世上哪来的魂魄。”彼德笑着摇摇头。

“那你怎么说在和他对话呢？”杜晓月更加困惑。

“百年之前，鉴真祖师曾于此地参禅。贫僧料想，他必会想到百年之后同样有人于此处诵读着同样的经书。而百年之后的贫僧也能想到百年之前的鉴真祖师遥想百年之后的情形。贫僧知道百年前的鉴真祖师在遥想贫僧，鉴真祖师也知道百年后的贫僧在遥想他。即使相隔百年，但贫僧却与鉴真祖师心意相通。因此，鉴真祖师必定曾在此地对后人遥相嘱托了些什么，所以贫僧正是在回答他。”

杜晓月听得云里雾里，觉得这和尚说话疯疯癫癫的，和兔千岁有一拼。杜晓月不愿再听下去，直奔主题问道：“请问法师可曾听说过薛易简所作的《琴诀》，此书是否留藏在寺内？”

“贫僧不知。贫僧生于日本，追寻鉴真祖师的足迹来到大唐，慕名来到大明寺，在过海大师的祖庭修炼。如今，对这大明寺内的许多事情尚不甚了解，施主可以问问其他人。”

完全看不出这彼德是个外国人，唐话居然如此流利。杜晓月施礼道：“多谢彼德法师，那我就不打扰了。”

走出禅房，她又往前走了一阵，看到前方一个僧人，正在院子里快步走着，绕着一个木墩子不停地转着圈，脚下的路已踩出了一圈印子。那僧人走得十分卖力，满头冒汗，踩得身后尘土飞扬。

“法师打扰了，请问法师如何称呼？”杜晓月见这僧人也是奇奇怪怪的，只希望他比刚才那个彼德法师正常些。

“贫僧法号海轮。”那僧人转着圈说，头也不回，脚步一点没慢下。

“海轮法师，恕我多嘴，只是实在不知您在这里原地转圈是为了什么。”杜晓月忍不住问。

“施主问贫僧为何要绕圈？哈，那月亮为何要绕着大地转圈？大地又为何绕着太阳转圈？”海轮答道，同时还在卖力地绕着木墩转着。

“大地绕着太阳转圈？”杜晓月头一次听到这个说法，自来只听说过万千星辰绕着大地转的，大地怎么会绕着太阳转？杜晓月叹了口气，这些和尚都奇奇怪怪，看来想要找《琴诀》恐怕是难了。

“海轮法师，您可曾听过薛易简所传的《琴诀》在哪儿？”杜晓月还是问出了口。

“《琴诀》？没听说过，贫僧日夜专注修行，对寺内事务有些生疏，这得问丹泥禅师，他也许能知道。”海轮边说边走，脚步似乎更快了。

“请问丹泥禅师在哪儿？”

“最深处的那间禅房，沿此处前去。”

“谢过海轮法师。”杜晓月施礼离去。

她继续循着路向前走，建筑渐渐稀少，四周显得荒凉起来，穿过一片竹林，只有一间破旧的木屋，门口的草长得把窗子都遮住了，屋顶的木板歪斜不全，要是刮风下雨，里面可能下得比外面还要大。

这实在不像是有人居住的样子。杜晓月张望了一圈，附近也没有别的房屋了，只好进去瞧瞧。

她的一只脚刚迈进屋子，只听得一声大喝：“放下！”

杜晓月被吓得一个激灵，差点儿摔倒。

屋内光线昏暗，杜晓月不由得眯起眼睛仔细辨认，隐约能看到一名老和尚正闭目坐在一根木板上打坐。是的，那个破床不能称为床，只能说是一根木板。

也许他是叫自己放下行李？杜晓月这样想着，躬下身子，把行李放在地上。

“放下！”那和尚又大喝了一声。

杜晓月被这声音又吓了一跳，这下可是结结实实地摔在了地上。

“我行李已经放下了呀。”她有些委屈，揉了揉磕红的膝盖道。

老和尚闭目道：“行李是放下了，可你心里的执着还没放下。”

杜晓月听了这话感觉莫名其妙，不知如何作答，只好反问道：“请问您可是丹泥禅师？”

“贫僧正是。”

“我是广陵琴派弟子，来此是想打听薛易简前辈所著的《琴诀》的下落。丹泥禅师可听过此书？”杜晓月知道这老和尚有些不好对付，也不多说什么，开门见山便是。

“什么叔？你叔叔贫僧哪里认识。”丹泥禅师似乎有点耳背。

“不是叔叔的叔，我是问一本书，叫《琴诀》！”杜晓月提高音量说。

“你要寝具？不行，不行，贫僧的屋子太小，你不能住这儿。”丹泥禅师摇头说。

杜晓月使出了吃奶的力气，凑近丹泥的耳朵扯着嗓子喊道：“薛易简所作的《琴诀》，禅师可知道下落？”

“哦，原来你是问这个，老衲明白了。”丹泥禅师点点头。

杜晓月松了口气，有些无语，这老和尚总算明白了。

“施主出门右拐，走几步，那间屋子便是了。”丹泥禅师说。

杜晓月沿着丹泥禅师指的路，看到一间青砖砌成的小屋，又惊又喜：“《琴诀》就在这里面？没想到这么容易就找到了。”

她推开门，一阵恶臭扑鼻而来，里面有个僧人正蹲在地上。那僧人惊呼起来：“施主自重！”

“啊，失礼了！失礼了！”

原来这是间茅厕。

杜晓月恼羞成怒，大步回到丹泥禅师的禅房。

“施主刚才不是说要去茅厕，怎么这么快就回来了？”丹泥禅师问。

杜晓月彻底崩溃了，瘫坐在地上，眼泪止不住地掉下来：“我是说，《琴诀》《琴诀》，怎么就听不懂呢……”

丹泥禅师终于睁开眼，摇头叹气地说：“这孩子刚才还好好的，怎么现在哭上了？”

杜晓月尝试了一个多时辰，丹泥禅师怎么也听不明白。看天色已晚，杜晓月无奈地说：“丹泥禅师，您歇着吧，我先告辞了。”

“好嘞。施主请便，贫僧就不送了。”丹泥禅师笑道。不知为何，这句话他倒是听得格外清楚。

杜晓月知道再待下去也是白费力气，只好先回去了。她走到院外，刚才的沙弥正躲在大门后，拦住晓月，一脸惊恐地指着兔千岁说：“那兔子疯了，从刚来到现在躺在地上，无故大笑已经很久了！”

杜晓月见兔千岁正躺在地上抱着肚子笑着，知道准又是用记忆宫殿看戏呢，便安慰沙弥道：“别怕，这兔子确实有毛病，它是文疯子，不是武疯子，伤不了人。”

她抱起兔千岁走出寺外，兔千岁意犹未尽地睁开眼，问道：“怎么样，去了这么久，你打听出什么了吗？”

杜晓月和兔千岁说了经过，兔千岁摇了摇头，道：“咦，不应该啊，也许是时机还未到吧……”

“现在《琴诀》没有下落，那我接下来该做什么呢？”

“不妨事。学琴最难的就是在每个阶段找到合适的曲子来练习，不过这对老夫来说却很简单。经过这些时日的观察，你的基础已经打好了，现在可以练那无名奇谱上的曲子了，老夫回去为你挑一首适合你现阶段水平的，你好好练习，几个月后在定阶大会上定能一鸣惊人。”

十九　陆奇的秘密

在杜晓月的房间内，兔千岁边啃着萝卜边翻看无名奇谱。杜晓月在一旁无聊地等待着，问：“怎么样，有没有找到合适的？”

“别急，就快了！”兔千岁突然停下，指着一页说，“咳咳，这应该就是现阶段最适合你的曲子了。”

杜晓月接过书，它指的曲子是《碣石调·幽兰》，不禁疑惑道：“这曲子流传甚广，琴派里很多弟子都会，并无特别之处，为什么偏偏选这首？怎么不从那些失传的曲谱里选一首厉害的？”

“你再仔细看看，这个版本可比现存版要久远得多，其中意境也超然高远得多。而且这首曲子的水平刚好只是略高于你，符合你现在的条件，相信老夫准没错。”

杜晓月有些沮丧，不知道兔千岁为什么只是从奇书里选了首这么普通的曲目，只好说：“你是不知道我之前上课有多丢人，本还想借此机会好好表现，让其他弟子刮目相看呢。就弹这么首曲子，恐怕……”

“你没弄明白，旁人不知此谱的存在，只要照此练习，在旁人看来，你就是把这一首普通的曲目演绎出了空前高超的境界，怎会不对你叹服？那样你不就能一雪前耻了？”兔千岁笑道。

杜晓月立刻来了精神，一拍大腿，道：“有道理啊！确实，仔细看看，这《幽兰》曲谱与通行版本相比确有不少精微之处。只是看这难度，少说也要达到商阶才能弹好，距离定阶大会短短时日我能练好吗？要是练不好，出了洋相怎么办？你确定要我弹这个？”

兔千岁拍拍胸脯，保证道：“放心，这不是有老夫嘛。到定阶大会，时间应该能来得及。现在开始，老夫会对你进行魔鬼训练。别耽误事了，现在就开始吧！”

看那兔子如此有信心，杜晓月也不多言，尝试着弹起那首曲子。

“你弹错了！”兔千岁突然大喊一声。

杜晓月脑袋突然被什么钝器重重敲了一下，不由吃痛道：“啊！好疼！”她捂着脑袋转过头去，只见兔千岁正挥舞着手中的萝卜大棒，哀怨道，“你说的魔鬼训练就是这个？拿萝卜敲我！”

“这法子虽然简单粗暴，却十分有效，能让你全神贯注，不敢犯错，打起十二分的精神！”兔千岁挥舞着萝卜振振有词地说，“想当年，老夫对薛易简也用过这招，不然你以为他怎么会有后来的成就？”

兔千岁坚持要用这种方式训练，十分严格，一旦弹错，便用萝卜抡过去。杜晓月接连被敲有些生气，却也没辙。

“有必要这样吗？”杜晓月小声嘀咕一声。这话被兔千岁听到，脑袋后面又是一下，“哎哟！”

“专心练琴，别想别的！”

没想到，这粗暴的法子还真有些效果，十几日过去，杜晓月竟然能把这商阶的曲子磕磕绊绊地弹奏出来。虽然能弹出来，但难以领会其中意趣，弹得十分机械。

“看来你还是需要找个懂这曲子的人指点一下……”兔千岁想了一会儿说，“最好让你师父为你演示一遍。”

杜晓月去找师父，却找遍整个琴坊也不见人影，问了刘师兄，说是去官河岸边了。她回屋背上琴囊，急匆匆地就要出门，谁知刚走出去就和甄三撞到了一起。甄三挠挠头，说：“师妹，不好意思，我只是经过这里……”

“没事没事，我还有事，改日再聊，先走了。”

杜晓月出了广陵派，一路沿着官河往南走。这条河最早是吴王夫差为了进攻齐国开凿的，连通长江与淮河，名叫邗沟。前朝皇帝又将若干天然河流和历代人工运河连成一气，成了大运河。

后世皮日休作诗赞曰：“万艘龙舸绿丝间，载到扬州尽不还。应是天教开汴水，一千余里地无山。尽道隋亡为此河，至今千里赖通波。若无水殿龙舟事，共禹论功不较多。”

秋日午后天空爽朗，运河沿岸游人如织，柳树、银杏落叶是金黄的，把河岸边铺成了一条金色大道，让秋天也显得生意盎然。虽是秋天，但这十里扬州路的明媚景致不逊春光，美不胜收。眼见这绮丽景色，杜晓月心中不禁又想起阿爷的一句诗，念出了声：“春风十里扬州路，卷上珠帘总不如。”

就在此时，她见到不远处有杂役正拿着笤帚，费力地清扫着落叶。杜晓月实在搞不明白，这金色大道多好看啊，为什么人们要把叶子扫走，真是扫兴。

“这春风十里，也不如小娘子你美丽啊！”不知从哪里冒出来一个油头粉面的公子哥，边说边凑到杜晓月身旁，“这是什么穷酸文人写的破诗，还‘春风十里扬州路’？我看，春风十里不如你！”

杜晓月瞥了那人一眼。他穿着缺胯绿衫，只穿了一边袖子，另一边袖子故意耷拉着露出里面的锦半臂。此人虽然衣着华丽，但面容并不俊朗，狭目短眉，和穿着十分不搭。杜晓月心生反感，把脸扭开，啐了一声，道：“轻浮！这诗是我阿爷写的。”

公子哥没有受过这番待遇，脸色登时一沉。

“大胆！你这村姑怎敢如此无礼？”公子哥身旁的一个跟班跳出来怒斥，“我们王家大少爷可是扬州城中万千娘子的梦中情郎！王家乃是扬州顶尖的名门望族，家财万贯。不仅如此，王少爷才华横溢，弹得一手好琴，整个扬州城中都难逢对手！”

听着跟班的吹捧，王少爷十分得意地望向杜晓月，似乎在期待她崇拜的目光。

杜晓月听到“王家”二字，猛然想起来在蒸饼店前和李飞儿争执不休的恶汉，知道此人不是善茬，心里有了戒备。她心中嘀咕，扬州城弹琴的高手都在广陵派了，这王少爷却从未见过，不知是在哪里学的琴，便问：“想不到王少爷的琴技竟然如此登峰造极？难道比广陵派的弟子还厉害吗？”

谁知听到“广陵派”几个字，那王少爷像是被戳到了脊梁骨，脸涨成了猪肝色，还没开口，那跟班就义愤填膺嚷道：“那广陵派算个屁！都是些故作清高之徒！我们家王少爷是花重金请了高人到府上来授课的，那广陵派的老头儿陆奇给王少爷的师父提鞋都不配！”

“哼，广陵琴派那帮人怎么配和我相提并论？哪天陆奇老头儿请我给他指点指点，我还得考虑有没有时间。”王少爷下巴扬得老高，心想这番话一定让眼前这个女子佩服得五体投地。

“不许你这么说我师父！”杜晓月实在忍无可忍。

“什么，陆奇是你师父？”王少爷的表情尴尬中有些惊讶。

杜晓月不愿再搭理这个满嘴狂言之徒，快步走开，想把他甩掉。

“少爷，行行好吧，赏小的一口饭吃。”王少爷正欲追赶杜晓月，突然被一个乞丐拦住去路，乞丐摇着碗，碗里面就两三个铜钱。

王少爷厌恶地看着他，用小指指甲从牙缝里剔出了根肉丝，弹到乞丐碗里，说：“这是大爷赏你的，拿去尝尝肉味儿吧！”

跟班用手推开乞丐，喝道：“哪来的野狗，滚滚滚，好狗不挡道！”

杜晓月见这个王少爷如此嚣张跋扈，对此人更是鄙视至极，转身回来从兜里掏出所有的铜钱放到乞丐的碗里，乞丐接连道谢。趁乞丐挡在王少爷的面前，杜晓月加快脚步，把王少爷甩开。

看着杜晓月就这样走了，王少爷更是气恼，一脚踹在跟班身上：“你这个废物，叫你废话这么多！坏了本少爷的好事！”

跟班吃痛跌倒在地，王少爷还踹个不停。跟班哭求着说：“少爷，我错了！求求你别打我了！”

王少爷指着杜晓月的背影咬牙说：“三天之内给我查清楚这个女子的全部底细！”

“小人保准完成任务！”跟班拖着哭腔答应。

王少爷见跟班还在自己面前杵着，又是一脚踢在他膝盖上：“还愣着干什么？现在就给我去！”

甩掉了王少爷，杜晓月心里的恶心劲儿好半天都没过去，直到来到一处人头攒动的地方，没想到竟然看见师父正在不远处的岸边弹琴。

“嗨，嗨呦呦，嗬嗨，拖呀，拖，拖拖拖……”岸边还有一群纤夫齐声高喊着号子，沉沉地踏着步子，声音嘹亮却沙哑。

“师父！”杜晓月远远地喊了一声，专心弹琴的陆奇没有听见。

杜晓月发现师父此时弹琴与平日不同，手上劲道极大，节奏却很简单。很快她便明白了，原来陆奇是在为那岸边的纤夫口里喊的号子伴奏。

纤夫们都赤裸着身子，只有腰间围着一块布，脏兮兮的，腿上全是泥巴。他们屈着身子，背着缰绳，纤绳深深嵌进皮肉里，汗大滴大滴地往下落。

杜晓月见到纤夫裸着身子，有些不好意思，不敢靠近，在一旁等候着。突然间那些纤夫爆发出一阵欢呼声，有人高声喊道："收工喽！"

他们放下纤绳，有说有笑，有的在岸边就地瘫倒，有的箕踞而坐歇息着，有的来到陆奇身边打招呼，显得十分熟络。陆奇和他们说了几句什么，众人随即爆发出哈哈的笑声。

纤夫们刚干完活，身上留下深深的红印，渗着血迹，满身臭汗，气味很不好闻，光着身子见到路上的姑娘却也不避讳，经过的路人都低头掩鼻加快了脚步，而坐在纤夫中间的陆奇却泰然自若。

陆奇和纤夫们谈笑了一阵，接着竟又弹奏起来，只是这曲子晓月从未听过，旋律十分简单粗糙，来回重复，甚至有些刺耳。

"师父怎么会弹这么粗砺的曲子？"杜晓月有些惊讶。

陆奇边弹边唱起来，粗门大嗓，完全不似平日里的儒雅君子，杜晓月仔细听了那唱词，不由得羞红了脸，原来这歌词有些粗鄙，哪里是什么文人唱的，倒像是山野村夫唱的山歌一般。

杜晓月在一旁听着曲子，心怦怦直跳，实在难以理解平日温文尔雅的师父怎么会有如此低级的品位。可那边的纤夫们却听得津津有味，不时爆发出震耳的哈哈笑声，听到精彩处纷纷叫好。

杜晓月不忍打扰，在旁等了好久。直到天色暗了，纤夫们散去，陆奇拍拍身上的尘土，准备起身，一抬头见到了杜晓月，像被撞见不可告人的秘密，神色慌张，问："晓月，你怎么会来这？"

"我来是想请教师父一个曲子。"杜晓月说。

"刚才我唱的你可都听见了？"陆奇问。

杜晓月点点头，有些犹豫，问道："晓月实在不明白，师父怎么会唱这种……不雅的曲子？"

陆奇笑了下，解释道："这些纤夫不像你我，他们生来命苦，每日辛苦劳作。所以我偶尔来这里为他们弹曲解闷儿，只希望能给他们带来点乐子。"

“他们怎么连衣服都不穿？”

陆奇叹了口气，道：“他们大都家境贫苦，如穿着衣服，汗浸盐渍，再加上纤索的磨损，衣服能穿几天？而且要频繁下水容不得宽衣解带，穿着衣服身上一会儿湿，一会儿干，容易得病，诸多不利原因，倒不如不穿衣服。”

“可晓月还是不明白师父为什么要唱那么粗俗的曲子？”杜晓月想到刚才曲子里的词，脸又红了。

“他们劳作了一天早已筋疲力尽，那些文人雅士陶冶情操的曲子，怎么有闲心听得进去呢？更何况为了适应艰辛的劳作，他们的感官早已钝化，所以只有用猛料重口才能使他们感受到高兴。”

“他们是高兴了不假，可师父弹唱这样的曲子，就不怕被人嘲笑吗？”

“呵呵，那些达官显贵愿意笑就笑去吧。在他们眼里，琴艺有高雅与低俗之分，以此来显示自己的高人一等。我却不在乎，我愿意和这些在泥土里劳作的人共欢笑。”陆奇望着河水笑道。

杜晓月若有所悟，突然想起正事，道：“差点儿忘了，师父，你能为我演示一遍这首曲子吗？”

说罢，杜晓月把《碣石调·幽兰》磕磕绊绊弹了一遍。

陆奇听完很惊奇，道：“这曲似是《幽兰》，只是与我往日所习大有不同，《幽兰》一曲虽静谧悠远，但格调幽怨压抑，流露出怀才不遇的自伤之情，而此曲清丽委婉，声微而志远，尤其第四节多用清澈的泛音演奏，清越明朗，令人感觉光明将临。只是此曲难度颇高，至少达到商阶水准才能掌握，你确定要学这个？”

“没错，这是我无意间得到的曲谱，想请师父教我。”

“这种级别的曲目对你而言难度还是太高，不如等基础再扎实些再练为好，不可操之过急。”

“师父说得有道理，那师父可否为我演示一遍，让我领略下此曲的精妙可好？”

陆奇应允，闭目凝神弹奏起来，杜晓月听得格外入神。月光照在陆奇身上，地上的影子拉得老长，显得格外高大……

二十　定阶大会

习琴的日子过得很快，眨眼间便到了定阶大会的时日，按照惯例，大会在禅智寺举行。禅智寺原为隋宫，后改建为寺，自唐以来，名声大振。由于环境清幽、风光甚好，礼佛敬香者络绎不绝，民众也争相到此赏景游乐，更有名士将此寺奉为尘世净土，时常来此谈禅诵经。

许多诗人在这里留下名篇，杜牧的《题扬州禅智寺》更成为咏扬州的经典之作，诗云："雨过一蝉噪，飘萧松桂秋。青苔满阶砌，白鸟故迟留。暮霭生深树，斜阳下小楼。谁知竹西路，歌吹是扬州。"

禅智寺建在蜀冈高阜之上，此时是秋天，草木凋落，原来掩映于绿树丛中的楼阁显露出来。寺内松绿桂香，深树蝉鸣，庭院中苍苔满阶，一缕斜阳返照着小楼。寺内幽深，而一墙之隔的寺外正是歌吹沸天无比繁华的扬州城。

寺中广场宽二百余步，广陵派众弟子鱼贯而入，四周早已挤满了来看热闹的百姓，两年一度的广陵派定阶大会是城中的一大盛事。

百姓们有的提前一天备好铺盖占了个好位置，有的来得迟了，为了能看得真切，只能爬到树上。平日里弟子们在琴坊里闭关习琴，民众极少有机会接触到他们，而这定阶大会就在禅智寺中举行，所有人都可以观看，有的商户把店都关了也要来一睹广陵琴派弟子的风采。场上有人在叫卖着瓜果茶水，更有热心者煞有介事地向旁人介绍精彩看点。

观众们望着场上的年轻才俊们，议论纷纷。

"这次定阶考试最大的看头，是那个大弟子刘云止，穿白衣服那个，听说是年轻一代里最杰出的。他第六个上场，待会儿可得睁大眼睛好好瞧瞧。"

"是嘛，就是那个？长得还这么俊，真是才貌双全！我女儿要是能嫁给他就好了！”

“张大娘，你别做梦了，听说他早有婚约了，未婚妻家官还不小呢。”

“快看，队伍中间那个是知玉坊崔家的小娘子崔蜜儿。她也是年轻一代中的佼佼者，不仅琴技了得，她手上那把琴更是知玉坊花了千金打造的，有了这把琴的助力，普通弟子可是难以和她相比！”

“是呀，在习琴上花了那么大的本钱，平民子弟拿什么跟人家比？”

“听说杜牧的女儿今年也来了？”

“呵呵，她就算了，才刚刚成为入门弟子。据说琴技一般，没什么看头，她上场的时候算是去解手的空当。”

百姓们消息很灵通，对琴派弟子的情况都很了解，似乎没人期待杜晓月的表现。

惠风和畅，广场正前方露天摆着一张黄花梨案，上摆一把紫红檀木抚尺，广陵琴派掌门陆奇端坐案前，轻捻着胡须，摇着折扇，欣慰地看着眼前恭敬站列的弟子们。数十个弟子按照辈分大小先后整齐地排成几行队列，这也是他们上场定阶考核的顺序。

有的弟子神色惴惴，似乎是担忧自己进步不大，难以顺利进阶。有的弟子自信满满，春风得意，肯定是这两年来练出了什么拿手的绝技，早已迫不及待在这大会上一展风采。

杜晓月因为入门晚，所以排在队列的尾端，此时正好奇地踮着脚尖环顾四周。她这次准备挑战的是商阶难度的《碣石调·幽兰》，就连之前刘云止问她准备什么曲目时，她也并未透露。杜晓月想着要在这次定阶大会上一鸣惊人，好在众人面前一雪课上出糗的耻辱。

在此之前，最快突破商阶的纪录是薛易简留下来的，他在正式入门不满一年时即成功问鼎商阶。杜晓月若是此次挑战成功，将可与他相提并论，无疑会让所有人叹服，成为这场定阶大会的明星。

“不知道杜晓月这次会有什么表现，连准备什么曲目都不肯说，一直瞒着大家。”崔蜜儿心里琢磨着，余光瞄了下杜晓月。

因为之前在琴技课上的表现十分糟糕，有个别师兄十分看轻杜晓月，甚至期待她在这场定阶考试上再次出丑。可没几人知道，杜晓月入门虽晚，但她打记事起就跟着杜牧练琴，练琴的时间比这些早她入门多年的师兄要长得多，只是之前课上雪吹故意作对，那次表现完全不是她的真正实力。如今杜晓月经过兔千岁的魔鬼训练，琴技更是突飞猛进，如果能将这首失传版本的《碣石调·幽兰》完美演绎，绝对会技惊四座。

众弟子列好队后等候了足有一炷香时间，陆奇还没有宣布开始，围观的人群渐渐开始哄闹起来。

“怎么还不开始？我昨晚就来占位置了，已经等了一晚上了！再不开始，我要撑不住了！”

“就是就是！还等什么！”

“啪”的一声，陆奇一拍抚尺，整个广场顿时安静下来，所有人的目光都聚焦在他的身上。

“定阶考试即将开始，下面我宣布本次考核的规则！”陆奇神情庄重，环顾众弟子高声说道，“按照辈分大小，所有弟子依次考核。每位弟子自行选择演奏的曲目，我会根据曲目难度和呈现的水准来进行评判。记住，最终评判只由师父一人全权定夺。若有对考评结果不服的，不要来闹，大可离开我广陵琴派，加入别的琴派定阶，或者你自立门户。”

围观的百姓哄笑起来，哪有弟子另立门派的道理。但陆奇的话不是说笑，历史上对定阶考评结果不服的弟子确有人在，也真有人一气之下离开了琴派，甚至自己成立了门派的。

“按照规矩，每届定阶大会表现最出彩的弟子将能获得奖励。”陆奇顿了一下，大声宣布，“这次考核的奖品是，广陵琴派的高阶秘谱——《凤翔千仞》！”

众弟子惊呆了，都倒吸一口凉气，虽然早就知道定阶考核会有奖品，但没想到这次的奖品居然远超以往，分量会这么重！

《凤翔千仞》可是当年广陵琴派传奇人物薛易简最拿手的曲子，这其中藏有许多奥妙玄机。若是能将这一曲彻底吃透，那么稍有资质的人突破徵阶都是极有希望的。不仅如此，按照广陵琴派的传统，谁得到了这本谱子，那就等于是被确定为掌门的候选人。

甄三听到师父宣布的奖品，头脑嗡的一声，只感觉血脉偾张，紧紧攥着粗布袖口的拳头松开了，不由得搓了搓指尖厚厚的茧子，这一刻，他已经等待太久！这一刻，终于要来了！

平日里，没人把他当回事，常常对他呼来喝去，但他比任何人都要勤奋努力。别人练一遍，他就练三遍；别人练一个时辰，他就练三个时辰。他常常在半夜趁众人睡着之际偷偷到琴房练琴，吃的苦不知道比别人多多少倍，却在这么多年里一直隐藏实力，因为他肩负得太多了。而这些，不是那些富家子弟能明白的！对他们来说，弹琴只是消遣娱乐，可对甄三来说，这是他逆天改命的唯一出路。七根琴弦，在他眼里就是一把梯子，他背负着命运沉重的负担，通过这把梯子，要不择一切手段向上爬！

他捶了捶胸口，想平复自己躁动的心，嘴角不受控制地抽动着，强忍着不露声色。他默默告诉自己，就快了，这么多年的隐忍和坚持，终于要得到回报了。三十年河东，三十年河西，莫欺少年穷！

“还有什么疑问，现在就可以提出来。”陆奇说完，见众弟子没人作答，于是高声宣布，“那么，广陵琴派定阶大会，正式开始！”

第一个弟子年纪最大，光看模样像个中年人。他上前弹奏，虽然略显紧张，但弹得倒是工工整整，没有半点差错，肯定是下了一番苦功，只可惜没什么灵气，只是机械地照本宣科。

“王大同，宫上！”一曲弹毕，陆奇一拍抚尺，不假思索便做出了评判。

那王大同眼泪瞬间夺眶而出：“这么多年……终于，我终于突破宫上了！多谢……多谢师父！”

围观的众人有些唏嘘，这个最老的弟子虽然天赋一般，但是非常勤奋，今日能定在“宫上”是对他多少年努力的一种肯定。

下一个弟子哆哆嗦嗦地走上前去，远处的人都能看见他脸上的汗。他神色十分不安，手抖得厉害，弹得断断续续的，到一半时卡住了，他竟当众哭了出来：“对不起，我忘了怎么弹了……”

“没事的，今日围观的人多，你太紧张了，不怪你，退下吧。”陆奇安抚道。

众弟子轮番上场，陆奇依次做出评判。

“诸葛天，宫中！”

“姜萧鸣，宫上！”

“季文，商下！”

围观的众人一阵惊叹，这可是今天第一个突破商阶的弟子。

终于轮到刘云止上场了，他丰神俊逸，大步流星，身后青色绸缎的琴囊上绘着飞鸟图案。现场的气氛一下便热烈起来，人群中响起了叫好声、口哨声和少女的尖叫声。

“安静！”陆奇一拍抚尺，热烈的氛围慢慢又沉静下来。

刘云止拨弄着来凰的琴弦，琴音好似一只凤凰啼鸣，深沉过后，速度加快，手指飞舞，琴音中似有万千飞鸟相互应和。

今日一直面色严肃的陆奇露出了久违的微笑，目光柔和，不时点头。百姓们听得如痴如醉，有人内心想要叫好，但这琴音似乎有种神奇的力量，让人难以作声，任何声响都是对这美妙琴音的亵渎。

“快看，天上来了只白鹤！”一个小孩指着天空惊呼。

白鹤在刘云止头顶上空盘旋着，似乎也沉浸在琴音中，不愿离去。刘云止琴音到高潮处，白鹤声声鸣叫恰到好处，似乎是排练好的，专为这曲子唱和一般。

“刘云止，商上！”一曲结束，师父公布结果。众人听到后发出一阵欢呼。

刘云止突破了商上！要知道商上和角阶只是一步之遥，而角阶是许多人一辈子都难以企及的高度，在任何地方都足以堪称大师。刘云止年纪尚轻，就已达到如此成就，看来是广陵琴派下一任掌门的热门人选了。杜晓月心中也暗暗为刘云止高兴，之前刚认识时，他还只在商中，看来琼花林的修行让他的琴技大有提升。

在众人的欢呼声中，没人注意到队伍中的甄三面色铁青。刘云止居然能拿到商上，这实在是太出乎他的意料。不过，已经到了这一刻，他可绝不能输！之前的计划被打乱了，为了赢过他，看来只有换那首曲子了。

“下一位是谁？怎么无人上前？”等了一会儿不见弟子上前，陆奇问道。

“师父，下一位轮到我，只是最近闹肚子，现在有些不适，恳请将顺序延后，在最后考核。”甄三捂着肚子说道。

陆奇同意了。其实甄三根本没闹肚子，这是他的计划，此时接在刘云止后面上场，他很难出彩，他要压轴出场，待众人疲倦时大放异彩以取得最佳效果。

又是数位弟子上场，却再也无人能赶上刘云止的精彩表现，越往后弟子入门时间越晚，所以整体水平越弱，围观群众有的打起了哈欠。

“别瞌睡了，快看，到崔蜜儿了！”一个看客捅了下身边的人说。

崔蜜儿刚将碧落幽倩放下，围观的人们就一阵骚动，不少人想往前挤，看看这千金打造的琴是何模样。

崔蜜儿为了这次定阶大会也下了不少功夫，平日里人们常说她不过是仗着家里有钱，弹得比一般人好只是沾了琴的光，却没人知道她对琴的热爱和付出。其实，崔蜜儿也是非常努力的，她多么希望人们谈到她的时候，说的是广陵琴派的杰出弟子，而不是知玉坊崔东风的女儿。

崔蜜儿手指在琴弦上翻飞着，碧落幽倩的琴弦细如刀刃，蜜儿的力道却控制得极为细微精准，仿佛蝴蝶飞舞，游刃有余。

她选了一首技巧极其复杂、速度极快的曲子。这曲子若是用寻常琴弦，恐怕琴弦早都承受不住而断裂了，可是蜜儿的琴弦是用极品的冰蚕丝所做，炼制十根只有一根能成，所以即使在这般高速的弹拨之下，只是微微发热，依旧十分坚韧。

“原以为这崔东风的女儿只是绣花枕头，没想到竟有如此惊人的技艺！”百姓们看得目瞪口呆。

“崔蜜儿，商下！”陆奇欣慰地朝崔蜜儿点了点头。

杜晓月也不由得真心赞叹。虽然崔蜜儿平时有些霸道，但她的琴技在广陵派中确实也算得上是杰出。

众弟子尽皆上场表演，渐渐地只有宫阶水平了，站着候场的弟子越来越少，围观的群众有的也已离场，广场的人稀疏起来。终于，要到杜晓月了。

“我考核的曲目是《碣石调·幽兰》。”杜晓月的声音有些青涩。

众弟子一下子躁动起来，议论纷纷，围观的群众却还不太明白发生了什么。

“怎么可能？这首曲子至少也得达到商阶水平才能弹好，她入门还不满一年，怎敢挑战这么难的曲子？她是疯了吗？过于心急要证明自己了吧，如果弹不好，岂不是贻笑大方，真是无知无畏！”

“是啊，之前她在课上可是练习曲都弹不好，现在竟然敢挑战这首曲子？”

崔蜜儿看向杜晓月的神情十分复杂，去过琼花林之后虽然和晓月关系有所缓和，但仍暗自把她视为潜在的竞争对手，如今杜晓月这么快就要挑战这种级别的曲目，实在暗暗吃了一惊，如果真能成功，那她水平已和自己相差无几了。

刘云止暗暗为杜晓月捏了一把汗：“这丫头怎么了？难道是之前在课上太过难堪，所以特别想要证明自己？可是一旦失败，只怕会弄巧成拙难以收场，她到底想没想清楚？”

二十一　生变

杜晓月将雪吹轻置于台前。雨歌不知所终，眼前的这把雪吹虽是绝世名琴，可见过它真面目的没几个人，所以围观的人群只觉得这琴形状怪异，也不知有何超凡之处。

杜晓月指尖轻触琴弦，一股清新之气从琴上流淌而出，那清香化作一朵幽兰，淡雅静谧，而又安详悠远。似乎幽兰不是在那琴音中，而是那弹琴之人。

杜晓月弹到之前弹错过的地方，只觉后脑隐隐作痛。记得练琴时被兔千岁拿萝卜敲得后脑生疼，所幸在兔千岁的魔鬼训练下，这练过无数遍的曲子早已深谙于心，手指好像不受控制，自己就能动起来。

“没想到这丫头最终还是选了这个曲子。”刚开始陆奇捏了把汗，但很快便会心微笑起来，专注于琴音之中，手指也情不自禁有节奏地敲着桌子，像是在弹着虚空中的琴弦。

此刻的杜晓月彻底忘记了外在的一切，忘记了眼前扶尺微笑的师父，忘记了周遭嘈杂的百姓，忘记了树间啁啾的鸟鸣，自己只是天地间随风摇曳的一朵小花。好像自己从来就是那朵花，过去的一切只是那朵花的一场梦。不，幽兰也不是那弹琴之人，而是在场每个人的心。

自喻幽兰者，多为标榜自身品性高洁，待人垂怜，犹有所待；若真如幽兰，岂会因无人欣赏而自怜自伤？

幽兰不知不语，不为谁开，不待谁来。未看此花时，不曾归于寂，来看此花时，观者只是你。风骤雨急，零落成泥，无忧无惧，来年春时，仍在此地。

在场的人只感觉若有所失，又若有所得，有些迷醉，似乎暂时忘却那些琐碎烦恼，又有些心颤，似乎让人多了些未曾感知过的不解。琴音结束，百姓们睁开眼睛，无论是谁，都觉得心里有些什么东西变了，即使说不上来是什么。

“杜晓月，商中！”琴音已经停了许久，现场却还是一片寂静，人们还没有从琴音中醒来，抚尺拍案的声音打破了这片静默。

众弟子这才回过神，对杜晓月的眼光一下子崇敬起来，有的相拥而泣，哭着说：“不可思议，不可思议！她居然真的做到了。”

“她什么时候竟这么厉害了……”崔蜜儿喃喃道，也有些痴住了，“《幽兰》一曲流传广远，但曲中总有落寞之感，杜师妹这次弹出来的却和以往大不相同，不过与我相仿的年纪，竟能有这种境界……”

虽然只知道杜晓月弹得好，但崔蜜儿连好在哪里也说不明白，而这才是最可怕的。那一瞬间，她觉得以前想和杜晓月一争高下的想法实在可笑。

之前看不起杜晓月的弟子瞠目结舌，呆立在了原地，嘴半天也没合上：“她，她竟弹得这么好。真是……真是了不得啊！”

“我想起来了，她就是之前赢过阿罗那顺的那个小娘子！”围观的人群中有人惊喜地发现。

“我想起来了！果然是她没错！”

“是她！怪不得有这般能耐！”

百姓们对晓月的称赞声不绝于耳，有人绘声绘色向周围人讲解着她当初是如何击败阿罗那顺的，人们口口相传，把杜晓月吹得竟越来越神。

甄三面色更是铁青，一个刘云止大出风头之后，怎么又冒出个杜晓月，把风头全抢走了，今天的主角本应该是自己才对。好在后面考核的弟子无甚出彩，人们还沉浸在刚才杜晓月的表演中，甄三苦等好久，终于要上场了。

甄三走上前去，将琴放下，那琴十分古怪，不是完整一块，而是许多木块拼成的，一格格的。原来他的琴叫百衲，就和百衲衣的道理一样，甄三的家境负担不起一块完整的好木头，所以只能用碎木拼凑而成。由于可以自由选择木块，所以各个部位都精心挑选最合适的，虽然木材一般，但经过巧匠精心组合后，反倒比寻常的完整木头音色要好。

“我考核的曲目是《血莲》。”甄三面无表情地说。

听甄三说完，有的弟子小声议论起来：“这曲子从来没听过啊，似乎不是我广陵琴派的。”

甄三闭目静了一会儿，蓦然睁眼，手快速在琴弦上拨弄起来，越来越快，越来越快，快得直到手成了幻影。这琴声尖利刺耳，给人强大的压迫感，在众人眼前化成一朵血色的莲花，飞速生长，从淤泥中蹿出，直破水面，拔地而起，刺向天空。

血色莲花的根茎死死咬着污秽的泥土，有种要挣脱污泥的怨恨，奋力朝着天空的方向生长，可又离不开泥土中的养料。血莲越是刺向那遥远的天空，下面的根茎却越是扎向污泥深处，越是往上就陷得越深，灰色的若隐若现的怨念之气也越来越清晰浓重。

甄三越发努力，铁制的琴弦已经发红，指尖擦过琴弦的瞬间，就像生肉擦过烧红的铁盘，琴弦上竟生出细细白烟。他已经是大汗淋漓，手上的速度却还在加快，额上的汗珠刚跌落在弦上，就瞬间蒸发散尽。

“嚓”的一声，甄三拇指上的老茧裂开了，点点鲜红洒在了琴上。

“嘶……”观者无不倒吸一口冷气，不忍观瞧。谁知那甄三没事一般，仍旧奋力弹着琴。

那琴音中的血莲沾染了甄三手指飞溅出的鲜血，更是嘶吼发怒起来，在空中挣扎扭动，像是一条想要摆脱束缚的红色巨龙。

一曲弹毕，甄三瘫坐在地，地上一摊一摊的汗水。他大口大口喘着粗气，抬起头得意地望向师父，期待着评判。

陆奇叹了口气：“哎……甄三，商中。”

“什么，商中？”甄三目光涣散，气越喘越粗，面容渐渐扭曲起来，“怎么可能只有商中！”

“练琴者琴道为先，你这曲中戾气太盛，给你商中已经很留情面了。”陆奇面色沉郁。

“我不服！我这琴技不在刘云止之下，凭什么他能有商上，我却只有商中！那《凤翔千仞》该是我的！”甄三失控地咆哮起来。

陆奇看着他，有些心痛，也有些惋惜，不作回答。

见师父不予回答，隐藏在甄三心底的情绪再也抑制不住，此刻全部爆发出来。他用拳头砸着胸口吼叫着：“陆奇，你就是偏爱那几个弟子，从来不把我甄三当回事，不肯教我真本事！我没日没夜地练琴，就是为了证明我不比他们差！

如今我达到这般境界，却被你一句话给否了！”

说着，甄三低头望向自己的双手。刚才流出的血已呈暗红，泪水喷涌而出，这哪里像是人的手，倒像是经年累月风雨摧残的裂石，上面老茧密布，伤痕累累。为了练琴，那些老茧裂了又长，长了又裂。甄三支吾着说不出话来，胸膛上下起伏，剧烈地颤动着。

“甄三，回头是岸，不要重蹈你师叔的覆辙啊！”陆奇沉痛地说。

弟子们听到这话都噤若寒蝉，没想到师父竟然提到了那个人。陆奇说的那个人早已经被逐出师门，但他并未改口，此时还是称他为师叔。一直以来，广陵琴派对这个人的存在都讳莫如深，似乎想要回避一段不堪回首的往事，所以杜晓月并不知道这个师叔是什么人。

谁知甄三听到师叔这个字眼，情绪更加激化，本因愤怒而扭曲的脸上竟露出了狂狷的笑容：“师叔，师叔，你还好意思提他！若不是当年你排挤他，他哪能落到那般田地！”

他不受抑制地开始狂笑起来，那笑声仿佛是什么东西撕裂的声音，撕心裂肺一般。

原来，陆奇平日虽不愿提及那个名字，但刚才从甄三的琴音中感觉到了那个人的影子，猜想也许甄三暗中是得到了他的传授，所以此刻不得不把事情点明。

甄三癫狂地大笑：“既然你不肯把《凤翔千仞》给我，那我就自己去拿！见识见识我真正的本事吧！”

他猛地又弹奏起刚才那曲《血莲》。只是这一次，琴音变得极端悲愤，那朵怒莲化作一只长着獠牙的丑陋怪兽，张开血盆巨口痛苦地嘶吼着。

魔音钻入每一个人的耳朵，直扎入大脑，搅作一团，一种不可名状的痛苦伴随着魔音，顺着每一根骨节蔓延下去深入骨髓，化作无数条细小的毒蛇，吐着信子，在骨髓间、血管里爬行啃噬。那些毒蛇会呼吸，一吸就像是被封进了数九严寒的冰窟，冰碴碎裂刺破肌肤；一呼就像是被闷进了滚开的油锅，血液像沸腾的油能使血管崩裂。那滋味，真让人觉得刽子手才是世上最大的善人。所有人四肢百骸像是化为棉花，接二连三瘫倒在地上，不时地抽动着。

“不好，这妖术和流风的一样，只是他要比流风强上数倍！”杜晓月捂着耳朵也无济于事。兔千岁抵抗力最弱，已经口吐白沫，像被下了咒，只剩了半口气。

见众人被魔音折磨得生不如死，甄三放肆地大笑，环顾这场面十分满意，就要走上案前去拿那《凤翔千仞》。

他刚要伸手，突然，从角落里飞出一颗石子，重重地击在甄三手腕。甄三吃痛缩手。

接着，从树间飞出一人，竟是李飞儿，她身负黑色琴囊。紧接着，她身后又飞出另一人，是个高大的黑袍男子。

"哼，是谁来添乱？"甄三轻蔑一笑，又要弹起魔音。

"纪大侠，你拦住他的去路，我来弹琴对付他！"李飞儿高喊道。

"得令。"那男子听到李飞儿的话，随即纵身向前，拦住甄三去路。

李飞儿卸下琴囊，一把通体乌黑光亮的琴露了出来，麒麟纹路隐隐浮现："看我墨麟的厉害！"

倒在地上的众人刚缓口气，甄三的魔音又再度响起，那瞬间是无比的恐惧绝望，可很快就发现，另一股更强大的琴音竟将甄三的魔音压制住了。是李飞儿的琴音！

李飞儿的琴此刻仿佛幻化成一头墨色麒麟低吼一声，凶猛地扑向那张着血盆大口的怪物。

"风！"李飞儿喝道。

其疾如风！琴音犹如阵阵狂风，呼啸着，吞天盖地，席卷而来，墨麟乘着狂风，更加迅疾。

甄三手速加快，魔音渐渐要盖过李飞儿。

"林！"李飞儿又喝一声。

其徐如林！琴音骤弱，仿佛山林徐徐，来到风暴的中心，虽然无声，却蕴含着毁灭性的力量。墨麟站在风暴中心，身上的墨色像火焰一样燃烧。

甄三冷汗直冒，已经渐感吃力，手却不停，咬牙硬扛。

"火！"李飞儿一声怒吼。

侵掠如火！墨麟身上的墨色烈火，猛然升腾起来，那团野火有燎原之力，吞噬一切，灼烧的热浪翻涌而来，身后的一切在刺眼的光芒中爆炸，灰飞烟灭。

甄三的怒莲魔音消失了。他终于支撑不住，一口鲜血吐出，捂着胸口说：

“为什么要妨碍我……”

三秦派以兵法入琴，李飞儿使用的是三秦派的顶级琴法“风林火山”。该琴法融合了《孙子兵法》中记载的几重境界，“其疾如风，其徐如林，侵掠如火，不动如山，难知如阴，动如雷震”。李飞儿只使用到了第三重境界，甄三就已经不敌了。

甄三知道不敌，转身向后，准备逃跑，却不想身后那名黑袍男子已经埋伏许久，男子大喝一声：“哪里跑！”

甄三见他逼近，情急之下，竟把手上的百衲琴重重摔在地上，只一瞬间，百衲琴碎裂成数块。甄三抱起几根木块继续逃跑。

他朝男子飞掷出去木块，这力道迅猛，木块角上也尖锐无比。甄三从小干农活，手上很有力道。男子只好侧身躲避，甄三又接连扔了几块，那男子来回招架，速度渐渐地慢了下来。趁这个空当，甄三已经混入街上人群，转眼彻底没了踪影。

“还是让他逃了。”男子见追赶甄三无望转身回来了。

李飞儿道：“想不到偌大一个广陵琴派，最后还得靠我一个黄毛丫头来拯救。”

广陵弟子们听到这话虽有些不忿，但惊魂未定，头还晕晕乎乎的，没从魔音中缓过来，而且她出手相助，也不好说什么。

许久之后，众人才渐渐从魔音中恢复过来，有几个体弱的还在昏睡。李飞儿和那男子一一查看，好在都无大碍。

确保众人无恙后，李飞儿过来拜见陆奇，抱拳道：“在下三秦派李飞儿，见过陆掌门。”

“在下纪破虏，见过陆掌门！”李飞儿身后的男子声音粗犷嘶哑，听得出内力浑厚。

“什么，他是纪破虏？他怎么会来这儿？”众人听到这个名字，有些不安。杜晓月对这个名字很熟悉，因为长安城中的小孩只要哭闹，大人就会说“纪破虏来了”，小孩感到害怕就不敢再哭了。

纪破虏这个名字实在令人胆寒，他就是长安城的不良帅。唐代官府征用有恶迹的人，充任侦缉逮捕的小吏，称为不良人，而这些不良人的统管者就叫不良帅。能当上不良帅的人，都有极其狠辣的手段，行走在黑白两道，能让所有宵小之徒闻风丧胆。而纪破虏又因为疾恶如仇，极其精干强悍，曾抓住过无数大盗悍匪，所以声名远播。

杜晓月怎么也想不到传说中这样的人物会来到扬州，但更加困惑的是，这么强悍的人举止间似乎还受那个李飞儿的驱使，心想："这李飞儿到底是什么人？"

"敢问飞儿娘子和纪大侠来广陵琴派有何贵干？"陆奇拱手问道。

"其实我们来此已经有些时日了，是来调查一件事。"李飞儿说到这似乎有些不安，停顿了一下，"只是万万没有想到，他们的魔爪竟然已经渗透到广陵琴派里面了。"

"他们是谁？"陆奇问。

"一个神秘组织，刚才甄三弹奏的魔音就是这个组织的手段，我们对他们知之甚少，只知道他们以'昱'字为号，所以我们称之为昱组织。"纪破虏答道。

"昱组织？"众人似乎还是第一次听到这个名字。

"那魔音我曾听闻，不只甄三会用，城外琼花林中一个叫流风的弟子也会这妖术。"刘云止补充道。

"你还在别处见过？他定也是这昱组织的人，不知道这城里还有多少地方被他们渗透了。"李飞儿说。

"你知道这昱组织吗？"杜晓月偷偷问兔千岁，兔千岁摇摇头，杜晓月十分吃惊，"竟有你也不知道的事？"

李飞儿接着解释道："这个组织行事极为隐秘，我们关于他们的情报极其有限，唯一的线索就是他们以'昱'字为号。这个组织掌握了魔音这种妖术。这魔音有许多种，但都是以人内心的痛苦、绝望、仇恨等负面的情绪为能量，使用者内心的怨念越强，魔音的力量也就越强。不同的魔音能给人带来不同的痛苦，有的会让人陷入极度恐惧，有的会让人悲痛欲绝，有的会让人发狂。刚才那甄三一定是内心怨念深重，所以使出的魔音有如此威力。"

广陵派的弟子还是头一次知道琴音竟能有如此恐怖的效果，若不是刚刚亲身经历过，恐怕只会以为是天方夜谭。

"你的意思是甄三已经成了昱组织的人？我刚才听他的琴音，明显是受到我师弟顾泫机的影响，难道顾泫机也和这昱组织有关？"陆奇问。

“不错，根据我们的线索，顾泫机就是昱的人，不仅如此，他身份可不一般，是昱麾下九大高手之一，九曜星贪狼。”李飞儿说。

“九曜星是什么？”陆奇问。

“这昱组织十分狂妄，以九曜星来作为座下高手的封号。北斗九曜，七现二隐。这些人中不少都有匹敌一个琴派掌门的实力，最可怕的要数为隐秘的两位，左辅和右弼，有人猜测他们的实力可能直逼羽阶。”李飞儿说着眉头锁紧起来。

“这么可怕！这些厉害的高手怎么会为他们所用？”众人纷纷惊呼道。

纪破虏面色严峻，道：“是的，这就是他们的可怕之处。这昱牵涉极广极深，扩张极快，在朝中笼络了不少党羽，甚至有不少位高权重的大臣。我之前追查此事常常线索断绝，甚至派出的人离奇失踪，下落不明。昱组织有极其强大的靠山，我怀疑不良人内部都有他们的耳目。所以为了彻查此事，我已辞去不良帅的职务，私下前来调查。”

陆奇心中一惊，纪破虏为了能够追查此事竟然被逼得辞官，看来这昱组织实在恐怖，越想越发汗毛竖起，问道：“那你们可知道这个昱组织到底想要做些什么？”

一旁的李飞儿情绪激越，挥舞起拳头说：“单看这个组织以昱字为号，就知道他们狼子野心，其心可诛！昱字乃音字上下颠倒而成，他们定是要通过魔音的力量，图谋颠倒乾坤。无论他们所图为何，一旦得逞，只怕后果不堪设想！”

“那这昱的魔音如此可怕，不知刚才少侠是如何破解的？”陆奇问。

“这魔音穿透力极强，堵住耳朵是没用的，只能像我刚才那样用正道琴音压制住魔音，方能破解。只是若想成功压制，琴技需在弹魔音人之上。所以你们日后出行，尽量将琴带在身上，再遇到魔音也能有所应对。”李飞儿说着，“刚才那甄三实力已近角阶，我也只是勉强压制住他。”

杜晓月听到这句话，暗自惊奇，刘云止也不过刚刚突破商上，年纪轻轻的李飞儿居然能压制住接近角阶的甄三。

李飞儿和众人交代完毕，便要走了：“日后如果有什么线索，请一定及时告知我们，我们就住在城中的申申如客栈。今日就不久留了，告辞。”

二十二　师叔

扬州城南郊外，一间昏暗陋室，正午的阳光透过竹帘的缝隙刺进来，一个披头散发的男人有些不厌烦地抬手挡住了眼前的光线。

男人干瘪瘦弱，胡子拉碴，脸颊通红，正躺在卧榻上跷着二郎腿，一只手握着酒壶垂在榻侧，脚尖钩着鞋子在空中摇晃着。他举起酒壶嘬了一口，呼吸急促了几声，酒入腹中片刻后又平静下来，咂巴着嘴，眯着眼睛望向虚空。

“落魄江湖载酒行，楚腰纤细掌中轻。十年一觉扬州梦，赢得青楼薄幸名。”那男人摇头摆脑地吟诵着，“跟人家杜牧的生活没得比，不过他这诗倒是不错，就像是我写的似的……”

他又举起酒壶想往嘴里倒，却发现酒壶已干了，用力把酒壶抖了抖，最后一滴酒顺着壶口落下，他贪婪地大张开嘴接住。“砰”的一声，酒壶被扔在地上。男人合上眼睛，侧过身子准备小憩一会儿，就在这时，房间的木门被推开了。

“师父，我回来了。”甄三推门进来。

“谁？”男人似乎没反应过来。

“我是您的徒弟，甄三。”甄三脸色阴郁地说。

“甄三？”那男人想了好半天，也不知是不是真的想起来了，像是自言自语一样道，“哦……我的徒弟，我的徒弟曾三。”

“是甄三。”

“对，甄三，我的好徒弟。”男人漫不经心地说。

“今天是广陵琴派定阶大会。”甄三见男人还是半醉半醒，提醒道，“这次的奖品是《凤翔千仞》。”

那男人听到“凤翔千仞”几个字，涣散的瞳孔收缩住，清醒过来些，似乎记起些事，问道：“哦，那你可赢了？”

“没有。”甄三艰难地从牙缝中挤出这两个字，面色更加阴鸷。

“怎么会，还有人能胜过你？那给你定了什么琴阶？”男人十分诧异。

“只有商中。”甄三咬着牙说。

“哼，笑柄！”那男人笑了。

甄三不解何意，不知是否是在批评自己，有些不安地攥了攥拳头。

“陆奇那糟老头儿还真是一点没变！以你的水平，居然只给你定在了商中，真是笑柄！肯定又是扯什么琴道那些胡话，愚蠢无比，可笑至极！”男人说完跺了下榻板。

听到不是在说自己，甄三的心放松了些，犹豫一阵，接着说：“只是陆奇似乎听出了，我在跟师父您学琴……”

男人似乎并不大在意，摆摆手说：“哼，这有什么，大不了和我一样被逐出师门呗！”

原来这个醉醺醺的男人就是陆奇当年的师弟——顾泫机。

甄三把定阶大会上发生的事一五一十地说了，顾泫机边听边忍不住拍腿大笑，尤其觉得陆奇说的那些话最是古板好笑。

但当听到最后被李飞儿干扰而失手的时候，顾泫机叹道：“这又是从哪冒出来的，你是说此人小小年纪，琴技居然在你之上？难以置信，难以置信，真是后生可畏啊……”

“不是广陵琴派的人，看琴法像是三秦派的。身边还跟着一个中年武者，身手十分了得。”

“三秦派的？无缘无故为何会来扬州？他们懂得破解奇音之法，看样子是有备而来，难道说，他们是为了调查昱而来？”顾泫机揣度着。

“若真是专程来调查昱的，我们该如何是好？”甄三忙问。

“呵呵，有什么好担心的。他们怎么可能斗得过那位先生！以那位先生的本事，就算是当今圣人想要彻底端掉昱，也是没办法吧。再说了，我们和昱不过是互相利用的关系，就算他们真和昱斗起来，我们大不了一跑了之，能拿我们有什么办法？”顾泫机说着说着有点意兴阑珊，挥手道，“管那些破事做甚，有空还是考虑考虑你自己的前途吧。《凤翔千仞》没拿到就罢了，不必灰心，一本破谱子而已，就那帮人当个宝贝。师父当年也不愿传我此曲，将其传给了陆奇，又怎样呢？如今我的琴技不照样远超过陆奇！”

“虽然没有得到《凤翔千仞》，但师父不必失落，我之前偷听到了一个秘密，没准儿能得到一个真正的宝贝。”

“那是什么？”顾泫机随口问道，似乎兴趣不大。

“《琴诀》。”

“《琴诀》？你是说薛易简的《琴诀》？那可不是一般的东西，此事可有把握？”

“此事当真，千真万确！”甄三说，“此事是我之前无意中偷听到的，我的师妹杜晓月养了只兔子，没人知道那只兔子会说人话，是只兔子精。这话就是从那兔子嘴里听来的！”

“会说人话的兔子，有点意思……你接着说！”顾泫机似乎来了兴趣，撑起身子坐了起来。

甄三本还担心此事过于离奇，顾泫机不会相信，但此刻安下心来继续说：“我一直在暗中观察，那只兔子来历不一般，似乎知道很多隐秘。具体的细节我虽没听清楚，不过我确信，杜晓月目前还没得到《琴诀》，现在只需把那只兔子抓来，好好审问一番，定有收获。”

“你说的那兔子与我有过渊源。那兔子非同一般，最是狡猾奸诈，抓住审问怕是不行，得用智取，还需再想想办法。不过，此事你尽管放开手脚去做就好。”顾泫机说。

“师父居然知道那兔子？您放心，这次不会再让您失望了。”甄三说话时阴沉着脸，那股狠劲儿让顾泫机不由得打了个寒战。

“好了好了，这些无聊的事说够了，还是来陪师父吃酒吧。来，把那酒壶拿来！”顾泫机似乎已经聊够了，此刻他只想吃酒。

屋子墙边堆满了酒壶，甄三挨个晃荡几下，从里面挑了一瓶满的端来。离得还有几步远，顾泫机就伸手一把夺过酒壶，饶有兴致地说：“我这辈子就两样东西离不开，一是琴，二是酒，其余的一切我都不在乎。只要还有这两样，此生足矣！”

顾泫机放浪形骸，除了弹琴和吃酒，对世间的任何事都漠不关心，唯有这两样让他沉迷到了疯狂的程度，离开其中一样都是要了他的命。

顾泫机咕嘟咕嘟痛饮着酒，甄三却安静立着不说话。顾泫机把酒壶塞给他，笑道：“别整天绷着个脸，苦大仇深的，放松点，来，拿去喝一口！有什么不开心的事喝醉了就忘了，喝吧，一醉解千愁。”

甄三笔挺的身子躬了下来，双手捧过酒壶，往嘴里猛灌了一口，只感觉喉头热辣，难受无比，大口吞了下去。他素来不喜欢酒味，尤其不喜欢的是醉的感觉，那会让他放松警惕，无所适从。

“哈哈哈，这就对了！我顾泫机的徒弟怎么能不吃酒？”

甄三不胜酒力，没喝几口脸就红了，晕晕乎乎的，但紧绷的身子一点也没松弛。

“这《凤翔千仞》啊，怎么说呢，确实是个好东西，毕竟是薛易简的名曲，只不过对琴力要求太高，没有十多年的苦功是悟不出其中精髓的。”顾泫机一只手搭在甄三肩膀上，另一只手挥舞着点评道，“不过这《琴诀》可就不一样了，这里面囊括了薛易简毕生心得，奥妙无穷，无论是什么琴力的人得了它都能有不少提升，哈哈……要是真能得到此书，还留恋那《凤翔千仞》作甚！”

甄三听到此言，心中暗暗发狠，这一次可不能再失手了。

二十三　再遇王少爷

吴大娘蒸饼店里，中间最大的桌子上摆满了丰盛的食物，吴大娘热情地跑前跑后招呼着，广陵琴派众弟子围坐一桌，他们正为各自在定阶大会上的成功进阶而庆祝。

“甄三这小子是疯了吗？好好的正道不走，去跟着顾泫机学什么魔音。哎，无可救药，这人算是完了。”弟子王大同议论道。

“是啊，这下非被逐出师门不可。平日里师父知道他家境困难，对他照顾有加，没想到他却那样说，肯定会让师父很伤心。”杜晓月有些惋惜。

“不过，他如今的实力确实令人惊叹。看得出来他平日下了很大的功夫，竟隐忍了这么久，只是路走错了，可惜啊。”刘云止叹道。

在座的其他弟子大多觉得甄三性格古怪，平日没太多接触，做出这种事虽然难以理喻，但仔细想来似乎也可以想通。要说和他最熟的当数崔蜜儿，虽然她也不曾真正了解甄三，但平日呼来喝去时他一直逆来顺受，日子久了，就感觉和使唤家里的佣人一样。对于今天的事情，她十分震惊，瞬间发觉整个世界并不是她所熟知的那样，冲击太大，甚至有些后怕，以至于此刻完全不想提及此事。

“哎呀，咱们是来庆祝的，别提这些扫兴的事了。还是先恭喜咱们刘师兄顺利突破商上吧！”崔蜜儿举起酒杯说。

“是啊，恭喜刘师兄！刘师兄可真是了不得，如今得了《凤翔千仞》，将来定是要继承掌门之位了！”王大同边说边殷勤地给刘云止倒酒。

“哪里哪里，侥幸发挥得好罢了。如今琴界人才辈出，我还差得远呐。倒是晓月师妹实在是出人意料，入门不满一年，就能通过商阶的考核，她才是前途不可限量！”刘云止笑着望向杜晓月。

“是啊，是啊，晓月师妹也很厉害！咱们广陵琴派可真是人才辈出！”众弟子纷纷附和着。

“咱们还是别互相吹捧了。”杜晓月对这互相恭维的场面有点不耐烦，道，“那个三秦派的李飞儿不可小瞧，她年纪与我们相仿，琴力却远在我们之上。”

“她算什么，哪里及得上刘师兄！”王大同愤愤地说，“虽说有点东西不假，但那个嚣张的样子哪像弹琴之人！”

虽然李飞儿出手相救，但因为她说话极不客气，所以广陵琴派弟子对她的印象很不好。

“她确实厉害，我没有胜过她的把握。”刘云止说。

“怎么可能？刘师兄你就是太谦虚了！将来在天下琴会上相遇，你肯定能胜过她，灭灭她的威风，为咱们广陵琴派争口气！”王大同情绪激动。

“天下琴会是什么？”杜晓月问。

“天下琴会是琴界十二年一度的盛事，六大门派都会派出数位杰出的弟子参赛，代表门派来决出高下。咱们广陵琴派可是历史上夺魁次数最多的了。”崔蜜儿解释说。

“只有弟子比赛吗？掌门怎么不参加？”杜晓月问。

“掌门这种身份怎么能参赛？若是赢了还好，输了脸上多挂不住啊。日后回到自家门派内，还有谁能服气呢？所以天下琴会默认的规则就是只派弟子比赛。弟子参赛，若是输了还可以推脱，说是青黄不接后继无人，不至于那么难看。”崔蜜儿解释道。

王大同突然插嘴说道：“只是上一届天下琴会被三秦派赢了，所以近来三秦派风头愈来愈盛。琴界有人评论说，咱们广陵派已经没落了。”

王大同说完，没人说话了，气氛变得有些尴尬。

“上一届天下琴会，咱们广陵琴派是谁去参赛的？”杜晓月问。

“那时，师父陆奇还不是掌门，他去了，只可惜只得了第二，第一被三秦派的陈中元赢了。”刘云止说。

“此事你可千万别在师父面前提，他最不爱听。之前有人无意间提及上一届天下琴会的事，结果王师兄非刨根问底，问个没完，我们在旁边怎么使眼色都没用，结果，师父一天都没说话。”崔蜜儿说。

王大同红了脸，挠挠头说："我哪知道师父那么在意，不过是多问几句罢了。"

见众人兴致低落，崔蜜儿岔开话题，举起酒杯道："虽然上一届风头被三秦派抢了去，但如今咱们广陵派出了刘师兄，下一届天下琴会，咱们可是要重振雄风了！"

众人听到这话纷纷向刘云止敬酒，气氛又热烈起来。

就在广陵琴派众人喝得高兴时，门外远远传来一阵哄闹声，是一个穿着青色锦衣的公子哥进了店，身边围着数个跟班，有的在前面开路，有的在他跟前摇着扇子，还有的在后面拎着大包小包。

店里顾客的目光不由得都被这排场吸引了去，杜晓月看到他的脸，觉得有点面熟，仔细想了想，原来是之前在官河边遇到的那个王少爷，凶恶的跟班正是领头的，顿觉有些反胃。

王少爷在店里环顾一圈，目光最终停在了广陵弟子这桌上，抬了抬下巴，跟班立刻会意，来到广陵弟子前说："我们家王少爷看上了这个位置，请你们换个地方就座。"说罢，他从怀里掏出几枚铜钱随手扔到桌上。

"不好意思，我们广陵琴派弟子今日在此聚会，人数众多，别的桌子实在是坐不下这么多人。"刘云止说。

跟班又言语几句，见众人还是没有要让座的意思，突然发起火来，猛捶桌子，大声嚷道："别敬酒不吃吃罚酒！广陵琴派就了不起吗？你可知道我们王少爷是什么人！"

王少爷听到跟班的话，这才知道原来坐着的是广陵琴派弟子，嗤笑一声，道："我当是什么人这么大的架子？原来是广陵琴派这帮沽名钓誉之徒！"

崔蜜儿见他无礼，来了火，起身对峙："我滴个乖乖，这人口气可真大！广陵琴派也是你这种无礼之徒能辱没的？瞅你那样儿，恐怕琴棋书画样样不通吧，别说这了，大字恐怕都不识几个。"

"放屁！"王少爷喝道。

"你个臭丫头懂个屁！"身后的跟班晃着腿道，"别的不说，光说弹琴，我们王少爷的琴技要说第二，扬州城只怕没人敢说第一！"

"你们家少爷有这么厉害？那他是在哪学的琴？"杜晓月问道。

“呵，原来是你这个不识抬举的野丫头，看来你们广陵琴派都是一路货色。”跟班认出了杜晓月，腿晃得越来越厉害，仰着脖子说，“你们广陵琴派都是故作清高之徒，我们少爷不愿去你们那学，所以花了千金请了名师上门来授课的。”

其实哪里是王少爷不愿去广陵琴派学，只是因为报名广陵琴派的人数众多，筛选弟子极为严格，王少爷在心性品行等方面都不过关，连初选都没过。正是因为被广陵琴派拒之门外，所以结下了梁子，王少爷对广陵琴派中人恨之入骨。

“是你这村姑？”王少爷也注意到了杜晓月，笑得嘴更歪了。

杜晓月不理会他，接着问道：“敢问你们口中的这位名师到底是何人？”

跟班清了清嗓子，说道：“咳咳，王少爷的师父，就是传说中的‘酒狂琴痴’——顾泫机先生，你们的掌门陆奇给他提鞋都不配！请他上门教课，一个月就得给二十两金子！”

其实顾泫机是闲云野鹤之人，本不愿乱收什么徒弟，但这个王少爷的学费实在很高，足够他买酒。

“既然咱们都是琴界中人，也别争了，何不按照琴界的规矩来较艺一番，赢的人就能坐在这。要是你们输了，这个位子就得让给我，如何？”王少爷自信满满地提议，接着指着杜晓月鼻子说，“不仅如此，这个村姑还得过来陪我吃酒！”

“若是你输了，该怎么办？”崔蜜儿问。

王少爷嗤笑一声，仿佛听到什么笑话，强忍住笑说：“我会输？也罢，若输了，我给你们赔礼道歉，你们今天吃的这些我请客！”

王少爷的极度自信是因为身边那群跟班的吹捧，日积月累，早已信以为真，以为自己琴技了得。再加上对广陵琴派的怨恨，所以从没去看过定阶大会，对广陵琴派弟子的实力也全无了解。

“就按你说的办，我们来一较高下。”刘云止站起身说。

“慢着，你先坐下，我要和她比！”王少爷指着杜晓月，他对在官河边的事情还记忆犹新，想借此机会让杜晓月对自己彻底拜服。

“好，比就比。”杜晓月对他早已反感至极，看到他点名要和自己比，也想借这个机会赢过他，看他作何反应。

“我先弹！我只要一出手，根本轮不到你们弹，你们这群人自然就会甘拜下风。”王少爷笑道。

“这帮跟班把他吹得那么厉害，也不知实力到底如何，就不怕把牛皮吹破？”杜晓月在心里嘀咕了一句。

王少爷使了个眼神，跟班麻利地把琴放到桌上，另一个跟班熟练地取出了香炉放在琴前点上，还有一个跑到王少爷身后为他揉着肩膀放松。

“我们家少爷的琴可是花了几千两金子买的，怎么样，你们这帮穷人开眼了吧？”跟班洋洋得意地说。

杜晓月看了王少爷的琴，虽然凑合，但怎么也不至于花几千两，肯定又是不知被何人当肥羊宰了。

王少爷坐在琴前迟迟不动，脸色不悦。众跟班见状如临大敌，纷纷做出噤声的手势，示意在场的人都不许出声，原来他是嫌环境不够安静。

杜晓月不小心咳嗽一声。

“嘘！”领头的跟班恶狠狠地瞪了她一眼。

在确保环境的绝对安静后，王少爷的表演开始了。

出乎意料的是，王少爷居然还有些能耐，比普通广陵弟子还要强些，但总体而言实力也只刚摸到商阶的门槛，比起之前吹嘘的水平可差远了。

广陵弟子们听着，也没作声，但心里知道这王少爷是输定了，都等着看他如何收场。

王少爷潇洒地收手，弹完了，跟班们爆发出热烈的掌声欢呼声。他下巴抬得老高，问道：“怎么样？甘拜下风了吧？你还要弹吗？”

“当然要弹！”杜晓月笑道。

她刚弹了一段，王少爷听着就觉得不妙，结果后面越听越惊，面色骤变，张口结舌地说：“怎么……怎么可能！”

他为人虽然嚣张，但对琴技高下还是有数的。王少爷一直以为自己的琴技在扬州城已经数一数二了，怎么也想不到，偶然遇到的小丫头都能远胜自己。

王少爷的脸上阴晴不定，越发羞恼地想：“明明我才是扬州最厉害的，怎么会输给这个黄毛丫头！”

他有些自知之明，知道自己素来行事荒唐，只知吃喝玩乐，不喜读书，让父亲操碎了心，唯有学琴后才让父亲略感欣慰，所以，琴技一直是王少爷自信心唯一的倚仗。

而如今，这仅有的值得夸耀的资本竟被一个黄毛丫头给彻底碾碎了。

王少爷的喘息声越来越沉，牙快咬碎了，跟班们见他那随时要爆发的样子，都噤若寒蝉。他面色阴沉，踏步走来，手一把按住琴弦，琴音霎时停住。他不想听杜晓月再弹下去，声色俱厉地怒喝道："好你个杜晓月，今天竟故意让我出这样的丑！好你个不识好歹的野丫头，是你逼我使出那招的！"

说罢，王少爷跑到琴边奋力弹奏起来，竟然是魔音！

"不好！他在弹魔音！"广陵琴派弟子惊呼。

刘云止想起之前李飞儿交代过的话，喊道："要用琴音压制住他！晓月，快弹琴！"

杜晓月会意，也跟着弹奏起来，是那首《碣石调·幽兰》。她的琴力在王少爷之上，只三两下就把王少爷的魔音压制住了。

王少爷猛地一口鲜血吐出，手停了下来，面色苍白。跟班们慌了阵脚，争先恐后上前扶稳他。他喘着粗气，嘴里念叨着："好你个野丫头……"

"你嘴巴放干净点！"刘云止呵斥道。

"好你个野丫头！明知能胜过我，却故意要我出丑！还趁我使用奇音的时候，故意捣乱，让我气血逆行。"王少爷气急败坏地叫道。

"你的意思是说，在弹魔音时，只要被正道琴音压制，弹魔音的人就会气血逆行，被魔音反噬自身？"杜晓月问道。王少爷的话无意间竟暴露了魔音的一大弱点。

"好家伙，你个野丫头还装不知道。"王少爷叫道，挥舞起拳头想要动粗。

刘云止见此情景，忙把杜晓月护在身后，喝道："明明是你提出要比的！结果输了就这样无礼，怎么有你这样无赖的人？"

"哼，果然你们广陵琴派的人都是一路货色！杜晓月，你以为我不认得你？你的底细早被我摸得一清二楚了。"那王少爷说着狰狞着大笑起来，嗓门越来越大，"还真把自己当杜牧的女儿，哼，你不过是个没人要的孤儿，是个野丫头，被杜牧捡去养大罢了。呵呵，如今他也不要你了，把你送来扬州，他骗你说是送你来学琴，我看，他其实就是想甩掉你这个累赘，你有什么好骄傲的，一个没人要的野丫头。哈哈哈……"

自从上次相遇后，王少爷已经派人调查了杜晓月的底细，知道她是杜牧的女儿，也知道是杜牧要她来扬州学琴的。

杜晓月愣住了。

“住嘴！”刘云止愤怒地拍了下桌子，可那王少爷仍是不干不净地说个不停。

杜晓月的头渐渐垂下，没吭声。

“晓月，别听他胡说！”刘云止拉住她，对王少爷厉声说，“这里不欢迎你，快滚吧！”

吴大娘见起了争执，走来劝道：“这位少爷，小店两边谁也得罪不起，再争执下去怕影响了别的客人，我们小老百姓，还要混口饭吃，请您去别处用餐吧。”

“哼！”王少爷轻蔑地笑了声，最后瞥了眼低着头的杜晓月，朝门外摆了下手，众跟班立刻麻利地收拾东西，一行人扬长而去。

二十四　无助的杜晓月

窗子开着，秋风吹了进来，躺在床上的杜晓月打了个寒战。她睁开眼，想要起身去关上窗子，却没有力气动弹。窗外的月亮清冷，像是瘦削的雪鸮栖在门檐上偷偷窥视着自己，杜晓月更惊觉心中寒凉，蓦然间倦意消退了大半。

大明寺的钟声从远处传来，宏阔而浑浊，像迟暮老人的一声哀叹，宣告这一日的终结。钟声让人心烦，她在床上辗转，烦躁不安，手不受控制地死死攥成了拳头，掌心都被指甲戳破了。

王少爷那句“没人要的野丫头”在脑海里不停地回响，杜晓月越是想躲避那声音，那声音却越清晰，随着那句话，王少爷狰狞的笑容也向眼前逼近。她闭上眼又睁开，只要一合上眼，痛苦的回忆就蓦然涌现，自己就像一只被恶犬盯死的受伤小鸟，无处逃避，更无处躲藏。

“好久都没收到阿爷的信了，他已经把我忘了吗？难道阿爷真的是把我当成累赘才送到扬州的吗？我已经被亲生父母抛弃过一回，难道阿爷现在也要把我抛弃了吗？”杜晓月胡思乱想着。

这个世上没人在乎自己，从来都是，一次次被抛弃，一次次受冷眼。杜晓月感觉心正被一刀一刀划开，被切成碎片后又被丢在铁盘上炙烤……那被利刃穿透的疼痛和被灼烧的疼痛都太真实了，真切地发生在杜晓月的身体上。

幸福的人难以想象，痛苦的经历一旦发生，便是千百次的折磨，因为痛苦会像梦魇一样缠住受伤的人。每一次回想，大脑的感受都和当时经历那些伤痛时无异，所以伤痛看着只发生了一次，其实都是要经历无数次的。痛苦渐渐累积，最终，击垮一个人也许只需要一根稻草。

杜晓月从来都是坚强的，但再坚强的人心里都有最脆弱的地方，软肋一旦不幸被击中，即使有再坚韧的铠甲护着，也会崩溃。

崔蜜儿课上的针对、出丑的瞬间、师兄们嘲笑时的窃窃私语……全都涌现在脑海里，把她整个吞没，而王少爷的那句话是最后的一把利刃，直插到杜晓月心里最柔软的地方。

她感觉自己不停地坠落，直到掉进无尽的黑暗深渊。那片黑暗是万丈之下的深海海底，一切的声音和光亮都被吞噬隔绝，只有绝对的静止，绝对的死寂，像被无数巨石重重压住。黑暗吞噬一切，吞噬了所有的思绪，直到最后，连刺痛也消失了，此时的大脑像挨了沉沉的闷棍，被铅灌满，被生锈的锁链缠绕，被厚重的浓胶黏住。虚弱无力，仅存的意识想要反抗，却感觉大脑的齿轮里被塞进了钉子，齿轮绞着钉子旋转，每吃力地旋转一下，就头痛欲裂，钉子插在肉里越绞越深。

既然无力反抗，那就在这黑暗中一直沉沦吧，睡去吧，要是再也不用醒来就好了……

不知多久过后，黑暗深海的上方，一道微光若隐若现，那光像风中的烛光一样微弱，却是这深渊中唯一的希望了。虽然连呼吸都需要竭尽全力，但杜晓月还是用尽最后一丝力气蹬了一脚，朝那微光漂去，那微光越来越近，原来那不是光，而是一个声音，是什么声音穿透黑暗而来，是兔千岁。

杜晓月被这声音召唤回了现实世界，她奋力地睁开眼睛，像是推开一道极其沉重的尘封已久的铁门。

她隐隐约约听到屋外传来声响，是兔千岁在和谁说话。

“小点声！别吵醒了晓月，此事千万不能让她知道。”兔千岁的声音急促，显得很心虚。

“放心，这件事只有天知地知，你知我知。”另一个人的声音低沉，却有种暗暗的狠劲儿。

那声音有些熟悉，杜晓月辨认出竟然是甄三。虽然他们的对话听得不是很清晰，但模模糊糊也听明白了，兔千岁似乎在和甄三做着一笔不可告人的交易。

“我去看看她有没有醒。”兔千岁小声说。

兔千岁透过门缝往里瞧，等了一会儿，确认杜晓月一动不动，还在睡着。

接下来两人声音比刚才更小，似乎更小心了，只能模糊听到大明寺、顾泫机和杜晓月。

“兔千岁怎么会和甄三这个叛徒做交易？这究竟是什么不可告人的肮脏交易，还说千万不能让我听见。难道这个兔千岁其实是个彻头彻尾的大骗子，一直在骗我，在利用我，瞒着我在暗中做坏事？‘禽兽之变诈几何哉’，果然一开始就不该相信一只兔子精。”杜晓月想到此，长叹一声，她眼前刚刚看到的微光瞬间“嘭”地熄灭，只剩下一片黑暗。

杜晓月早已筋疲力尽，遭到这一击，身子彻底瘫软下来，紧紧攥着的拳头也松开了。

甄三和兔千岁耳语完最后几句后，屋外彻底安静下来。兔千岁接着轻轻推开门，蹑手蹑脚地进来，趴到蒲团上，好似一切都没发生一样。

“什么交易？”杜晓月声音冷冷的，没有一点情绪。

刚趴下的兔千岁一个激灵，张口结舌道：“没，没有什么交易……晓月你怎么醒了，是做噩梦了吗？”

“还在骗我……”杜晓月气息微弱。

“怎么会骗你？老……老夫绝对不会做对不起你的事。”兔千岁慌了神，拼命想要解释。

“你其实一直在骗我对吧？”杜晓月似笑非笑，声音颤抖。

“你要相信我，晓月！我真的没有骗你……”兔千岁说着朝杜晓月走过来。

“你之前说的那些什么月神使者都是编出来的吧！你根本不是什么玉兔，什么兔千岁，从来就只是一个招摇撞骗的兔子精而已吧！”

“怎么可能，晓月你在说什么？那些不是我编的，我从来没有对不起你……”兔千岁杵在了原地，耳朵耷拉下来。

“到现在还在演戏！满嘴谎言和欺骗，骗吃骗喝，利用我，把我当作交易的筹码，还说没有对不起我！”

“晓月，你听我解释！”

兔千岁无力地望着杜晓月，却不知怎么开口。

“滚吧！我再也不想看到你！”杜晓月突然咆哮道。

“晓月！你听我说，我把真相全都告诉你。”说着，兔千岁又向前走了几步。

“我受够你那些谎言了。快滚！你再不走别怪我动手了。”杜晓月挥舞起拳头，声嘶力竭地喊道。

兔千岁不再说话了，泪水吧嗒吧嗒地落在地上。

“怎么还不滚！快给我滚啊！”杜晓月又吼道。

隔壁屋子的人似乎被吵醒了，传来几声咳嗽声和关窗的声音。片刻后又静默了。

兔千岁头低着，耳朵快垂到了地上，它擦了擦眼泪，转身，步子沉沉地拖在地上，出了门。

门被轻轻地合上。

“你这个骗子，别再让我见到你！否则我见你一次打你一次！”杜晓月朝着屋外喊道。

夜晚又安静了，屋子里只剩下杜晓月一个人，喊得喉咙有点疼痛。

地上筐里的萝卜装得满满的，月光渐渐暗淡下来，筐子在地上的影子消失了。

月亮被絮状的灰云遮住了。

下雨了。

二十五　广陵野老

雨停了，日色昏沉，整个天地都是阴阴的。

杜晓月一觉睡到了翌日下午，头隐隐作痛，浑身酸软。她迷迷糊糊地睁开眼，强撑着坐起来。兔千岁的蒲团上空空荡荡，屋子空空的，心也空空的。她长叹一口气，一觉过后，心脏虽没有昨晚那种刺痛感，但好像还是被一块石头重压着。

“出去走走吧。”杜晓月这样想着走出屋外。

今天是月末，弟子大都告假回家了，院里没人。杜晓月就这样漫无目的地走着，脑袋昏昏沉沉，到扬州之后发生的事在脑子里隐隐浮现，她用力控制自己不去想一些事，倒完全没在意走到哪了。

不知不觉地，也不知走了多久，她到了一片水杉林。这里没有路，平日里没人会来这儿。林子外杂草丛生，刚下过雨的地上满是泥泞。此时的杜晓月好像灵魂出了窍，身体不受控制地往前走着，踩在泥地里，一脚深一脚浅，泥点溅满了裤脚，却浑然不知。

就这样走入了水杉林的深处，不知又走了多久，见到一堵围墙，墙下面有个洞口，她想也不想就蹲下爬过了那个洞口，出了洞口是一片竹林。在竹林里走了一阵，四处都是竹子，恍恍惚惚已经辨认不出方向，失魂落魄的杜晓月这才恢复微弱的意识，再往前走会迷路的。

“可是迷路又怎样呢？没有人会在乎吧，就算在这儿迷路，被困住饿死在这竹林里，这个世界上也不会有一个人关心。”杜晓月的头低垂下来，苦笑一声，“索性就一直向前走吧。”

她垂着头，眼睛盯着地上，她从未这么认真地观察过什么东西。压弯的茅草上面有蜿蜒爬行过的痕迹，那应该是蛇行的小道，在蛇行小道的旁边是蚂蚁的小路，这小道绕开了绵密的草根，不时有两三只蚂蚁在这交会爬过。这里的蚂蚁比外面的要大几倍，也许蚂蚁本该就长这么大，只是太大的蚂蚁在外面很容易就被踩死了，反倒因为这里人迹罕至，才有机会长大。

又走了不知多久，按理说，走了这么久，腿早就该酸痛了，可此时的她根本感觉不到疲倦，精神好似游移在肉体之外。

前面有座山，山下有个小洞口，里面黑漆漆的，也不知会不会有猛兽在。杜晓月一点都不觉得害怕，反正自己在这世上是孤零零的一人，就算被吃了，又有什么要紧呢？

杜晓月一直朝洞里走去，进了洞，没几步就黑下来，看不清了，再走几步整个洞变得十分狭窄，需要侧着身子通过。脚底的石头湿湿滑滑，杜晓月侧身扶着墙壁走。

数十步之后，却见到前面仿佛有光亮，一直麻木着的杜晓月有些好奇。她顺着光亮，走到了出口。

外面豁然开朗，几朵云彩抹在远处山前，晚霞把天空泼染成梦幻的紫红色。这里土地平坦，遍布芳草鲜花，一条溪水潺潺流过，溪水旁长着果树，还有几处瓜田，像是没人好好打理。

见到这景色，杜晓月的心情竟也意外地好了些，她闭上眼睛，情不自禁地深吸一口气，又长长地呼了出来。

杜晓月睁开眼，这才发现自己的脚上腿上满是泥土，裤子脏得不行，便来到小溪旁，脱下鞋子，卷起裤腿走到溪水里。

“沧浪之水清兮，可以濯吾缨；沧浪之水浊兮，可以濯吾足。”杜晓月轻轻地哼起歌。

溪水清凉极了，不仅洗净了脚，似乎也涤荡去了心头的尘埃，溪水里的数条小鱼朝杜晓月的双脚聚拢过来，轻轻亲吻。杜晓月脚痒痒的，也不敢动弹，怕惊扰了小鱼。

溪水清澈见底，鱼儿们不像是在水里，倒像是在空气中穿梭，水底有各种颜色的鹅卵石，白的、灰的、褐的，还有各种带着美丽花纹的雨花石。

杜晓月洗干净脚，踩在水面一块大石头上面，看着干干净净的脚，白嫩得就像两片馒头。脚踩在石上，说也奇怪，石头不像是硬的，感觉软软的，倒像踩在面团上。杜晓月闭上眼睛，许久，重又睁开，眼睛里重新燃起一丝光彩，在这澄澈静谧的山野，纯净得像刚落地来到世间的小鹿。

杜晓月顺着溪水望去，发现远处一棵参天银杏树下的大石头上，正盘腿坐着一位老者。老人须发皆白，胡子垂到胸口，眉毛也垂到了眼角，他的额头像身后的银杏树一样满是皱纹，面色却红润如孩童。

“咦？那老人是在弹琴吗？”

杜晓月沿着溪旁小路向老人走去。

老者正闭着眼睛弹琴，奇怪的是，明明看见他在弹琴，却怎么也听不见声音。杜晓月怀疑是耳朵出问题了，睁大眼睛向老人靠近，眼见他的手触碰到了琴弦，却还是什么也听不见。

杜晓月学琴时都被要求身坐正、背打直，而那老人弹琴的姿势很随意。他时而弯腰驼背，像只老猿；时而前仰后合，像只飞鹤。

杜晓月见老人闭着眼，就用手在老人眼前晃了晃，见老人没有反应，就放心地朝他做了个鬼脸。

“真是奇怪，怎么明明在弹琴，却听不见声音？”杜晓月纳闷儿。

杜晓月凑得很近，仔细辨认琴音，这一次才终于发觉，那声音细若游丝，若隐若现，似乎刚捕捉到却又不知所终。

老人弹完了，还是没有睁开眼睛，徐徐开口问道：“小丫头，你小小年纪，心里为何会如此悲伤？”

“啊，阿翁您怎么会知道我在难过？”杜晓月很诧异。

“你的声音都告诉我了。”老人说。

“我的声音……您是说，您只通过听声音就能知道我的心事？”杜晓月更疑惑了。

“你的六脏、九窍、百骸都无时无刻不在发出声响，不仅如此，你的脚步声、衣服摆动声、呼吸声，甚至每一根头发丝在空中滑过的声音，每个细微响动我都能听见。这里面，无不传递着你的神思。”老人笑道。

“太神奇了，您这耳朵也太灵了！”杜晓月惊叹道，“这里是什么所在，这么美的地方，我怎么从来没听人提过？”

“这里是未始源，你眼前这条河叫坐忘川，我在此清修这些年，从未见到外人进来。小丫头，你既然能来此地，说明你福缘匪浅啊！”老人说。

“阿翁，您的耳朵好使，我的耳朵好像不行了，您刚才弹了半天琴，我却不怎么听得见。”杜晓月说。

“哈哈哈哈……”老人笑了，“既然你我有缘，我就告诉你吧。这是因为我的琴音已经融入了这天地山野之间，化作了清风流水声，天地与我并生，万物与我为一，这便是‘无’的境界。”

“您说的我不明白，琴声不是让人来听的吗？这让人听不见算是什么境界呢。我学琴这么久，还头一次听说这种道理。”杜晓月觉得有些好笑。

“此即天籁也，‘夫吹万不同，而使其自己也。咸其自取，怒者其谁邪？’何须人来弹奏，又何须有多余的声响？”老人捋着胡子笑着说，“既然丫头你也会弹琴，那可否弹一曲，让我来听听？”

“好呢。”杜晓月说罢弹奏起那首《碣石调·幽兰》。

老人闭目听着，没一会儿就摇起头，似乎有些失望：“你天资是不错，只可惜没遇到好师父。琴音中刚开始还有点灵性，但到后面越听越是古板无趣。你师父是谁，怎么会教成这样？”

“我是广陵琴派弟子，师父是当今掌门陆奇。”

“陆奇？没听说过。哎，广陵琴派如今怎么败落成这样了，竟如此不堪。”老人叹了口气，接着说，“我也曾是广陵琴派中人，幸亏你及时遇到我，还有救，不然你这么好的资质全给毁了。”

杜晓月见老人琴音甚为玄妙，定是个高人，似乎有意要指点自己，连忙说：“前辈您的意思是愿意教我？前辈琴音奥妙，如果能得您指点一二，我真是三生有幸。晓月愿意拜前辈为师！只是还不知道前辈的姓名。”

“我是谁？”这一问把老人问愣住了，他犹豫了一阵支吾着说，“对啊，我是谁？我是谁来着……算了，实在想不起来了，这么多年只顾着习琴，怎么把自己的名字都给忘了。算了，叫什么不重要，我只不过是个荒野的老头儿，你就叫我野老吧。”

“这老人说自己也是广陵琴派的，他这年纪辈分一定很高，若拜他为师父，算起来，辈分岂不是比师父陆奇还要高？”

老人琴技出神入化，这天赐机会可不能错过，杜晓月想到这，心中不禁暗喜，俯身便在地上磕头说：“弟子杜晓月拜见师父！”

“哈哈哈哈，好徒弟！”老人笑道，他见杜晓月聪明伶俐，心生喜爱。

“野老，弟子还有一事不明。”杜晓月犹豫着问道，“您这琴法太过高深玄妙，弟子即使学会了这‘无’的境界，常人也根本听不明白，您这还有没有别的琴法可学？”

“傻孩子，这‘无’的境界可是师父花了数十年的时间才参悟出来的！你竟不愿意学这个？可惜啊，可惜。你若只想学‘有’的境界，那倒也简单了。”老人摇头叹道。

“那可否请您先为弟子演示‘有’的境界，弟子再决定学什么呢？”杜晓月说。

野老点头应允，又抚弄起琴来。

野老的手指如枯槁的木枝一样，缓缓伸出，但刚一触碰到琴弦，却似老树回春般重焕生机，指尖敏捷地在琴弦上流转着，灵巧得像孩子一样。这一次，杜晓月听见了声音，这声音清澈剔透，而又有着宏阔恢宏之感，随着野老的弹奏，琴音啸远，杜晓月感觉琴音穿透了自己的身体，胸膛都被震动着。

渐渐地，野老越弹越忘情，整个山野都开始隐隐震动，地上银杏树的金色落叶被风席卷起来，远处本是静止的树林开始颤动，就连地上的石子都开始抖动，细小的碎石在地上猛然弹起，烈火烹油般噼里啪啦地跳动起来。

杜晓月看呆了，这琴音竟然能有如此强的震撼力，这岂止是声音，分明是一种实体的存在。这，难道，这难道是传说中羽阶的实力吗？！

山野间的震动越来越剧烈，如雷声隐隐，远处似有千军万马朝此奔袭，那强大的压迫感让杜晓月一动都不敢动。曲至最高潮处，野老俯身挥手在琴弦上一划，声音戛然而止，山野间的震动骤然收住。而最后那琴音化作一道剑气朝溪水中飞去，“嘭”的一声，水面被激起了巨大的浪花。随着浪花溅落，杜晓月看到刚才水底的数块鹅卵石块已经碎裂开来。

“这，这，太神奇了……”杜晓月看蒙了。

“怎么样，你想好要学哪种境界了吗？”野老问。

“弟子愿意学这‘有’的境界。”杜晓月连忙回答，她生怕野老拒绝，要教自己那什么没用的“无”。

“好，既然你主意已定，老夫也不可强求。”野老点头应允，沉思了一阵说道，“既如此，那我先传授你《琴诀》吧。”

真是踏破铁鞋无觅处，得来全不费工夫，杜晓月又惊又喜，难以置信：“您是说广陵琴派的不传之秘，薛易简前辈留下来的《琴诀》？”

“那是当然！他老人家留下这《琴诀》时，曾嘱托道，这书一定不能落到心术不正之人的手里。所以即使是广陵琴派的人，也没几人知道这书的存在，更别提得到传授了。如今传与你，你也得发誓，不能随意传与外人，日后若要传授，这人一定得是广陵琴派弟子，而且必须是良善之人。”野老神情严肃地说。

“野老放心，弟子发誓。”杜晓月发完誓，问道，“既然此书这么重要，那您怎么会如此信任弟子？毕竟弟子与师父才刚刚相识不久啊。”

野老笑道：“一个人品性如何，全都在他的琴音之中了。刚才听了你的琴音，我便知道，你是个心思纯良的好孩子。”

杜晓月听到师父对自己的认可很欣喜，对他也更多了一分崇敬，野老竟然仅凭一首曲子就能做出如此笃定的判断。

“你的出现也许是天意吧！若不是你来到这里，只怕哪一日，我老死在这山野中，而毕生的修习却没有传承下去，那样的话真是太可惜了！你的出现也算是天意啊。”野老感叹道。

二十六 坐忘川

“天色不早了，野老可饿了？不知平日您都吃些什么，弟子好去准备。”杜晓月问。

“我平日餐风饮露，随便摘点果子吃罢了。”野老答道。

杜晓月看着附近长着瓜果，有些蔬菜，看来平日里老人应该就是以此为食。回想起在琼花林中的素食做法，有了主意。她心灵手巧，利用附近的食材，很快就做出了丰盛的菜品。野老还是第一次品尝到如此美味的佳肴，赞叹不绝。

“野老既然爱吃，那以后，每日的饮食就由弟子来负责！”杜晓月笑道。

“好了，你忙活了半天了，来跟我背《琴诀》吧。”野老也笑了，徒弟这么懂事，他自然很欣慰。

野老沉思了一会儿，开口吟诵道：“‘琴之为乐，可以观风教，可以摄心魄，可以辨喜怒，可以悦情思’……呃……‘可以静神虑，可以壮胆勇’，可以，可以……”

还没吟诵几句，野老竟好似忘记了一样，只好停下。他用指节敲着脑袋，眉头紧锁，似乎在吃力地回想。

见他半天不出声，杜晓月有些心急：“怎么样，您想起来了吗？”

“想起来了！‘可以绝尘俗，可以格鬼神。此琴之善者也’……此琴之善者也，此琴，此琴……”

野老又卡住了，好半晌，实在接不上，摇头叹道：“不好，怎么给忘了呢！想当年，我背这书，可是吃了不少苦头，怎么就忘得死死的，真是老朽了。”

“您真想不起来了吗？”

“哎，好像想起来了！哦不，并没有……唉，还是忘得死死的……”

“没关系，想不起来就罢了。您再教我点别的就是了。”杜晓月安慰道。虽有些失落，但也不好说什么。

“也罢，《琴诀》确实是想不起来了。但别的还记得些，看来只有用那笨功夫，从头给你讲起了。”野老捋着胡须，思索着说，“你基础太差，还不能直接学琴，得先从呼吸吐纳练起。”

“呼吸吐纳，这和弹琴有什么关系？”

“这最是要紧！呼吸的细微变化也会影响弹琴时手上的劲道，失之毫厘差之千里！你现在气息不稳，来，我传授你这套吐纳之法。”野老一拍大腿说，“新生婴儿最会吐纳，不知气功而真气长存，而大人失去天真，太过有为，不如学婴儿……”

杜晓月听着听着，都快要睡着了，猛然被一阵尖利的怪叫声吓醒，脊背发凉，浑身汗毛竖起，惊呼：“什么怪物！”

杜晓月定睛一看，原来这怪声来自眼前的野老，他正抱膝长嚎，一时间山鸣谷应，栖禽惊起，溪水被激起一圈圈的波浪。

这啸叫在山谷层层回响，越发奇异，若鸾凤嘶鸣，其辽远仿佛穿越旷野，使天地如簧片般响应，似使鬼神也受到感应跟着呼号，其悠长仿佛能通达古今，直到江海干涸时仍不停歇而能万古长存。

这种震撼要超过有数十座黄钟同时在耳畔轰鸣，而这奇异的声响，竟然只是从眼前这个干瘪老头儿的嘴里发出来的。

“夫啸者，阴也，呼者，阳也。阳主魂，阴主魄。故必啸呼以感之也。”野老呼号完后徐徐地说，气息平稳，未散一口真气。

野老长啸完许久后，杜晓月仍有些发呆，像是刚从漫长黑暗之中来到灯火通明之地。

“野老，您这是在做什么？”杜晓月觉得这怪叫不是叫给人听，而是给天地鬼神听的。

“这是长啸，远古的人都会的，如今有些失传了。”野老笑道，“来，你也试着啸一啸。”

“啊……”杜晓月大张开嘴，学着野老的样子，使出吃奶的力气，只是叫了没两声就感觉气都要断了，喉咙热辣嘶哑，心中感叹，“看着简简单单的，一试才知道竟然这么难。要喊得又响又亮，连绵不断还有韵律简直太难了。不知一个老人怎么会有这么大的力气？”

“你太过用力了。”野老笑道，“初生的婴儿身体娇嫩，却能连着大哭数个时辰而不觉得累，是因为他们从未用过力，哭喊是本能罢了。来跟着我，再试试……”

于是，师徒二人在这月下对坐，抱膝长啸，二人的啸声此起彼伏，不知过去多久，不需用言语交流，只在长啸间就能心意相通。慢慢地，杜晓月觉得好像能听懂野老的啸声了，这似是一种语言，一种更加古老的语言。

数日后。

“野老，弟子练习呼吸长啸之法已有数日，差不多练好了吧，可以学琴了吗？”

“不行，还没练成，你呼吸时，我还能听见声响。呼吸时不仅要没有声音，而且身上要没有起伏。”

“呼吸当然会有声音，一点动静都没有，那还是活人吗？”

“乌龟呼吸就没一点动静。”

杜晓月有些无语，只好说：“好吧，那我再练练。”

又过了数日。

“野老，我已经感觉自己变成乌龟了，这下行了吗？”

“嗯，好些了，但还差得远……”

“差在哪里？”

“你呼吸时还有起伏。继续练吧。”

“野老，我身上没有起伏啊？”

“嗯……你身上是没有起伏，但你心中的起伏还没有平息。”

“心中的起伏？”

“是的，你心中还有起伏！我还能听见你心中的悲伤。”

“可是……怎样可以没有悲伤呢？”

“跟我来。来，走到坐忘川里，走进去，愣着干什么，走进去。”

“水好凉啊！”

“坐下来。”

“这是做什么？”

“学着变成水。”

“变成水？”

“对，变成水。变成水的时候，就不会悲伤了。”

又不知多久过后。

“出来吧，不用练了。”

“怎么了？难道我练成了？”

“天冷了，水快结冰了。”

就这样，杜晓月也不知自己算不算练成了，但野老终于愿意教琴了。

天气渐寒，银杏树的叶子落完了，雄壮的树干显得更加遒劲，叶子在地上铺成了金色地毯，师徒二人对坐在树下的大石头上。

野老声音低沉，细细讲解道：“你虽是我广陵琴派中人，但此前并未得到广陵真传。广陵琴派的节奏极其生动跳跃、跌宕多变。初听使人无拍可击，随着音乐情绪的变化，轻重缓急似在不意之中。从而产生一种动荡不定的律动感，这种似散非散、灵活自由的节奏处理，使琴曲显得意趣酣畅。”

说罢，野老演示起杜晓月之前弹过的《碣石调·幽兰》。

虽是同一个曲子，但野老和陆奇弹出来的完全不一样。尽管陆奇琴力深厚，琴音有种老成的感觉，而野老的琴音却更加灵动自在，甚至可以说保持了初学者的那种率性拙朴。

“广陵琴派的指法堪称奇绝。”野老边说边演示给杜晓月看，“琴之为道，在乎音韵之妙，而音韵之妙，全赖乎指法之细微。为了获得婉婉成吟、丝丝叶韵的效果……”

这些指法，此前杜晓月大多都已经学过，但野老展示出的效果大不一样。野老的手指柔若无骨，像是水流一样在琴弦上变化万端。

野老还细细为杜晓月讲解每根弦的奥妙：“第七弦对应的是羽音。古人以为，羽属水，物之象。闻羽音，使人乐养而好施。羽音多为水声、鼓声等乐，包括地下泉水、小溪河水、天降雨水、百川汇合及海洋之声等。羽调式音乐高洁澄净，淡荡清邈，有如天垂晶幕，行云流水，具有水之特性……”

杜晓月细细聆听着，不时若有所悟地点点头，这些奥妙，之前没人能讲解得如此通透。而野老也暗暗惊奇于杜晓月的悟性之高，稍加点拨，便能很快领会。

就这样，杜晓月跟着野老日夜修习，在这里，不仅是练琴，也是修心，渐渐地忘却了时间，忘却了山野之外的世界。脑海中痛苦的经历慢慢遥远起来，曾如镜子破碎的心灵，似乎也被细细研磨重新浇筑，成了更加坚硬的一块。如今的杜晓月变得平和坚定，外物难以动摇，和刚来时相比已经判若两人。

每日学完琴后，杜晓月常给野老揉肩捶腿、倒茶摇扇，她是真心敬爱这个师父，哄野老开心颇有一套。野老一直独居修行，哪里体会过这样的待遇，见杜晓月聪明伶俐，对自己体贴入微，越发对这徒弟喜爱有加，倾囊相授。

杜晓月偶尔还会缠着野老讲故事。

“野老，您的岁数这么大，会不会见过薛易简祖师啊？”杜晓月问。

“当然见过。”野老笑着说。

“他您都见过！那您该有多大岁数了啊？”杜晓月掰着手指头算了一阵也算不清，“那他在您心里是什么样的人呢？”

“易简先生是个特别有趣的人，他比寻常人明白，但也比寻常人糊涂……”野老似乎和薛易简颇有渊源，知道许多关于他不为人知的故事。

“对了，他身上还有一个最大的秘密。说来你可能不信……”野老捋着胡子，沉声道，“他身边有只会说话的兔子。那兔子一直陪伴着他好多年，他后来琴技远超常人，也离不开那兔子的功劳。”

“会说话的兔子？”杜晓月的心突然一颤。

在这未始源修学的日子就好像做梦一样，兔千岁的存在曾被杜晓月试图从脑海里抹去，但野老的这一句话，像一盆水浇过来，那些回忆一下涌上来，把杜晓月拉回了山谷外真实的世界。

“野老说的，难道是兔千岁吗……它不就是个骗人的兔子精吗？”杜晓月心里嘀咕着。

“此事太过离奇，若非我亲眼所见，根本就不会相信。那兔子不仅会说话，更神奇的是，他自称有上千岁了。那兔子有时候疯疯癫癫的，常常莫名其妙躺在地上捧腹大笑，不知道的看了准会吓一跳。”

“这是那兔子的记忆宫殿。”杜晓月喃喃自语。

“你说什么？”野老似乎没听清，接着说，“这兔子和薛易简先生终日形影不离，直到他老人家去世之后，那兔子也莫名其妙地消失了。”

“那兔子是不是比一般的兔子胖，大概这么高？”杜晓月比画着说，“还特别能吃，一顿能吃三四个萝卜，特别懒，整天睡觉？”

野老很是吃惊：“你怎么知道？难道你见过那只兔子？”

杜晓月点点头没有出声。

那兔子确实说过薛易简曾是它的伙伴，但杜晓月只以为那是它撒的另一个谎，这次从野老嘴里听来，觉得不像是假的。如果这是真的，那它之前说过的话并不全是谎言，也许，它没有骗自己？难道是错怪它了，它和甄三的交易是有什么难言之隐？

那个雨夜的画面又渐渐在脑海里清晰起来，那场争吵，淅沥的大雨，撕裂般的疼痛，兔千岁转身离去，空荡的蒲团……

想到这儿，杜晓月的身子不由得僵住了：“不行，得去找它问个明白！”

杜晓月一夜没睡着，想了很多事。次日大早，杜晓月和野老说清缘由，请求辞行。野老虽然十分不舍，但也知道教得差不多了，分别这一天早晚会到来。

野老嘱咐道：“虽然时日不长，但师父倾囊相授，你又天资过人，算是得到了广陵真传矣！剩下的只是需要时日去练习。你是个好孩子，如果能够勤加练习，将来定会大有作为。出去吧，去那世间，将我广陵绝学发扬光大，用琴音感化世人。”

“我定不会辜负师父所托，我会常回来看您的！”杜晓月的眼眶湿润了。

“师父还有一个请求。你出去后，切勿和外人提及这里，这里是为师闭关修习之所，不想被外人打扰了清净。”野老说。

杜晓月跪谢了野老，心中牢记师傅的嘱托。收拾停当后，杜晓月便准备出关去找兔千岁了。杜晓月刚走出几步，野老突然喊道：“晓月！等一下，走之前……最后再为师父做一顿脍鱼吧。”

杜晓月精心做的这顿饭比之前任何一次都更加用心。师徒二人，言笑晏晏，看不出分别时的伤感。

“嗯，就让师父为你踏歌送行吧！”

杜晓月再次走进山野间，野老留在原地，银杏树下，他若仰若俯，若来若往地踏着步子，尽兴高声唱着。杜晓月听不大懂野老唱的歌词，不像是现在的语言，只是觉得那歌声虽散漫无稽，却令人如醉如痴。

正听得入神时，那歌声却断了，杜晓月愣了下，回头望去，野老不见了。在那光枯的银杏树下，空剩一把琴。

二十七　锦里酒肆

杜晓月穿过山林，顺着模糊的记忆找寻归路，回去的路远比来时漫长。天色已有些暗了，抬头望去，远处屋檐下面挂着的灯笼，将青石板铺成的路面一截一截地照亮，终于回来了。

回到了熟悉的地方，杜晓月停下伫立，松了口气，正要迈步，突然撞见了师兄王大同。

他怔了一下，认出是杜晓月，激动地用力摇晃起她的肩膀说："晓月师妹！你跑哪去了？失踪那么久，整个琴派的人都急坏了！虽然收到你的书信，但你毕竟去了那么久，不见人影。师父还是放心不下，让我们把扬州城都翻了几遍，却怎么都找不到你，你可算出现了！"

杜晓月在那世外田园的日子里，从未给广陵琴派寄过书信，想来一定是野老考虑到外面的人会担心自己，替自己写了信给广陵派送去。

王大同把手做喇叭状大声呼喊道："晓月回来了！晓月回来了！"

弟子们闻讯纷纷赶来，人越来越多，把杜晓月围住，争相询问这些时日她到底去了哪里，是否安好。刘云止见她平安回来了，松了一口气。杜晓月想不到有这么多人在关心挂念自己，心里还挺不是滋味。

陆奇也风风火火地赶到了，鞋子趿拉着，衣服散乱着，一眼望到杜晓月眼泪都快出来了，急切地问："晓月，你去哪了？可把师父急坏了，要是找不到你，我可怎么向你阿爷交代啊！"

陆奇眼球上布满红血丝，看样子，这段时日似乎都没怎么睡好觉。看到师父为自己如此担忧着急，杜晓月不免心生愧疚，红着脸说："师父，实在对不住，没想到让您这么担心。弟子之前误入一片竹林，在里面迷了路，来到一片山谷，景色美极了，如世外桃源一般，觉得那里是个静心习琴的好地方，就闭关修行了一段时间，在那里流连忘返忘记了时间。没想到竟给你们添了这么多麻烦，晓月实在惭愧。”

杜晓月想起野老交代过在外不要提及未始源，更何况如果让陆奇知道，杜晓月拜了野老为师，辈分超过他，也十分尴尬，所以绝口不提和野老学琴的事。

陆奇听说还有这世外桃源一般的地方，也是啧啧称奇，但此时也顾不上那些，只要杜晓月安然无恙地回来便是了，道：“你这孩子，可让我们担心坏了，回来就好！既然如你所说，找到一个习琴的好地方，一定是触景生情，在那有所触动，决定在那闭关修行也算是情有可原。不过话说回来，你这随心所欲、逍遥不羁的性子，说走就走，倒真像是我广陵琴派中人的风范。琴派传说中，倒是有不少高人某日顿悟扬长而去，再也没回来的。”

杜晓月笑道：“要是我能带师父去那里看看就好了，只可惜一出来，那地方就和世外桃源一样，再也找不到回去的路了。”杜晓月答应过野老，不能让外人知道未始源的所在。

众人都来了，却唯独不见兔千岁的身影，杜晓月问道：“我那兔子去哪了，最近可有人看到过它？”

“没有啊？怎么你没带它一起去修行？”

所有弟子都说没有见到过。

“不会吧，因为我一句气话，它就真的不回来了？”杜晓月来不及和众人叙旧，就连忙去找那兔子，只是寻遍了广陵琴坊的每个角落，连一根兔毛都找不到。

杜晓月越发心急，决定次日一大早去城里找。走在大街小巷，杜晓月发现到处都贴满了画着自己头像的寻人启事，不禁哑然失笑，这画得也太丑了，倒像是崔蜜儿的画工，按照这副模样能找到才怪了。

杜晓月一路向人打听，可曾见到过一只胖兔子，问遍路人都说不知，半天下来已口干舌燥。杜晓月看见街头拐角处有一茶摊，便点了一壶饼茶，咕咚几口就喝光了，杜晓月一边抬起袖子拭嘴，一边问茶姥有没有见过胖兔子。茶姥说道：“好像听茶客说起过，在大市，有个耍猴的，最近好像多了一只兔子跳舞的把戏，每天吸引很多人观看，不知是不是你要找的那只兔子。”

“一般的兔子哪会跳舞？很有可能便是兔千岁，难道被人抓去表演杂耍了？”杜晓月瞬间燃起了希望，但同时心又揪了起来，若那个真是兔千岁，被耍猴的抓去了日夜在那表演，肯定没少受罪，也不知会不会遭到虐待。

杜晓月加快脚步，跑跑歇歇，来到大市口，看到大娘口中那个耍猴人。他正收拾东西准备收摊，杜晓月在他周边扫视了一周，却没看到兔子。

杜晓月急了，问那耍猴人：“听说你这之前不是有兔子跳舞的把戏吗，怎么今日兔子不见了？”

那耍猴人抬头看到是杜晓月，瞬间慌张起来，也不答话，手上收拾东西的动作加快。原来之前杜晓月在挑战阿罗那顺时，兔千岁表演跳舞，吸引了众多百姓围观，这个耍猴人就在人群中，他耍了半辈子猴，还头一次见兔子也能耍，当时就对这只兔子很感兴趣。

回去之后，他茶不思饭不想，整天惦记着这兔子。也不知是不是天意，他日夜心心念念的这兔子，有一日竟在大街上撞见了，他一眼便认了出来！那兔子孤零零在大街上摇摇晃晃地走着，好像喝醉了一样。

见兔子主人不在身边，他带上麻袋，一路跟踪，到了一个四下无人的小巷子里，瞅准机会，抄起麻袋，一把从后面把兔子套住，把那兔子捉了回来。

捉回来后，兔子闹腾得厉害，但他依着平时耍猴的经验对兔子进行残酷的训练，不听话就抽鞭子，再不听话就饿上几顿，没多久这兔子就驯服了。出乎他意料的是，这兔子还真的特别有灵性，教什么就会什么，学得特别快，靠这兔子这些时日他赚得盆满钵满。

耍猴人见到杜晓月来了，猛然认出是那兔子的主人，知道找兔子找上门来了，所以十分慌张，在杜晓月再三逼问下，张口结舌道：“小娘子，我……我不是有意要抓你的兔子。我是前几日看到它在街上落单了，怕它遇到什么坏人，所以收留在身边照看罢了。”

其实这耍猴人哪有这么好心，靠这会跳舞的兔子，可是赚了不少钱。那兔千岁这些日子里吃尽了苦头，莫名其妙被人逮住了，想要逃跑，但根本跑不了，被抓回来就是一顿胖揍，又打又骂，饭也吃不饱，每天被迫表演五个时辰的节目，当着众多看客的面，又是翻跟头又是跳火圈，累得要命，很快就瘦了一圈。

但是兔千岁从不在陌生人面前开口说话，因为它知道一旦开口说话只会惹出更大麻烦。兔千岁在这耍猴人手里终日受苦，却不敢说一个字，只得打碎了牙往肚里吞，唯一的希望，是有朝一日在表演时能让杜晓月看见，来救它。

杜晓月听说兔子果真在这儿，忙问："那它现在在哪？"

耍猴人脸色难堪，吞吞吐吐道："前些日子，这只兔子被人看上了，出高价要买……"

"你把它卖了？"杜晓月急道。

"我也得养家糊口不是，那人出那么多钱，抵得上我耍半年猴了……"耍猴人红着脸说。

"快说，你卖给谁了？"杜晓月大声质问。

"广济桥旁边的……"耍猴人声音越来越小。

"快说呀！"杜晓月急了。

"锦里酒肆……"耍猴人低头不敢看她。

"卖给饭店了！"杜晓月快要气晕在地，哪里顾得上理论，转身就往广济桥方向跑去。

"不知那兔子还活着吗，不会已经被吃了吧？"杜晓月此时追悔莫及，都是自己将兔千岁赶走才让它落单被抓住的。

杜晓月玩命跑起来。

锦里酒肆是扬州城中最有名的川菜酒楼，拿手菜就是做兔子肉，有烤兔腿、麻辣兔头、红烧兔肉、干煸兔肉、鲜椒水煮兔……各种各样的吃法数不胜数，全国各地的食客都慕名而来。

那一日，锦里酒肆的大厨像往常一样在大市逛街买菜，发现路人正围成一圈看着什么。他踮起脚瞥了一眼，众人围观的原来是一只兔子，那兔子在跳舞！它用一只脚立在地上，一只爪子抬在空中，保持着平衡，正一圈圈地旋转着。

大厨还从没见过这么肥的兔子，那兔子个头可比寻常的大了不少，光看那兔腿就肥硕得不行。

"若是做成水煮兔一定鲜美极了，对，这么好的兔子一定要水煮，加任何调料都是对这食材的玷污浪费！"大厨的口水落了一地。

好不容易等到表演完，他找耍猴人商量："这只兔卖吗？"

"这兔子是我的摇钱树，非卖品！"耍猴人捂住兔子说。

大厨笑着说道："这不是钱的问题，多少钱我都愿意出。我做了一辈子兔子菜，这只兔子是我毕生见过的最肥美的一只。如果做成一道水煮兔，这将成为我职业生涯最完美的作品！"

"你的职业生涯是完美了，我的职业生涯可就结束了。"耍猴人死活不愿意。

大厨急得原地转圈，高声说道："无论花多少钱我都愿意！我要让那些同行看看，什么才是真正完美的水煮兔！我要用这只兔子做出最完美的作品！"

"一个厨子居然这么有职业精神，我有点被你感动到了。这样吧，你若诚心要，这个数。"说罢，耍猴人用手势比了个三。

"三两金子？没问题！"大厨说。

耍猴人摇摇头说："不，是三十两！"

大厨咬着牙说："好，三十两就三十两！"

大厨得到兔子了。他心满意足地把兔子带回去，好吃好喝伺候着，想着要将兔子养到最肥美的时候再下手。

兔千岁脱离了耍猴人的魔爪，到了大厨手里，被伺候得好好的。虽不明白发生了什么，但每天的萝卜要多少有多少，感觉一下从地狱来到了天堂，甚至觉得比在杜晓月身边时还自在。

"总算脱离苦海了。"兔千岁拍拍吃得滚圆的肚子，长舒一口气，"为什么要对老夫这么好？难道是把老夫当作神兔供奉起来了？管他呢，吃就完事了！"

兔千岁也不去多想，只管每日大吃大喝，浑然不知将面临怎样的命运，就这样，吃饱了睡，睡饱了吃，被喂养了足足一个月，肚子鼓成了球，圆脸胖成了椭圆形。

一个月后，见兔子养得肥美极了，大厨两眼放光，搓着手想着，是时候了。这一天，他煮好热水，在木桶里面撒上葱姜、花椒、八角、桂皮等，端到兔千岁面前。

"为了最大限度保持鲜味，直到下锅前都得让兔子活着。"大厨心里盘算着，"第一步先用热水把毛烫掉。"

"这么多天了还是第一次想起来给我洗澡，不错，看样子里面还放了不少药包，用心了。"兔千岁望见桶里的香料很满意，想点点头，却动不了，下巴太肥脖子太粗，胖得头都点不了了。

大厨给兔千岁做起了按摩，上下揉捏着，力道均匀，轻重缓急很是讲究，欣喜地想着："万万不能让这只兔子受到惊吓，一定要走得轻松没有痛苦，肉才会好吃。先给它按摩放松！"

"哼……"兔千岁舒服得哼出了声，心里说着，"不错，不错，这个手法不错。"

大厨挠起兔千岁的下巴，这是兔千岁最受用的部位，它不由自主眯起眼睛，探出脖子把脑袋往前伸着让大厨侍弄。

按摩完毕，大厨有些费力地将胖胖的兔千岁抱起，缓缓地放入木桶水里。

温度适宜，兔千岁舒服得伸了个懒腰，打了个哈欠。兔千岁坐在木桶里，闭目养神，渐渐地竟快要睡着了。

"不对，这水怎么越来越热了？"没多会儿兔千岁满头出汗，有点憋得难受，想说话却不能，只得朝大厨叫了两声，希望他能明白水有点热了。

大厨看兔千岁叫唤，轻轻抚摸着兔千岁的脑袋，安慰道："小兔兔，别害怕，泡泡热水澡啊，出出汗，对身体有好处，可以排出体内的毒素。"

兔千岁听了大厨的话，想着也许泡澡都是这样，努力要适应这温度，可是水温却还在不停地上升，越来越难以忍受，尤其是脚下水最烫，像被火烤一样，兔千岁实在承受不住了！

"啊呜，啊呜！"兔千岁拼命地朝大厨叫唤着，大厨却并不理它。

兔千岁感觉自己热得心脏都要爆炸了，不行，实在不行了！

兔千岁惨叫着从水里窜出，跳出木桶，水花溅了满地。

"怎么不洗了？回去继续泡澡啊。"大厨笑着说。

大厨好言好语反复说了几遍，兔千岁却躲得远远的，不肯动弹。

大厨和兔子僵持了一阵，终于失去了耐心，笑容瞬间消失，他阴沉着脸说："臭兔子，给我回去，别逼我动手！"

兔千岁见平日和颜悦色的大厨突然面露凶相，这才意识到不对，大事不好！

它蹦跳着就想要逃跑，可是由于之前吃得太多，体重骤增，哪里还跳得动，还没跑几步，就被那大厨一把揪住耳朵，拎起在空中。

兔千岁恐惧极了，吓得尿了出来。大厨的胳膊上全是兔尿，更加气急败坏，抽了兔千岁一巴掌，吼道：“臭兔子！”

兔千岁惊恐中张开嘴对着大厨手上就是一口。

“啊！”大厨惨叫一声，虽然痛，却并没松手，“臭兔子居然敢咬我！”

大厨火冒三丈，又连连狠狠抽了兔千岁几个巴掌，重重把兔千岁摔进了木桶里：“看你还往哪里跑！”

兔千岁被巴掌扇得头晕眼花，眼前先是一片金光，接着便只有一团漆黑了。

木桶被盖上了，只有咕嘟嘟的水声在响。

二十八　旧时

就在这时，杜晓月突然出现在后厨门口，见到此情此景，大叫道："快放了它！那兔子是我的！"

大厨还没反应过来，杜晓月已经冲到了木桶旁边，掀开盖子。兔千岁翻着白眼，不动弹了，不知是死是活。

"水好烫！"杜晓月急忙伸手去捞，却被烫得缩回了手。

杜晓月一咬牙，忍着痛从热水中把兔千岁抱了出来，只感觉兔千岁身体瘫软，像是骨头都已经被煮软了。

杜晓月把手探在兔千岁鼻子前，好像已经没了呼吸，杜晓月泪水不禁夺眶而出："你怎么就这么死了！"

"你这丫头在干什么？快把兔子放回去，在这捣什么乱！"大厨喊道。

杜晓月不理会大厨，只是傻傻地望着兔千岁的尸体，喃喃自语："都是我的错，都是我的错，我的错……"

"喂，我在跟你说话呢！我这正在做菜呢，你来捣什么乱？莫名其妙！"大厨说。

杜晓月眼里噙着泪，道："这兔子，是我的朋友。可否把它的尸体还给我，我要好好把它埋起来。"

"你在说些什么胡话？兔子是用来吃的，哪里是什么朋友？再说了，这兔子是我花了重金买来的，又足足喂养了一个月，费了我不少时间和银子，就等着今天做成水煮兔了，凭什么说给你就给你！"大厨恼道。

"不就是钱吗，你要多少，我都给你，只要你能把它的尸体还给我。哎，我来晚了一步。"杜晓月此时心情沉重，没有力气跟大厨争论。

“你懂什么？这不是钱的问题，我这是要完成职业生涯最完美的作品。那边食客们都等着呢，要是耽误了，影响到酒肆生意，你赔得起吗？！”大厨越发生气，伸出手就要夺兔子。

杜晓月躲开，抱紧兔千岁说道：“食客那边我去解释，要赔多少钱，我都会想办法。这兔子对我来说非比寻常，我要把它好好埋葬，无论如何也不能让你做成水煮兔。”

“赔钱？哼！”大厨轻蔑一笑，道，“你知道外面等着吃这个水煮兔的客人们有谁吗？别的不说，单说这知玉坊的崔掌柜，家财万贯，会在乎你这点钱！”

“你是说崔东风先生？”杜晓月抬头问。

“正是，你既然知道他，还不快让开，别耽误我做菜！”大厨说。

“崔先生是我的朋友，我这就去跟他说明情况，耽误不了多久，你在这等我一会儿！”杜晓月恳求道。

“哼，可别吹牛了，崔先生怎么会认识你个小丫头片子，让开让开！”大厨说着就要抢兔千岁。

杜晓月见和大厨理论不清，抱起兔千岁拔腿就朝外跑去。

大厨连忙追赶出去，边追边喊：“你这个小偷，快还我兔子！来人啊！有小偷！”

大厨身材臃肿，跑得没杜晓月快，没几步已经气喘吁吁，只见到杜晓月往大堂方向跑去，没了踪影。

杜晓月在大堂里找到崔东风，和他说清来龙去脉。崔东风依稀记得，之前在吴大娘蒸饼店时见过这兔子，没想到自己点的水煮兔竟然就是杜晓月的这只，瞬间羞愧难当。

“晓月，我真不知要吃的是你这兔子。若是知道，打死我也不会点这个的！”崔东风连忙给杜晓月赔罪。

大厨已经赶到大堂，见崔东风居然真的认识这丫头，还如此客气地给她赔礼道歉，愣住了。

崔东风见大厨愣着，把他招呼过来问：“你这兔子是从哪来的？这兔子可不能吃，这是人家小杜娘子的！”

杜晓月见崔东风给自己评理，这时才委屈地哭了出来：“兔千岁，你怎么就这样去了……”

“崔先生，这……这我真不知情。我是从大市上一个耍猴人手上买来的，还花了不少金子。”大厨支支吾吾地说，追悔莫及，十分害怕得罪崔东风这个老主顾。

“罢了，既然你不知情，也不怪罪你。现在事情已经明了，那赶紧把这兔子还给人家小娘子吧。”崔东风说罢从怀里掏出金子，“这兔子的钱我付给你。”

“谢谢！谢谢崔先生！崔先生出手真是阔气！”大厨见崔东风给的金子远超出这道菜的价格，笑逐颜开，连忙点头称谢。

杜晓月抱着兔千岁，把脸轻轻贴在它肚皮上，默默啜泣。

“啊噢！”本是安静的兔千岁突然深吸了一口气，接着大喘着粗气，但仍旧没睁开眼。

“你没死？”杜晓月又惊又喜。

兔千岁迷迷糊糊睁开了眼，见是杜晓月，先是怔了一会儿，接着泪水哗啦啦地涌了出来，嘴里呜呜出着声，似乎有无数的话要说，但附近人多，它还不能说话。

“你还活着就好。”杜晓月轻抚着兔千岁的肚皮，松了口气，“我们回去慢慢说。”

杜晓月回到屋里，刚合上门，兔千岁就“哇呜”一声大哭了出来。

“你怎么才来啊！这些日子老夫可真是受够罪了！呜呜呜……三千年了，三千年了，老夫都没丢过这么大的人，在那么多人面前被当猴耍！呜呜呜……”兔千岁哭诉着，鼻涕泡都哭出来了。

“是我对不起你，不该不问青红皂白，就把你赶走，这才让你受苦了。”杜晓月说。

“再来晚些，老夫已经在别人肚子里了！”兔千岁说着眼泪鼻涕直掉，爪子不停捶桌子，“你不知道，老夫被抓去，没吃没喝，每天大早就训练表演，一不留神就挨鞭子。到了那个胖子手里，本以为解脱了，哪想到差点儿小命都没了！”

“是我的错，让你遭了这么多罪。”

“小命差点儿都没了，老夫才只活了三千多年啊，差点儿就没命了！”

大哭了足足一个时辰，兔千岁才渐渐消停下来，开始轻声抽泣。兔千岁这时才发觉尾巴有些异样，扭头想要看，但看不到，便说：“你帮老夫看看我的尾巴怎么了，怎么感觉有点怪怪的？”

“你的尾巴？”杜晓月望着兔千岁短粗的尾巴，似乎闻到了一股肉香，“好像……好像已经熟了。”

闻着香气，杜晓月竟不争气地咽了下口水。

兔千岁见杜晓月咽口水，惊恐地捂住屁股：“你干什么！怎么你也想吃我？”

杜晓月故意吓唬兔千岁，笑着说：“反正已经熟了，留着也没用，就让我尝一小口可以吧！”

兔千岁吓得连滚带爬地躲到角落里，贴着墙畏缩着说：“不能吃！”

“别怕，我逗你的。”杜晓月见兔千岁惊恐的样子，意识到不该开这样的玩笑，道歉道，“是我错了，不该跟你开这种玩笑。你相信我，我从来不吃兔子。兔兔那么可爱，怎么可以吃兔兔。”

杜晓月安抚了好半天，兔千岁才稍微安定下来。见兔千岁惊魂不定，杜晓月想着如果告诉它这段时间的际遇，可以转移下它的注意力，就把广陵野老的事一五一十地说了。

“真的？你遇到了这么神奇的人物？”兔千岁很惊奇，睁圆了眼睛。

“没错。我估摸着，也许野老有羽阶的实力。”杜晓月说完展示了下修行的成果，又把《碣石调·幽兰》弹了一遍。

兔千岁听完，激动地在屋子里来回走个不停，嘴里念叨着：“果然大有精进，太好了，太好了！”

“野老还说当年见过你和薛易简老先生在一起。”杜晓月说。

“是吗？”兔千岁停下脚步，爪子摩挲着下巴，思索着，“我怎么不知道还有这号人物，这野老到底是谁呢？”

“难道是薛易简老先生的某个徒弟？”杜晓月揣测道。

“我怎么不记得薛先生有哪个徒弟能达到这种境界。难道他不是凡人，是仙？又或者，是那大银杏树化成的树灵？”兔千岁挠着下巴，挠掉好几根毛，也实在想不出野老的身份。

见到兔千岁暂时忘记了痛苦，满心为自己高兴，杜晓月更加内疚。但此时杜晓月还有个心结，那个晚上，兔千岁和甄三到底在做些什么？哎，只是也不知该怎么开口问。

“对了……”兔千岁似乎想起了什么，非常严肃地说，“我们得想办法在甄三之前得到《琴诀》。”

“什么？甄三已经知道《琴诀》的事情了？”杜晓月大惊。

“是的。老夫还是告诉你那天晚上到底发生了什么吧。”兔千岁叹口气说。

原来兔千岁从没有背叛过晓月，是杜晓月误会了。甄三听了顾泫机的话，放弃了绑架兔千岁的计划，而是直接去找兔千岁谈判。

他对兔千岁说，早就偷偷跟踪观察着兔千岁了，知道它会说话的秘密，也偷听到了《琴诀》的存在，让兔千岁把所有关于《琴诀》的事一五一十地告诉他，否则就把兔千岁会说话的事散布出去。兔千岁当然不同意。

但甄三继续威胁它，现在这还只是他们之间的事，如果兔千岁拒绝，他会把此事上报给昱组织。

“无论是毁了杜晓月的琴，还是把杜晓月抓走严刑拷问，什么可怕的事昱都能做出来。但只要你乖乖合作，那这一切就不会发生。”甄三说。

兔千岁看着甄三阴狠的表情，知道他是说到做到的人，为了保护杜晓月的安全别无他法，只能答应甄三做这个交易，于是就把《琴诀》藏在大明寺里的线索告诉了甄三。

兔千岁清楚让甄三得到此书将后患无穷，但想到之前杜晓月去大明寺无功而返，知道甄三一时半会儿也不会那么轻易找到，可这终究也只是缓兵之计。兔千岁怕杜晓月知道此事感到害怕，就没和她说，但万万没想到竟因此生出恁大嫌隙。

“所以现在要做的就是抓紧时间，争取在甄三之前把《琴诀》找到，最好通知李飞儿纪破虏他们，有备无患。”兔千岁说。

杜晓月听完整件事追悔莫及，泪水在眼眶里直打转，道：“那天晚上，我不该那样蛮不讲理。只是那时，我太难过了，觉得世上没人在乎我。王少爷说我是个没人要的野丫头，被亲生父母抛弃，如今阿爷也是嫌我累赘才把我送回扬州……”

兔千岁这才知道杜晓月经历过这些，心疼极了，叹道："傻丫头，你怎么能听信那些胡话！那么多人都在关心着你，尤其是你阿爷，他是最爱你的，你是他喜欢的宝贝女儿，你不要胡思乱想！"

杜晓月点了下头，没作声。

兔千岁见杜晓月低头不语，说："这样吧，老夫带你去个地方，也许去了那里你就会明白……"

兔千岁领着杜晓月到了蜀冈下集贤里附近，在一座雅致的宅园面前停了下来。唐代扬州的私家园林很是兴盛，私家园林皆与宅子相连，称为宅园。由于扬州没有受到安史之乱的影响，再加上扬州城景色秀美、生活富庶，大量北方人士来到扬州寓居，不少官宦和富商在此造宅，这就是一间修得很不错的宅园。

"就是这儿。"兔千岁指着面前的宅子说。

"这是什么地方？"杜晓月问。

"你不记得了吗？"兔千岁说。

"不记得，我没来过这儿。"杜晓月说。

"那就进去看看，从这院墙翻进去。"说着，兔千岁爬到杜晓月肩上。

"这怕是不行吧，翻进去那不成做贼了？"杜晓月直摇头。

"这是你自己家的房子，翻进自己家怎么算是贼呢？"兔千岁笑道。

"啊？你说这里是我家？难道是我幼时住的地方？"杜晓月有些错愕。

"是的，虽然离开扬州很多年，你阿爷却一直没舍得把这个宅子卖掉。"兔千岁说。

杜晓月这才同意，找来块石头垫在脚下，她身子轻盈，爬上院墙并不费力，翻身落进院子里。进了院子，兔千岁从杜晓月肩膀上跳下来，在前面带路。园子虽不大，但很精致，太湖石叠成的假山，很像一头狮子，山旁有一半月形的池塘，小巧温润，院子好久没人打理，地上铺满了落叶。

兔千岁指着一间屋子说："这是你阿爷曾经住的地方，进去看看吧。"

杜晓月走进屋子，里面摆着沉香木雕花床、梅花式填漆小几，还有一张梨花木桌。杜晓月望着这些摆设，有些模糊的印象，似乎唤醒一些回忆，依稀回想起小时候阿爷一手抱着自己，一边看书饮茶的场景，心中生出些许温暖。

杜晓月来到木桌前，见书桌的抽屉半开着，里面似有东西，便好奇地拉开，是一卷书册，取出打开一看，竟是杜牧当年手书的一本日记。杜晓月顺势坐下，翻看起来：

腊月初四。晓月似感风寒，终日不食，入厨做金乳酥，晓月吃数口，盼女儿身体安康。

二月初九。晓月蹒跚学步，遂系绳于其腰间，似放纸鸢，时松时紧收放，晓月竟能前行丈余。

五月廿七。公务繁杂，心绪不安，回府见晓月顽皮可爱，心生欢喜，甚觉宽慰。

……

二十九　平安夜

杜晓月指尖摩挲着纸上阿爷留下的字迹，这些文字竟多半与自己有关，思绪翻涌，再也忍不住，泪水掉落在纸上。墨痕沾了水晕开了。

兔千岁跳上桌爬到杜晓月面前，边用爪子帮她擦眼泪边说："看那字里行间，你应该明白了吧？你阿爷最是疼你，你怎么傻到听信那些胡话？"

"是我糊涂，不该听信胡话。"杜晓月鼻头发酸，用掌心把脸上的泪擦去，又用指尖抹掉眼角的泪痕，把日记小心地整理收好，揣进怀里。

"我再带你去你的房间。"兔千岁说完跳下桌子。

杜晓月跟着兔千岁来到西侧厢房，迈步进去，虽对这地方印象模糊，但莫名有种安心的感觉。靠墙边有个竹篓，装着不少玩具，虽然蒙着厚厚的灰，但能看出有纸鸢、老虎布偶、风车等。

杜晓月从里面拾起了一个竹子编成的小猪，摆弄起来，说："我记得这个，这是阿爷亲手给我编的，原来在这儿啊。"

"其实老夫也送过你礼物，可以找找看，应该也在那筐里。"兔千岁说。

"什么，怎么会？你给我送过礼物，我们不是今年才认识的吗？"杜晓月很诧异。

"其实，我们已经认识很多年了。"兔千岁说。

杜晓月愣了。

"那是很多很多年前，一个阳光明媚的下午，那时你还只是个娃娃……"

兔千岁说着，缓缓望向屋外的天空，"那时老夫在街上第一次遇见你。你在你阿爷的怀里，还不会说话，但一看到老夫就笑了，朝老夫伸出手，呜哇呜哇想要说话。你的笑容可爱极了，脸蛋就像陶瓷做的。你被阿爷放下，向老夫走来，还把手里的糖葫芦递给老夫。只是那一个瞬间，老夫就被你迷住了。”

兔千岁说着笑了起来：“那一刻，老夫就在心里默默认定，等你长大了，要做你的伙伴，陪你一辈子。后来老夫常来这个宅子里看你，看着你一天天长高。就在你快过两岁生日时，老夫托弦歌坊的娘子给你做了一只香囊。”

杜晓月是捡来的，生日是按捡到的那个日子算的。

兔千岁说完跳到竹筐里，在里面翻找起来，灰尘扬得老高，它不住咳嗽起来。不一会儿，便抓着一只香囊跳了出来，朝墙上使劲儿甩几下，又对着香囊大吹一口气，一时间灰尘更大了。

“咳，咳……”杜晓月也跟着咳嗽起来。

“给。”兔千岁把香囊塞到杜晓月手里。

这香囊精致极了，红绸做的，还很新，完全看不出岁月的痕迹，上面用金线绣着胡萝卜形状，银线绣着兔子图案。杜晓月贴在鼻子上闻了闻，已经没有了气味。

“怎么样，喜欢吗？”兔千岁期待地望着杜晓月问。

杜晓月用力点头道：“喜欢！”

“那日老夫带着香囊来到你家，发现所有的屋子都空了，一个人也不见，这才知道你们已经搬走了。”兔千岁说着叹了口气，坐在地上，“老夫不知道你们要去多久，也不知道还会不会回来，就把香囊扔在了这筐里。后来，老夫每隔一阵子都会回来看看，却再没看见你，一下子好多年就过去了……”

杜晓月把香囊捧在手心，望着这份迟来了多年的生日礼物。

“没想到的是，十年后，你居然回来了！”兔千岁突然抬起头笑了起来，“更让老夫没想到的是，你琴还弹得这么好！你能回来，就说明我们一定是有冥冥中的某种交集，是注定要成为一辈子的伙伴的！”

“原来那天你来藏书阁找我时，并不是刚认识我，而是早就在等我了。你怎么不早点把这些告诉我？”杜晓月问。

“当时说这么多你也只会不信，老夫想着时间还多，这些以后总有机会告诉你的。”兔千岁笑道。

“你说得没错，我们是要成为一辈子的伙伴的！”杜晓月也笑了。

“你是说，你愿意成为老夫一辈子的伙伴吗？”兔千岁显得很惊喜。

“当然了，一言为定，来，拉钩！”杜晓月说着伸出小拇指，“拉钩上吊，一百年不许变！”

兔千岁指头短，只能握住杜晓月的小拇指。

杜晓月望着兔千岁，心想，如果它真的活了三千多岁，那该多寂寞啊？人生不过百年，兔千岁能陪伴伙伴一辈子，却没人能陪它一辈子。它一定经历过很多生死离别，和伙伴分离，直到遇见下一个伙伴，再一次分离……

杜晓月望着兔千岁天真烂漫的笑容，有些心疼。

“对了，今天可是个节日，老夫带你去个好玩的去处。”兔千岁突然拍了下脑袋说。

杜晓月有些疑惑，问道：“什么节日？这时候，没什么节日呀。是你们兔子过的节吗？”

“不是什么兔子节，是圣诞节！这是大秦景教每年最重要的节日，可热闹了。走，老夫带你去大秦寺玩。”兔千岁说。

“景”就是太阳，代表光明。景教自波斯传入大唐，早期一直被称作波斯经教，简单来说，算是基督教的一支。

胡人聚居处在罗城东目旗亭附近。天气渐寒，青石路面上有水汽结成的薄薄的冰层，杜晓月走着脚下有些打滑。太阳西沉，天冷了，路上行人稀少。

和主街上冷清的景象不同，胡人街很是热闹，景教信众熙熙攘攘，远远就能听到他们的欢呼嬉笑声。胡人越来越多，杜晓月怕兔千岁丢了，便把它抱在手上，兔千岁指路，他们径直到了大秦寺。

大秦寺看起来和别的寺没什么区别，只是修得更华丽些。起风了，寺庙里传来一阵阵叮叮当当的清脆声响，原来是庙里门帘上串着的珍珠翠璧互相敲击发出的声音，远远看去成了彩色波涛。

“景教徒许多是来自波斯和大秦的富商，大秦国又盛产宝石明珠，所以这大秦寺修得最是富丽堂皇。”兔千岁说。

“这里好漂亮，看着比许多佛寺还气派，以前竟从没来过。”杜晓月赞叹。

寺里的景教信众大多穿着黑衣，留着须髯，只削去头顶的头发，见有人来了，有人笑着招呼说：“小娘子可真是来巧了。今日是我们胡人的平安夜，既然来了，何不与我们一同庆祝？”

“我正是为此来的，还劳烦您带路。”杜晓月笑道。

那人领着杜晓月走进正殿，找了个空当请杜晓月坐下，说：“在这稍等一会儿，仪式稍后就要开始了。”

景教徒们纷纷落座，除了穿着黑衣的教徒，还有不少身着鲜艳服饰的胡人百姓，人越来越多。杜晓月有些拘谨，毕竟只有她一个唐人，但胡人们似乎不在意，见到她的都纷纷微笑点头。

胡人们欢声笑语间分发起香饼。到杜晓月这里，发香饼的胡人女子愣了一下，用不标准的唐话笑着说：“你是唐人？你也吃吗？来一块尝尝吧。”

“谢谢！”杜晓月双手接过香饼。

香饼热乎乎的，洒满了芝麻，油光锃亮，杜晓月咬下去感觉很有嚼劲儿。

“当当当！”香饼分发完毕，一个满脸大胡子的白袍司祭站起身，面色庄严，敲击着木板，大厅里立刻安静下来。

“唱——赞——歌！”那白袍司祭声音雄浑嘹亮，响彻整个大厅，“《景教三威蒙度赞》，预备，起！”

大厅里的所有人齐声唱起，声音萦绕整个寺庙：

“无上诸天深敬叹，大地重念普安和，人元真性蒙依止，三才慈父阿罗诃。一切善众至诚礼，一切慧性称赞歌，一切含真尽归仰，蒙圣慈光救离魔……”

杜晓月右手边坐着的是个胡人小孩，他拼足了力气用清脆的童声唱起来，倾注全部感情，极其卖力，也不知他懂不懂歌词的意思。

胡人们那赞歌唱个没完，来来回回的旋律很简单，杜晓月听不懂在唱些什么，直打哈欠，听着听着，竟睡着了。杜晓月迷迷糊糊睁眼醒来，这赞歌竟然还没唱完，便问身旁的胡人：“还要唱多久？”

“嘘，小点声，一半还不到。”

“啊？”杜晓月实在觉得无聊，便决定偷偷溜走。

杜晓月低着身子穿过人群，一路低声说道：“哎，麻烦让下，借过。”

见有人溜走，胡人们纷纷扭头看她。

杜晓月推开大门，一阵清新的冷气卷袭而来。屋外竟已经飘起了雪花。

“哇，下雪了！”兔千岁从杜晓月怀里跳下来，去扑那空中的雪花。也不知为何这自称活了上千年的兔子心性始终像个三岁小孩。

杜晓月深吸口气，又长长舒了出来："里面可憋坏我了。"

"你是唐人？"是一个女子的声音，显得有些诧异。

杜晓月转头，回廊角落里站着一个胡人女子，和自己年纪相仿，她说的是标准的唐话，没有胡人口音。

"你怎么不在里面唱赞歌？"杜晓月问。

"里面太闷了，待久了难受。"女子声音很动听，顿了一下，笑着说，"我叫露娜。"

露娜的面庞小巧秀气，眼睛是深邃的湛蓝，洁白的皮肤在月光下似乎熠熠生出微光。

"怎么，你在伤心？"杜晓月鬼使神差般问道。

"你怎么会知道？"露娜更惊讶了。

"在你身上看到了我自己的影子。"杜晓月笑望着露娜的眼睛说，"我叫杜晓月，也常常这样的。只是不知你为什么会伤心呢，说给我听听吧，也许可以帮你分担。"

"哎，从何说起呢。如果让一个无依无靠的人离开从小长大的地方，她能去哪里呢？"露娜低下头，抿了下嘴，手抚着胸口斜倚在墙上。

"是有人要逼你走？你在这好好地生活了这么久，怎么有人会要让你离开？"杜晓月问。

"当今圣人崇尚道教，不喜佛教，更别提其他那些外来的教派，我们景教也受了牵连。听说，不久后，像我这样住在寺里的人，会被清出来，不让住在这里了……"露娜诉说着，眉头似蹙非蹙。

"我大唐对待异国人士向来最是友善，相信我，不会发生那种事情的。"杜晓月安慰道。

"在我还没记事时阿爷就不在了，阿娘跟唐人跑了，好在这寺里的人收养了我。我无依无靠只身寓居在这里。虽说我是胡人，但在扬州出生长大，这里就是我的家。我只当自己是扬州人。如果让我离开这里，我能去哪呢……"露娜低头轻声说着，一颗泪珠从湛蓝的眼睛里滑落，"扬州就是我的家啊，如果离开这儿，我还能去哪呢？"

露娜说话声音很动听，比寺中风吹珠帘的声音还要清脆，在这雪夜中显得更加清越而又近乎悲戚。

“你别担心，如果万一，我是说万一，若真的发生这种事，你来广陵琴派找我，我会求师父收留你的。”杜晓月走近拉住露娜的手说。

露娜的手是冰凉的，杜晓月的手很温热。露娜愣住了，片刻之后才反应过来，流着泪说：“太感谢你了，你真是太好了，只是我不知道怎样感谢你。我没什么东西能送你，只能用你们唐人的礼节拜谢你！”

露娜说罢跪谢在地。

杜晓月连忙把她搀扶起来，说：“怎可行如此大礼。不要怕，日后如果有人找你麻烦，来广陵琴派找我。”

露娜点头，她衣服单薄，一阵冷风吹过，不禁打了个寒战。

“有些冷了，先回屋吧。”杜晓月说。

夜空下的扬州城变得一片白茫茫。大秦景寺里，珠帘声响玲珑清脆，赞歌声宏阔嘹亮，久久在雪夜里回荡。

三十　妙手琴医

“别吃我！”兔千岁大叫一声，从梦中惊醒，满头大汗，呼哧呼哧地喘着粗气。

“你又做噩梦了？”杜晓月被吵醒，见天还没亮，轻叹一声。最近兔千岁常常这样。虽然兔千岁脱离了险境，却也受了惊，自此落下了病根，噩梦般的记忆在它的脑海里挥之不去，整日担惊受怕，吃不下饭，觉也睡不踏实，经常做噩梦。

兔千岁日渐消瘦下去，比发胖之前还要瘦了，杜晓月见它那憔悴的模样，觉得这样下去也不是个办法，想要找个会给动物看病的医生。

“扬州城最高明的医生当然是济民堂的柳若白先生。他不仅医术精湛，而且弹得一手绝妙的好琴，人称‘妙手琴医’。说来他也是广陵琴派的，和师父同辈，算起来是我们师叔。他专治各种疑难杂症，你放心，许多别的医生没辙的病到了他那都能看好，看只兔子应该不难。”刘云止说。

杜晓月顺着刘云止的指点来到济民堂。

济民堂外的黄土院墙里挤满了人，杜晓月好不容易挤进去，地上堆着好些匾额，写着“妙手回春”“术绍岐黄”“仁心仁术”“功同良相”等。有的匾字已经发暗，有的匾上崭新的金字还在发光，像是新做的。看样子，是屋里挂不下了才堆在外面。

杜晓月取了号牌，坐在院子里的长椅上等候，前后的病人不少都带着干粮，似乎准备排上十天半个月，也不知要等到什么时候。济民堂的大门开着，可以看见柳若白给每个病人诊断的过程。

“大夫，我家郎君常常头疼，地里的活都干不了，吃不好饭，觉也睡不踏实。我带他去了不少地方，也试了不少方子，这个病却怎么也治不好。听说扬州城有您这样的神医，我们就大老远从乡下赶来，麻烦您仔细给看看。”一中年妇人说，说着握紧身旁男人的手。她身旁的男人脸色灰黄，面容愁苦，坐着不作声。

柳若白点点头，用双手指尖贴住男人头两边的太阳穴，闭着眼睛感受了一会儿，接着睁开眼，直视着男人眼睛问道：“头疼？”

那男人目光不愿与柳若白接触，躲闪开，叹气道：“不用看了，看了那么多大夫也没用，治不好的。”

“不怕，我给你治。”柳若白说着把手搭在男人瘦黄的胳膊上把脉。

见柳若白把着脉不说话，那妇人急切地问：“大夫，怎么样，我家郎君是什么毛病？”

柳若白静了一会儿，做出了判断，说道：“他身体没什么毛病。”

那妇人听完这话，有些恼火，凶道：“怎么可能没毛病，他天天头疼得要命！我们听说你是神医，大老远跑来，排了半天队，你跟我说他没病，我们是吃饱了撑的来这儿吗？”

“他身体上没病，病出在心上。”柳若白说着摆手示意，“你先回避一下，我要问他些问题。”

“他在我面前没什么好回避的，我就在这儿坐着。”妇人坐在原地不动。

柳若白不说话，冷眼看着妇人，妇人哆嗦了一下，小声说：“我让开就是了。”

见妇人避开，柳若白和那男人耳语着，旁人听不太清，男人也不出声，只是一时摇头，一会儿点头，有时又长长地叹气。

柳若白拍了下男人瘦削的肩膀，点了下头，似乎有了判断，招呼妇人前来说道：“他的病症倒也不复杂，只因胸中有郁结之气，排解不出，日积月累就有了躯体上的症状。他这病是心病，吃药是没用的。”

“胡说，他怎么会得这样的病！还有什么郁结之气，我整天好吃好喝地伺候他，他有什么好郁闷的？！”妇人大声叫嚷着。

“他终日劳作，每日辛苦到家后，本已劳累不堪，你却还要怪罪他不做家务，一点鸡毛蒜皮的事就要对他发脾气，终日在他耳边唠叨那些家长里短琐碎之事。这样经年累月，铁打的汉子，也会承受不住。” 柳若白说话声音冷冷的。

妇人听了这话，脸渐渐红了起来，说道：“你怎么知道这些的……那这病该怎么治呢？”

“心病只有心药医。一来，你平日里不要再对他抱怨和责备，切记这是最重要的；二来，我用琴音来辅助治疗，以疏通他身体内的郁结之气，但这只是辅助手段。” 柳若白缓缓地说，一旁的弟子纷纷仔细地记录着他的话，“纾解郁结之气需要木气通达。我弹的这首曲子中属金的商音稍重，刚好可以克制体内过多的木气，同时曲子中婉转配上属水的羽音，可以很好地滋养木气，使其顺畅。”

说罢，柳若白唤弟子取过琴，弹奏起来。

听着琴音，那一直寡言少语的男人竟“哇”的一声大哭出来，越哭越凶，竟像个几岁的孩子。妇人平日哪里见他这样哭过，吓得呆住了，手足无措。

男人好半天才哭完，激动地握住柳若白的手说：“谢谢先生！谢谢先生！我感觉好多了，头不怎么疼了。”

柳若白叮嘱道：“平日里不能一味忍让，该动怒时就要动怒，不能过于纵容她欺负你。虽说要尊重妇人，但没有原则的忍让只会让她愈发骄纵，这对你们都不好。”

一旁的妇人满脸通红对男人说：“以后我会温柔些，再不敢那样说你了。”

那男人和妇人对柳若白千恩万谢，携手离去了。

排队的不少病人穿着破旧。有的现钱不够，就赊了账，也没立字据，或者有的拿些鸡蛋、芝麻等物抵了，有的病人什么也拿不出来，就由儿女跪下磕一个头。

“二十九号！二十九号！”一个弟子高声叫道。

听到是自己的号牌，杜晓月抱着兔千岁来到柳若白跟前。

“柳先生好，我叫杜晓月，是广陵琴派掌门陆奇先生的弟子。按辈分，我是您的师侄儿。”杜晓月笑着说。

柳若白见到是广陵琴派弟子，分外亲切，笑着说：“师叔现在很忙，等有空咱们再好好聊聊，先抓紧时间看病。”

杜晓月知道后面还等着很多病人，也不多言，把兔千岁抱起放在桌上说：“我这兔子，之前被人抓去差点儿被吃了，受了惊，之后一直就吃不下饭睡不好觉，日渐消瘦，还请师叔帮忙看看。”

“哦，原来是这样，这病倒也常见。”柳若白没多加思索，拿起笔就写起了方子，“这方子是定神丸，待会儿你可去药房抓药。既然你是广陵琴派弟子，这就更好办了。你稍事歇息，等今日的病人都看完后，我教你弹《安神曲》，每日弹给这兔子听，不出三五日病就好了。”

“《安神曲》？”

“没错。这《安神曲》原为佛教咒语。其琴曲是由许多单音参差组合构成的自然旋律，犹如天地人相互交融，能令听到的人进入清净空灵的境界。这首曲子，属火的徵音和属水的羽音配合独特巧妙，补水可以使心火不至于过旺，补火又可以使水汽不至于过凉，有利于心脏运转，缓解失眠心慌。”柳若白解释道。

柳若白说完，杜晓月就坐回长椅等候。

天色渐渐黑下去，济民堂里人还是满的，见门前的漏刻已尽，一个弟子起身对病人们高声说：“今天就看到这里，我家先生要休息了，请诸位明日再来吧，之前领取的号牌依然有效，明日按序排队看病，过号不候！”

排在最前面的那位病人显得有些懊恼，也只得随其他病人乖乖地散去，众人没有哄闹，有序地挨个出门离开。弟子把大门合上，插上门闩。

“晓月醒醒，过来，我教你《安神曲》。”柳若白轻轻拍了下坐那打瞌睡的杜晓月。不知何时，她竟然又睡着了。

杜晓月醒来，只跟着弹了几遍就学会了，柳若白不由啧啧称奇：“晓月可真是天资聪颖，这么快就学会了。我那陆师兄真是好福气，得了这么个好徒弟！”

“都是师叔教得好，今日所见‘妙手琴医’果然名不虚传，琴技和医术都是一绝！”

“你这丫头，嘴还真甜。”柳若白笑了，平日里人们大多只是夸赞他的医术高明，普通病人哪里懂得他琴技的高妙之处，所以听到杜晓月的夸赞很是受用。

“师叔，你这琴医之道果然高超，只是晓月不解其理，为何弹琴能起到治疗的作用？”

“《黄帝内经》中就有‘五音疗疾’的理论，音乐可以直抵人心、调理情绪，进而影响身体，让曲调、情志、脏器共鸣互动，最终达到疏通血脉、通畅精神的作用。”

“师叔的意思也就是说，音乐的作用和药草一样？”

“你还真是聪明，说得不错，用乐如用药。音律有升降浮沉、寒热温凉，具有草药的各种特性，对人体同样有调治的功能。”柳若白笑着说，“今天时日不早了，要不就留下来吃个便饭吧。”

杜晓月点头应允。弟子们在屋子里搭起桌子，柳若白亲自下厨很快做了一桌丰盛的菜肴。

兔千岁服了定神丸，再加上之前听了几遍《安神曲》，似乎恢复过来些精力，胃口大开，好多天没这么畅快地吃东西了。

“我这兔子似乎好多了，今天胃口还真不错！”杜晓月笑着说，见兔千岁好多了很开心。

“兔子都是傻乎乎的，没个数，别一次给它吃太多，撑坏了可不好，别再给它喂萝卜了。” 柳若白说。兔千岁听柳若白说不给自己吃萝卜了，有点生气，朝柳若白龇了下牙。

柳若白见杜晓月聪明伶俐，聊得很是畅快，说了许多广陵琴派的事，还提到很多陆奇当年的糗事，气氛很欢快。

“你师父当年暗恋你师娘，那时候还不是你师娘，是我们的周师妹。他写了封情书，托我们传给周师妹。我们哪里忍得住，半路上就拆开看了，然后一个师弟还把这封信当着所有师姐师妹的面朗诵了出来，哈哈哈……”说到这柳若白实在是笑得控制不住，讲不下去了。

“后来怎样了？”

“还能怎样，你师父羞得躲进屋子，好几天没见人，最后还是我们请周师妹进去，把他拖出来的。周师妹嘴上说他臭不要脸，但都能看出来，其实她心里高兴得很。不久后，你师父就去拜见了周家父母，后来，就成了你现在的师娘。”

“师父看着挺严肃的，没想到当年会这么痴情。”

“年轻真好啊！看到你，就让我想到了年轻的时候。想当年我在整个广陵琴派里，也是数一数二的人物，除了你师父，我就只服顾师兄……” 柳若白说到

“顾师兄”几个字，一下子神色黯然，沉默下来。

“顾师兄，师叔你说的是顾泫机吗？”杜晓月问道。

柳若白点点头，把目光瞥到一边去。

所有广陵琴派中人都对这个名字讳莫如深，杜晓月却不知道缘由，反而更加好奇：“每次提及他，大家都吞吞吐吐，让晓月实在困惑，可没人愿意告诉我，究竟是为什么，师叔你就做一次好人，告诉我吧！”

杜晓月一个劲儿央求着，柳若白实在是拗不过，喝了口茶讲起了往事。

三十一　顾泫机的故事

顾泫机本名顾机，顾家本是扬州城有名的世家大族。他的祖父顾雄早亡，父亲顾宏从小缺了管教，竟成了个十足的败家子，整天只知道吃喝玩乐，还爱赌钱，家中事务一概不问。

顾宏赌钱输了大半家产，时运不济，又接连有几个买卖在路上遭了劫匪，家道渐渐败落下来，街坊们都戏称顾宏是“散财童子”，顾宏这才醒悟过来，想要把家再支撑起来，却已无力回天。有一天，下人们突然把家里剩下的值钱东西都卷跑了。祖辈勤勤恳恳攒下的家业，到顾宏这一辈儿算是败光了。过惯了奢侈生活的顾宏，哪受得了这种贫苦的日子，没几年就得病死了，只留下顾机母子二人。

顾机从小就跟着母亲过着清苦的日子。母亲不愿去投奔娘家，嫌丢脸，靠给人家缝穷过日子。顾机从小帮母亲纳鞋底，他天生手劲很大，纳的针脚很紧实。附近几条巷子里的邻里都愿意找他家来纳，只需要带过去一张纸剪的鞋底样子和几块旧布，几天后就能取回一只漂漂亮亮的鞋底。

顾机起得很早，一清早就坐在门口帮着母亲纳鞋底，邻居家的烟囱才刚刚冒出炊烟，他就已经能纳好半只鞋底了。除了刮风下雨，顾机很少在屋里，因为屋里很黑，极少能不点灯，房顶上挂着的那束灯草都发黄了。他整天都坐在门外抽麻线、扎锥子，有时眼困乏了、手酸软了，就停下来四处望望。巷子里的小孩们在附近打闹，来邀请顾机一起玩，他都摇头拒绝，继续纳鞋底，他知道自己多纳一只，母亲就能少纳一只。

顾机知道缝穷的要比许多人更低贱，有一次邻居一个大孩子当他面说了句歇后语：“缝穷的撒尿——瞅不冷子。”他满脸通红，跟那个大孩子打了一架，那孩子说这话也只是顽皮，哪里知道顾机会生这么大的气。

顾机有个舅舅，听说外甥从小跟着妹妹纳鞋底，手上功夫肯定不错，就跟妹妹说：“顾机也不小了，将来靠纳鞋底也没什么出息，娶不上媳妇。不如叫他学琴吧，没准儿将来还能有出息。这孩子长得不错，有人缘儿，琴弹好了将来没准儿能成为富贵人家的座上宾，以后当个赘婿，也省得在这里受穷。”

母亲知道学琴要想成名，要吃不少苦头，但是舅舅再三开导，她虽然舍不得，但还是点头同意了。舅舅带顾机到广陵琴派报了名，也许是从小纳鞋底手上练出的劲道，又或许是祖上庇佑，顾机竟奇迹地通过了重重筛选，从数百个孩子里脱颖而出，成了广陵琴派的正式弟子。

顾机家本是一年到头都喝糙米粥就咸菜，为了庆祝，这天母亲到卖熏烧的牛二摊子上切了二百钱猪头肉回来，娘俩结结实实吃了一顿饱饭。

学琴可比纳鞋底有意思多了！顿顿都有白面蒸饼吃，三天两头还能吃上肉。师父也是个性情中人，收到了得意的曲谱，或者什么玉器古董，忽然高兴，就吩咐厨子：“给孩子们做蛋炒饭吃！”蛋炒饭油光锃亮的，里面还有虾仁儿，撑得顾机肚子鼓鼓的。

三四年时间过去了，顾机起得早，睡得晚，比谁练琴时间都长，在弟子里弹得最好，会的曲子最多，黄钟杂调三十曲弹得烂熟。同辈的弟子都差他一大截，只有陆奇和柳若白突出些，但比他总归差点儿。

师父很喜欢顾机这个孩子，在他束冠那天找人算了一卦，算命人说他什么都好，唯独命中缺水。于是师父给他名字里添了个字，叫“顾泫机”。顾泫机琴弹得好，人长得也漂亮，师父参加宴席最喜欢把他带在身边。人们都夸他琴弹得像师父，这名字一改之后，他的命运仿佛真不一样了，名气渐渐大起来，成了不少富家千金的偶像。

顾泫机成名后最爱吃酒，赚了钱，除了每月给母亲送去，剩下的都花在酒上。人的野心是随着身份变化而不断膨胀的，少有例外。顾泫机名气大起来后，脾气也跟着大起来。琴房本是清净之地，但顾泫机整日醉酒，常常浑身酒气进来，盖过了琴房里的檀香味。

顾泫机在醉酒后最爱说的一句话就是：“我一个人顶起了半个广陵琴派！”师弟们平日里见到他话都不敢说，对面相遇都要停下脚步恭恭敬敬打招呼，打招呼时表情不好，他还要把师弟拎回来重来一遍。再后来，据说他结识了一位大人物，那位大人物喜好音律，还出手阔绰，自此之后，顾泫机觉得自己有了靠山，就更加肆无忌惮，在琴派里脸色也越来越难看了。

这一切师父都看在眼里。他本一直把顾泫机当作接班人培养，但是见顾泫机嗜酒如命，又恃才傲物，越发过分，实在难以服众。而陆奇虽然资质差了些，但好在为人沉稳踏实，在师兄弟面前颇有威望，于是师父对陆奇渐渐看重起来。

顾泫机和师父的矛盾起于那一日。那晚，他醉酒而归，在琴坊外偷偷听到师父竟把广陵派秘谱《凤翔千仞》传给了陆奇！顾泫机认为，这意味着师父已经决定让陆奇成为广陵琴派的接班人。他勃然大怒，推门而进，被师父呵斥一顿后，他悻悻而归，酗酒整整三日，此后更加流连于酒席，不回广陵琴派了。

其实师父并没有这个意思。每个徒弟天赋是有区别的，教陆奇的时候不让顾泫机听，教顾泫机的时候也不让别人听，这是因材施教。师父传授陆奇《凤翔千仞》只是因为这曲子庄严神圣，更适合他，而顾泫机轻狂无礼，是弹不好的，对于谁接任掌门，其实师父还没做出最终的判断。

就这样，顾泫机和师父的关系越来越糟，但也有弟子同情他的，私下里偶尔还保持着联系。顾泫机私下里和师兄弟们说，自己也不是贪图广陵琴派掌门的位置，他对这些都不看重，他这一辈子痴迷的事情只有弹琴。他的琴技已经停留在角阶许久了，迟迟得不到突破。师父教陆奇《凤翔千仞》，却不愿意教他，有所保留，这才是让他最难过的。

这一切直到师父六十岁大寿那天，终于爆发了。散布各地的广陵弟子都纷纷回到扬州城，在广陵琴坊欢聚一堂。很久没回琴派的顾泫机居然也回来了，师父见到他很是高兴，以为他终于愿意浪子回头。

谁知顾泫机在宴席上喝得烂醉如泥，借着酒劲儿撒泼，呵斥众人。还当众掏出一张字条，上面一条条记录着这些年间交给师父的费用，其中第一条就是当年的拜师费，二十贯钱。按照琴界的规矩，拜师仪式长辈们要送徒弟礼物，徒弟们也要表示心意回赠礼物。除了礼物之外，当天还要宴请大批贺喜的客人。这拜师费用就包括给师父、师娘、引师、保师、代师的五份礼物，包括所有客人的酒席费用。这拜师费只是勉强够用，师父还得自己贴补点。

“师父收了我这么多钱，却还不肯好好教我，偏心陆奇，他教陆奇都关着门，不让我进去听，还把《凤翔千仞》传给了他。”顾泫机举着那张字条愤愤地说。

顾泫机不是真心指责师父盘剥自己，是半开玩笑，这一招也是想着激一激师父，兴许这样他就愿意教自己了。顾泫机仗着自己是师父的爱徒，没了分寸，想着胡闹一番也没什么大不了，师父终究还会原谅他的。

哪知见此情景，师父难受极了，自己的爱徒竟然在六十大寿这样的场合里把自己批判一番，让满堂的宾客都看见了，一时间急火攻心。

师父渡弱的身子剧烈地震颤着，拍桌怒道：“孽徒！孽徒啊！”

顾泫机还不消停，嘴里嚷嚷着：“师父再偏心，不肯教我《凤翔千仞》，我就再也不回来了！”说罢，转身就要走。

师娘求顾泫机回来，说：“求你就看在我的面子上，今天是你师父大寿，咱们好好吃饭不行吗？”

“我谁的面子也不看！”顾泫机走到门口，跪在前厅伏羲像前大声说，“伏羲老爷作证，我要是再回广陵琴派，我就是王八蛋。”

起完誓，顾泫机大步离开，师娘和师兄弟们追到街上拦着，顾泫机用力把他们推开，愤然离去。

虽然顾泫机在伏羲面前起了誓，但师娘看着顾泫机从小长大，还是悄悄在心里原谅了他，只道他是醉酒失言。可这场闹剧在师父看来就是欺师灭祖的行为，他被顾泫机伤透了心，第二天，他就宣布把顾泫机逐出师门，并且要把“泫”字收回来。

顾泫机第二天酒醒，走到街上散心，听人说自己已经被逐出师门，顿时呆住了。

“我学琴这么多年，师父竟一点情分都不讲吗？只不过是酒后胡闹一下罢了……”顾泫机呆呆地念叨着。

母亲哭着求他回去认错，顾泫机却再不肯回去。“泫”字被收了回去，扬州城只知道有叫顾泫机的，哪有知道顾机是谁的。这么一闹，扬州城的上流人物也对顾泫机敬而远之了。正可谓十年苦寒无人问，一朝“孟浪”天下讥。

自那之后，顾泫机性情大变，喝酒更凶，靠教些不入流的人弹琴为生，再加上没了广陵琴派的约束，行事愈发乖张，就这样蹉跎度日，在江湖上落得个“酒狂琴痴”的名号。

三十二　崔东风染病

“怪不得大家都不愿提起他。也不知甄师兄怎么会和他混到一起去了。”

杜晓月有些感慨，之前听说顾浤机是昱组织的人，本以为他定是个罪大恶极的坏蛋，但听完他的故事竟有些唏嘘。

柳若白见外面已经全黑了，道：“天太晚了，你回去也不方便，就在我这住下吧。楼上有间厢房，我让弟子准备好。”

杜晓月应允，帮着弟子们收拾好桌子碗筷，带着兔千岁在厢房里住下，很快就睡着了。

第二天，天刚蒙蒙亮，杜晓月被济民堂大门外传来的一阵急促的敲门声惊醒，迷糊地睁开眼睛，看着日头，估摸着才是寅时。

“师叔在吗？我家阿爷生病了！”一个急切得近乎哭喊的女子声音从门外传来，接着又是几下急促的敲门声。

杜晓月听到柳若白那屋里只传来几声咳嗽，接着又没声了，似乎是因为昨晚聊得太晚，睡得沉。

杜晓月听那敲门的人非常着急，便起身穿好衣服去开门。她下了楼，趴在门后，眯着眼睛透过门缝朝外望，门外停着一辆粉色马车，杜晓月再一望那人，来的不是别人，是崔蜜儿！

杜晓月推开门，见到崔蜜儿脸上竟是泪痕狼藉，一时呆住，忘了要说些什么话。崔蜜儿也是一愣，本能地往后退了一步，拿手帕捂着脸擤鼻子。

杜晓月还是头一次见崔蜜儿这副模样，素来威风的她此刻只穿着家常衣服，头上散挽着髻儿。杜晓月索性装作没有注意，问：“崔师姐，你怎么来了？”

崔蜜儿说：“杜师妹你怎么在这儿？我阿爷病重了，我是来找柳若白师叔的，赶紧叫他起来去我家看看吧。”

说罢，崔蜜儿泪水仍是抑制不住地扑簌簌落下。

“什么，是崔先生病了？你在这里等等，我这就去喊师叔！”

杜晓月听说是崔东风病重，也很着急，赶到柳若白屋外猛敲了几下门见没动静，就推门闯进屋里：“师叔快醒醒！崔东风先生病重了！”

柳若白被杜晓月推门动静惊醒，还没完全反应过来，就被杜晓月拉扯起来，说：“别急，我先穿衣服。帮我收拾下药箱，去楼下等我！”

柳若白平日和崔东风交好，听说他病重，急忙穿好衣服带着琴囊和药箱下楼，二话不说，上车向崔东风家里赶去。

一路车夫快马加鞭，颠簸间穿过了数条街道。忽见街南一处大宅门前蹲着两只大石狮子，车夫停了下来。这间大宅正门不开，不时有人匆匆忙忙地从东西两角门出入。见是崔蜜儿回来了，两三个小厮围上来，挨个扶着几人下车，从西边角门进了。

众人跟着小厮快步走着，一路雕梁画栋，两边抄手游廊上挂着颜色各异的画眉鹦鹉等鸟雀，叽叽喳喳叫得人心烦。穿金戴银的丫鬟们，有些本在嬉笑着，见来人了，都低下头施礼，假装抹起眼泪来。

众人快步穿过垂花门，绕过穿山游廊，到了当中的穿堂，转过一个鹿草木夹缬屏风后，是三间小厅，再往后才到正房大院。众人走了好半天才进到正屋里，杜晓月刚一迈进去就被那到处都是的珠宝玉石晃得一阵炫目，像进了金光灿灿的宝殿，厚厚的宣城红地毯平铺的地面上，正中是金丝楠木做的大床，崔东风正躺在上面。

崔东风气息微弱，素来发红的面颊变得黑黄，眼窝都凹陷下去，身上盖着厚厚的被子。病床侧边的波斯毡毯上跪坐着一个娘子，她正紧握着崔东风的手。那娘子将崔东风额头上盖着的一条金丝缠花锦帕取下，放在一旁银盆里的冰水浸着，从盆里取出另一条盖在崔东风额头上。

那个娘子看样子只比崔蜜儿大一点，但照顾崔东风的动作，竟像个照顾幼儿的慈母，杜晓月看她殷勤的举动，猜想也许是崔东风的夫人。

那娘子见崔蜜儿带人回来了，抹了下眼泪，起身施礼道：“小女子崔盈盈，久仰柳先生大名，请先生快为我父亲看看吧。”

柳若白施礼，走到崔东风身边，几日不见他竟憔悴成这样，柳若白惊讶地半张开嘴。崔盈盈让开，柳若白坐在床沿为崔东风把脉。

“母亲前日就去大明寺为父亲烧香祈福了，这两日都是我们姐妹二人在照看父亲。”崔蜜儿说着紧盯着崔东风，眼眶泛红，“阿爷昨日起身子越来越冷，盖了好几层棉被，今早醒来两只脚仍然冰凉。”

杜晓月这才知道，原来这位娘子不是崔东风的夫人，而是他的大女儿，崔蜜儿的阿姐。

“崔先生是从何时开始染病的？病症状况似乎已经有些时日了，之前请别的医生来看过吗？”柳若白说话时没有抬头，还在认真地观察着崔东风的状况。

“父亲高烧不退已经有两周了，原以为只是普通的风寒，吃了点药却不见好。后来请过好多位医生，都说不出个所以然，一人一个说法，连一个准病名都说不出来。最近病得越来越重，一连睡了几天，这几天只吃了一些冷饭，喝了一些冷水，今天可什么都吃不下了。”崔盈盈说着眼泪止不住地下落，这一哭面色更苍白了。

“阿爷身体一直很健壮，不知怎么就病成了这样，一下子瘦了好多。”崔蜜儿也哭了，说，“我们实在没有办法，到处托人打听。还听说一位天竺名医，叫阿罗那顺，之前在长安城颇有名气，他应该不久也会到。”

“阿罗那顺，难道是他？”杜晓月听到这个名字有点耳熟，回想起来，“该不会是之前那个吹笛子舞蛇的天竺人吧，难道他还懂医术？”

“真是怪了……”柳若白把着脉，摇头低吟道。

“怎么？先生可看出什么了？”崔盈盈问。

柳若白面色迟疑，沉声道：“真是怪了，从脉象上看不出问题，按理说应该没有生病。怎么会这样？我行医这么多年，还是头一次见到这种情况。”

“什么，连柳先生也看不出病症在哪儿？”崔蜜儿说。

众人听到连“妙手琴医”都看不出问题在哪都有些失望，崔盈盈轻声叹了口气，声音小得似乎不想让旁人听见。

“你们唐人的医术有限，这些疑难杂症还是得交给我，得看我天竺医术！”说话人声音洪亮，这声音从门外几十步穿透而来。

一个身着唐装的异国人从门外大摇大摆走了进来。杜晓月仔细看清了他的脸，惊呼："还真是你，阿罗那顺！"

之前的阿罗那顺穿着朴素的天竺服饰，此时换上了金白相间绸缎做的大唐服饰，简直像换了个人，神色泰然，威风极了，给人一种德高望重的感觉。

原来这阿罗那顺自天竺而来，本就是应邀为长安城里的达官显贵们看病的，之前在扬州城逗留数日后就去长安了。不过，他确实是医术神奇，给长安的大人物们治好了不少疑难杂症，在长安城里声名鹊起。他得到不少赏赐，身上这衣服就是证明，用的是内造的上好绢帛，不是市坊里的普通货色能比的。

阿罗那顺一进来就看到了杜晓月，脸色瞬间一沉，说："怎么是你这个小骗子？"

"我还当是哪个高人，原来是我的手下败将。"杜晓月吐舌道。

"哼！上次是被你骗了，我后来才听说那兔子经常在街上当众表演杂耍，是它本来就会跳舞，根本不是你的琴技高超！"阿罗那顺气得瞪圆了眼睛，此时他的唐话进步了很多，没有太多奇怪的口音。

"输了就是输了，没什么好说的。"杜晓月见他恼怒反倒觉得有趣，不想多争辩，连忙说，"别说这些废话了，先为崔先生看病吧。若你能为崔东风先生看好病，上回比试我就甘愿认输，承认你厉害。"

杜晓月有意激起阿罗那顺的斗志，希望他能拿出全部看家本领为崔东风治病。

"哼，我这就让你们这些唐人见识见识阿育吠陀的高明。"阿罗那顺自信满满地摇着脑袋说，接着向小厮问，"我吩咐你们收集的尿样准备好了吗？"

"收集好了，按照您的吩咐，是在今晨初露之时采集的。"崔盈盈答道，说完命小厮把小碗取过来。

小厮双手捧着白色瓷碗慢慢走来，里面有深黄的液体，气味刺鼻。众人不由得掩住鼻子。

杜晓月还从未见过这种诊断方式，觉得很是诧异，不由得发问："要这尿液能做什么？"

"呵呵，从这尿里能看出的那可多了！"阿罗那顺见杜晓月不懂，更加得意摇头说道，"观察这尿液的颜色、气味、蒸汽、泡沫、浮皮、漂浮物等，哪怕是最微小的变化也能看出人体内部的病态。"

阿罗那顺接过瓷碗，观察一阵，接着闭上眼睛，挥手把气味送入鼻子。众人都瞪大眼睛盯紧了阿罗那顺，想知道他这是什么技术，究竟能验出什么。

阿罗那顺闻了一会儿，接着伸出小指头，在碗里蘸了一下，放在舌头上舔了舔，咂巴了几下。杜晓月见这举动直犯恶心，心里嘀咕，幸好还没吃早饭。

柳若白见阿罗那顺为了看诊，居然愿意亲口尝病人的尿，心里对这个异国人多了几分敬意。阿罗那顺咂巴了半天，也没说话，众人虽然很好奇他得出什么结论，但也不敢贸然出声打扰，静静恭候着他的诊断。

阿罗那顺一边咂巴着嘴，一边紧皱着眉头思索着，很长时间没出声，屋子里很安静。

"怎么样？有结论了吗？"崔盈盈实在忍不住问道。

"嗯……有了。"阿罗那顺说。

听他有了结论，众人都竖起耳朵。

阿罗那顺皱着眉头，犹豫一下说："以后啊……叫你们家里厨子做菜少放点糖。"

"啥？"杜晓月很无语，众人都有些尴尬。

"那可看出别的什么了？"崔盈盈问道。

"别的话……"阿罗那顺挠了下头说，"暂时看不出来。"

"什么呀，就这……"杜晓月有点失望，又有些想发笑，阿罗那顺这口尿算是白尝了。

"这不能怪阿罗那顺先生，我也觉得这病甚是古怪，看不出来病根在哪。"柳若白说。

"崔先生染病前都做了些什么，有没有吃什么东西，接触什么人？"阿罗那顺接着发问。

"父亲生病前没吃什么特别的。就是那一天晚上邀请了几个琴师来家里雅集，吃的都是家里厨子做的，和平常没什么区别。我特意吩咐仆人检查了那几天的食材，都是新鲜的，没发现有什么问题，别人一同吃饭的也没听说有生病的。"崔盈盈答道，说着眼泪又掉了下来。

"是啊，就那天晚上吃饭前还好好的，到了夜里突然就高烧不退，哎……"崔蜜儿补充说。

“等等，你刚才说请了琴师来家里雅集？”杜晓月似乎捕捉到了什么信息。

“没什么特别的，父亲素来喜好音律，不然也不会送妹妹去广陵派学琴，家里雅集是常有的。”崔盈盈说。

“都有哪些琴师？是广陵琴派的吗？”杜晓月问。

“那天晚上没有请广陵琴派的琴师，是听说城里新来的几个琴师，琴技很是精湛，从长安来的。父亲听说来了新琴师，自然是要见见的。”崔盈盈说，语气有些虚弱，也不知道她问这些做什么，但既然问了，也只能出于礼貌回答。

“新来的琴师，来自长安？”一道灵光闪过杜晓月脑海。

难道是昱组织的人？崔东风得病莫非是因为魔音？杜晓月想到这儿，不由得皱起眉头，难道昱的魔爪已经渗透到这个地步了吗？如果是他们，加害崔东风又是为了什么？

仔细思索了一阵，杜晓月决定说出自己的推断：“我有一个猜测，崔先生很可能不是生病了，而是中了魔音！李飞儿当时说过，中了魔音有各种各样的症状，会带来不同的后果。也许之前雅集上那几位琴师的音乐有问题，也许，他们是昱组织的人！”

“我素来通过弹琴救人，只知道音律有疗愈的效果，却从没听说过音律还能害人，实在不知这魔音是什么。”柳若白说。

“魔音，你是说昱组织的魔音？”崔蜜儿听到这两个字，倒吸一口冷气。她在定阶大会见识过魔音的厉害，听了杜晓月的推断，觉得确实有些可能，懊恼之前怎么就没想到这回事。

杜晓月见众人还愣着，高声说：“快去将此事告诉李飞儿，请她调查清楚那几个神秘琴师的底细，是不是魔音就能水落石出了！”

崔蜜儿知道此事非同小可，拜托众人照看好父亲，不多耽搁，立刻亲自出门去找李飞儿。

“啊，啊！”病床上的崔东风突然痛苦地叫喊起来，手死死地攥成拳头，挥拳胡乱地捶打着自己的脑袋。

“阿爷！”崔盈盈声音发颤，说话时瘦削的身子也跟着颤抖起来。

杜晓月见此情形，连忙说：“情况危急，再不行动可不行了。李飞儿之前说过破解魔音的唯一方法，就是弹奏正道琴音。事不宜迟，快去取琴来！”

阿罗那顺听晓月说到什么魔音，又说什么弹琴能破解这病症，只觉得云里雾里，闻所未闻，很是离奇，不屑地撇嘴道：“这丫头在胡说些什么？我素来精通音律，还从未听说过这什么魔音的。不要耽误时间了，现在崔先生情况危急，应该立刻采用放血疗法！”

“放血疗法？怎么个放血？”杜晓月问道，觉得很不靠谱。

“据我观察，崔先生此刻最要命的病症是头痛。针刺放血，攻邪最捷。只需用三棱针刺头顶的穴位，让恶血放出，病症就可以缓解。”阿罗那顺说着就从背着的包裹里取出一个小卷轴，把卷轴在桌上铺展开来，里面赫然有长长短短形制各异的十数根银针。

“你是说在脑袋上插个洞，把血放出来？”杜晓月惊呼。

“万万不可呀！崔先生几日没怎么进食，身子本就虚弱，这贸然放血，只怕是雪上加霜啊。”柳若白连忙阻拦道，“这放血疗法我有所耳闻，但此时放血太过激进，实乃下策！”

三十三　杜晓月立功

“你们唐人做事就是婆婆妈妈的！崔先生病势凶险，再拖着不治疗，他这一关怕是过不去了！”阿罗那顺语气强硬，似乎因遭到反对十分恼火。

“阿罗那顺先生，此法你可有把握？若是雪上加霜可怎么办？”崔盈盈问。

“我是没有把握，但你们谁还有更好的办法？”阿罗那顺也不多理会，继续低头仔细挑选着银针，从中捻起一根最粗的，从身上包裹里拿出火折子，点燃后用火炙烤针头。

“不可，不可呀！你这搞不好是要了崔先生的命啊！”柳若白见阿罗那顺执意要动手，不由得用身子拦在床前，似乎随时准备动手挡住他。

崔盈盈见两位神医意见相左，更加慌张没了主意，纠结着说：“如果实在没有别的办法，要不就让阿罗那顺先生试试吧。我不想看到父亲这么痛苦。可是，只怕……”

二人正在争执时，仆人已经听从杜晓月吩咐将琴送来，杜晓月在一旁也不说话，接过琴就弹起了《安神曲》。

音乐一起，瞬间所有人都安静下来。一种清净无染、庄严震撼的氛围洗涤了整个房间。听到音乐，崔东风不再惊叫了，紧握的手也放松了，痛苦似乎有所缓解。

本来还在对峙的两位医生，目光一下子被崔东风的反应吸引住了，阿罗那顺难以置信地望着崔东风，没想到琴音真的起了效果。

经过广陵野老的指点，杜晓月的琴力与之前相比已大有提升，在她这个年纪能弹出如此的功力可以说极为罕见。崔家的人看到杜晓月居然有如此水平，都吃了一惊，平日里以为崔蜜儿已是同龄人中的佼佼者，可此时见这杜晓月似乎在她之上。

“这丫头居然比上次厉害了这么多！不过短短时间，怎么会？”阿罗那顺瞪圆了眼睛，他明显感觉到杜晓月的功力比初次见面时已大有精进。他向来自矜于医术与音律双绝，但此刻越听越惊，心里渐渐明白，眼前这个普普通通的小丫头，实在非同小可，对音律的掌握远胜自己。

“阿爷，怎么样，能听见我说话吗？”崔盈盈见崔东风有所好转，轻声问道，但崔东风还是没有回应。

一曲弹毕，崔东风不再痛苦地喊叫，面色也没那么黑黄了，但依然在半昏迷的状态，没有完全醒来。

杜晓月说：“看来我的功力不足以完全抵消魔音的力量。师叔，您的琴力远胜于我，请您再弹奏一遍，看看能否唤醒崔先生。”

柳若白见果然有效果，便换下杜晓月弹起了《安神曲》，他边弹嘴里边默念道：“南无佛陀耶，南无达摩耶，南无僧伽耶，南无本师释迦牟尼佛，南无大悲观世音菩萨，南无百万火首金刚王菩萨……”

半个时辰过后，崔东风面色竟然渐渐恢复了红润的光泽，一直紧闭的眼睛转动了几下，似乎有要苏醒的迹象。

崔盈盈见到父亲有所反应，高兴极了，热泪从脸颊滚落，跪在床前轻声呼唤着父亲，希望他能听见。

阿罗那顺没想到这琴音真发挥了作用，一向自许医术无双的他，也是大开眼界，此时算是心服口服，虽然嘴上没说什么。感叹大唐真是人杰地灵，为自己之前过于轻视唐人有点惭愧。

又是半个时辰过后，在琴音的疗愈和崔盈盈殷勤的照顾下，崔东风渐渐恢复了神智，他微微睁开眼，虚弱地说：“我，我好渴，我要喝蜜浆……”

“阿爷，你醒了！”崔盈盈激动地握住了崔东风的手，转头吩咐下人，“快去取蜜浆来！”

听到崔东风能说话了，在场所有人都大松了一口气。崔东风所说的蜜浆就是西国石蜜，采用天竺摩揭陀国熬糖法在扬州精制而成。仆人取来西国石蜜，崔盈盈接过，用勺子小心喂到父亲嘴里。众人见崔东风大病初醒身子虚弱，也不敢出声惊扰，在一旁安静恭候着。

就在这时，崔蜜儿领着李飞儿和纪破虏回来了。崔蜜儿见父亲已经苏醒，惊喜地快步跑过来，扑到父亲床边，眼里泪光闪烁："阿爷，你终于醒了……"接着转身站起，和崔盈盈相拥而泣。

崔盈盈告诉她："多亏了小杜娘子，刚才在最危急的关头，两位神医意见相左，是她拿定主意弹琴破解魔音，这才让父亲好转过来。"

说到此，崔盈盈心里也有点后怕，如果当时真听信阿罗那顺采取了放血疗法，不知道会是什么后果。

崔蜜儿听说是杜晓月关键时刻挺身而出，快步走到晓月身边，双手拉住她的手说："晓月，谢谢你！谢谢你救了我阿爷，我真的……不知道该怎样谢你……"

杜晓月还是头一次见崔蜜儿这副样子，很不适应，说："崔师姐说的哪里话，这都是我理应做的。崔先生与我有恩，要不是他，我的兔子都让人吃了。再说了，我也没帮上什么忙，都是柳若白师叔的琴医之道高明，关键时刻起了作用。"

崔蜜儿低下头望向别处，犹豫片刻，红着脸说："其实我知道，我性子不好，以前有很多对不住你的地方。但是这段时日相处下来，我才明白晓月你是多么善良的人。要是你能原谅我之前的那些作为，要是……我们能成为无话不谈的好朋友，那该多好啊！哎，都怪我……"

"我一直把师姐当成好朋友啊，朋友相处有些矛盾是正常的，但那不影响朋友之间的感情。师姐心直口快，我倒很喜欢你的性子呢！"杜晓月笑着说。

听了这话，崔蜜儿愣了片刻，蓦然抬头，认真地问："晓月，你说的是真的吗？"

"那当然！我孤身来扬州，谁也不认识，大家都跟我很疏远，只有崔师姐经常主动和我搭话，就凭这一点，我就把师姐当作是好朋友了。"杜晓月说。

崔蜜儿望着杜晓月没说话，一道泪痕从脸颊滑过。虽然崔家家财万贯，身边丫鬟和仆人围绕着，但那些人都只是把她当主人伺候，没人把她当朋友。在她还小的时候，她也幼稚地以为自己有好朋友，就是她身边最亲近的丫鬟。

直到那一次，崔蜜儿把自己心中的一个秘密告诉了那丫鬟，她喜欢上了之前来家里唱戏的一名梨园子弟，她叮嘱千万不能将此事告诉别人，这是好朋友之间才能说的秘密。可没料到，第二天这事就被崔东风知道了，还狠狠地责罚了她，再没让戏班来过家里。那一刻她就明白了，身边人表面上对她客客气气，可心里没人把她当朋友，就连最亲近的朋友也是自己一厢情愿罢了。这件事后，她的心结了冰。

她就这样在孤独中长大，变得越来越刻薄，性子越来越骄横，对下人们脾气越来越大。她一见到其他同龄的女孩子，就会有种先入为主的敌意，甚至自己都不知道为什么要这么刻薄，也许是先伤害别人，让别人远离自己，就不会有人伤害自己了吧。

而杜晓月却不一样，她是第一个被自己刻薄对待后却依然和自己没有隔阂的人，即使之前那样针对她，她却从来没有疏远自己。望着杜晓月，崔蜜儿感到冰封已久的内心开始融化了。

崔东风喝了蜜浆之后，已经能够在崔盈盈的搀扶下坐立起来，问道："夫人去哪了？"

"夫人前几日就去大明寺为主人烧香祈福了，我们这就去叫她回来。"下人答道。

谁知崔东风听了，有些恼火道："偏偏这时候去庙里，谁都知道如今圣人信奉道教，不喜佛教，她这时候去不是给我们崔家招惹麻烦吗？算了，她也是一片诚心，赶快把她叫回来就是了。"

他注意到李飞儿、纪破虏二人，觉得面生，虽不知道李飞儿是什么人，但见她眉清目秀举止脱俗，明白她的身份绝非一般，于是望着她问："请问二位是？"

"在下李飞儿，见过崔先生。"李飞儿施礼道。

"在下长安纪破虏。"纪破虏跟着说。

崔东风惊道："你是长安纪大侠？纪大侠怎会来此？"

这纪破虏的大名可是如雷贯耳！更令人称奇的是，纪破虏这种狠人举止间似乎对这个小丫头毕恭毕敬，这个李飞儿才是更加深不可测。

"小杜娘子推测，崔先生此次染病恐怕是中了魔音，这魔音之事牵扯甚广，我二人正是为调查此事而来。"纪破虏声音低沉粗砺，中气十足。

"魔音？我似乎听蜜儿提及过，我这场大病竟是因为这个吗？"崔东风有些讶异。

自从上次定阶大会之后，李飞儿和纪破虏就一直在暗中跟踪甄三，追查昱组织的线索。甄三为人警觉，行踪诡秘，这段时间下来，除了发现他和顾泫机来往频繁之外，并没有和别的人有什么接触，大多时间只是在练琴，看不出任何异动。所以调查也没太多进展，今日听说崔家这有了线索，二人立刻就赶了过来。

李飞儿见崔东风已经无恙，便问："崔先生，您生病很可能和前几日来府上雅集的那几位琴师有关。您对他们还有什么印象吗？"

"咦，说来也奇怪，那一晚上的记忆似乎都变得模模糊糊的了。就连那几个人的长相也完全记不清楚了……"崔东风眉头紧锁，回想得很是吃力。

"果然想不起来了吗？崔先生不必烦恼，这就是中了魔音的后果。根据之前长安的调查发现，他们一直惯用这种伎俩。在拉人入伙时如果谈不拢，就会使出魔音，让对方忘记谈话内容，所以无论谈不谈得成，机密都不会被泄露，这也是为什么他们的行踪这么隐秘的原因。"纪破虏沉声道。

"昱组织还有这种本事？怪不得调查起来这么困难。"杜晓月说。

"纪大侠这么一说，我好像想起来一点儿。那一日，几个琴师言语间似乎有拉拢的意思，我隐约记得，他们提及只要给他们捐钱，就许诺我什么好处。"崔东风一只手扶着脑袋，另一只手握成拳头轻轻敲着脑门，努力想要回忆，但一回想就感觉头隐隐作痛。

"果然是他们，崔先生染病之事基本明了。"李飞儿目光犀利，语气沉稳做出了判断，"应该是昱组织想要拉拢崔先生，但被崔先生断然拒绝了，所以他们用魔音给崔先生洗脑。"

"连崔先生都已经接触了，这昱组织已将魔爪渗透到扬州的每个角落，不知道他们还接触过多少人。"纪破虏面色严峻地说。

"没错，有可能这扬州城中的很多人已经成为昱组织的暗桩。他们在暗，我们在明。"李飞儿神情也严肃起来。

"这帮人狼子野心实在太可恨了，害我大病一场！"崔东风咬着牙恨恨地说，心有余悸。

"幸亏崔先生为人正直，义正词严地拒绝了他们。不然以崔家家财万贯的实力，若真被蒙蔽利用，他们的势力又会大大增强。想来还真有些后怕。”杜晓月说。

“只要他们敢图谋不轨，崔某宁可以命相抵也绝不会为他们所用！”崔东风愤怒地拍着床说。

“崔先生果然明辨是非，大唐离不开您这样的忠义之士！”纪破虏微笑道。

这平日生活奢侈的富商，在大是大非面前居然有如此坚定的信念，毫不动摇，杜晓月心中也不禁生出钦佩之情。

纪破虏让崔东风屏退下人后，小声对几人说：“经过此次考验，在座的诸位我们应该都可以信任。借此机会，我们就约定一个暗号，若有任何人与昱组织有了接触，立马互相通报。”接着，众人细细商议了如何应对昱组织的策略。

众人议毕，崔东风这才笑着说：“对了，之前本想为我的大女儿操办婚礼，我这一病都耽搁下来了。现在得赶紧加快进度了，要不赶不上之前定好的日子了。诸位都是我的恩人，崔盈盈的婚礼，你们都要来啊！”

“一言为定！”众人皆痛快答应。

杜晓月有些担忧，说：“崔先生大病初愈，那昱组织的人未必会就此放过您，说不定在婚礼上他们还会暗中观察。”

“不怕他们，他们若真敢来，我们何不就借此机会引蛇出洞？”李飞儿说。

崔东风一想到昱组织很有可能还盯着自己，打了个寒战，有些害怕，说：“那就劳烦小李娘子和纪大侠了，早日把这个昱组织一网打尽，我们这些老百姓也好早点过上安生日子！”

“这个请崔先生放心，此事我们义不容辞。不把他们尾巴揪出来我们是不会罢休的！这段时间，我们会派人对您家严加保护，不容得他们再胡作非为。”纪破虏语气坚定，让崔东风有了几分安全感。

“纪大侠出手，那我就放心多了！”崔东风笑了，接着望向杜晓月说，“对了，我还没好好感谢小杜娘子呢，要不是你，我这一关还真不一定能熬过去。”

“您太过奖了，这都是我应该做的。”杜晓月笑着说。

“我有一个好主意，盈盈大婚酒宴上，请小杜娘子和蜜儿合奏一曲如何？这岂不是美事一桩？”说罢崔东风笑着望向众人。

众人都觉得这提议不错，纷纷附和。李飞儿错过了刚才晓月弹琴，听闻众人对她琴技大有赞赏，心里也有些发痒，很想见识见识她如今到何地步了。

“我学艺不精，怎敢卖弄？不过，崔先生的盛情难却，那就献丑为大家助助兴好了。”杜晓月说。

“那就愉快地说定了，我和晓月在姐姐大婚上合奏为大家助兴！”崔蜜儿见杜晓月答应，也很欣喜，两个小娘子相视一笑。

三十四　崔盈盈大婚

“惜余春”酒肆门口，两个仆人死命拦住了一个浑身酒气的男子，那人满脸涨红，高声叫嚷，推搡着就要往里闯。

“凭什么不让我进！”那醉汉很是恼怒，从穿着上看似乎是有意打扮了一番，只是细节上很不讲究，衣领略显凌乱，头发也没扎整齐。

“先生您没有请帖，我们实在不能放您进去！就不要为难我们了，把您放进去，我们少不了要挨罚啊。”两个仆人很是无奈，说得口干舌燥，暗叫倒霉，竟遇到这么不讲理的人。

“怎么会没请我，肯定是忘了！”这醉汉纠缠不休，高抬起手挥舞着说，“也不打听打听我顾泫机的名号！去去去，和你们家主人禀报一声，看看他是不是忘了请我了！”

原来这个醉汉就是顾泫机。两个仆人对望了一眼，顾泫机这个名字他们可是有所耳闻，知道是个得罪不起的疯子。

“你看好他！我先去向主人禀报。”一人使了个眼色，快步跑回去。

“这就对了，早这样不就好了吗？”顾泫机晃着脑袋说。

不多时，那仆人领着崔东风出来了。顾泫机见崔东风来了，隔着老远就笑着喊道：“崔先生！你可是忘了请我了？”

崔东风满脸赔笑地说：“确实是在下疏漏。久仰顾先生大名，怎能不请您？我们这宴席准备得匆忙，在宾客名单上遗漏了您的名字，还请多多海涵！”

崔先生心里暗暗叫苦，哪里想请顾泫机，扬州城无人不知他“酒狂琴痴”的名号，对他都避之不及，没承想今日他主动找上门来，是福不是祸，是祸躲不过，既然他找上门来，要是不放他进去，不知还要闹出什么乱子。

“这才对啊，刚才两个仆人说什么也不让我进，费了我半天口舌。要是再不放我进去，我可就要把衣服脱光了在门前撒泼了！”顾泫机笑着说。

崔东风和仆人们面面相觑，知道这事他还真干得出来，幸亏及时放他进去，否则后果不堪设想。

“还愣着干什么！快领顾先生就座！”崔东风偷偷捅了下仆人，暗递眼色生怕惹恼了顾泫机。

“哈哈哈……”顾泫机笑着大步迈进去，“但凡扬州城有办酒宴的，怎么可以少了我顾泫机？”

见顾泫机走进去了，崔东风向一旁的小厮低声嘱咐道：“安排几个人看好了他，别给他太多酒，一旦见情况不对，立刻把他架出去。千万不能让他坏了事！”

崔盈盈的夫家姓朱，算是个小康之家，祖上做过几任七品八品的小官，新郎朱东还是白身，正在读书准备科举。两家算是世交，崔盈盈和朱东从小青梅竹马，朱东人长得端正，为人厚道，很知道疼惜盈盈。由于崔家财力深厚，婚礼全程都是崔家一力承办。唐朝结婚遵行六礼：纳采、问名、纳吉、纳征、请期、亲迎。这些烦琐的流程完毕，崔家在“惜余春”大宴宾客，扬州城里有名有姓的都来了。

酒席间八珍齐备，一道道名贵菜品流水般地上来。好多菜杜晓月还是头一次见到。

“扬州菜可讲究呢，尤其是刀工，你看这道最寻常的鲫鱼，片鱼的刀法也大费周章，有大晃白、小晃白、舞梨花、柳叶缕、千丈线等多种刀法。”崔蜜儿指着一盘脍鱼片说。

“看，这道是金齑玉脍！”崔蜜儿帮晓月夹了一块鲈鱼。杜晓月吃到嘴里顿觉清香爽口，连声赞叹，“东南佳味，名不虚传！”

金齑玉脍是用雪白的鲈鱼与香柔花叶及金灿灿的橙丝做成的齑拌在一起，脍白如玉，齑色如金，盘子边上还点缀着一朵兰花。

“这个是阿爷命人专门收的三尺以下的鲈鱼，做成干脍，一点也不腥，这个蘸料也很特别，是橙子皮捣碎加醋搅拌而成。”崔蜜儿给杜晓月介绍着。

崔东风忙着招呼客人，挨桌敬酒，又突然想起了什么：“各位慢慢吃，我去厨房看看螃蟹好了没有。”

崔东风快步走到厨房，一进门就嚷嚷：“螃蟹好了没有，好了没有？”

厨师正在给螃蟹壳上雕刻着龙凤图案：“就好了，还有两只。”

扬州螃蟹是历代的贡品，隋炀帝到扬州时，尤喜吃蟹，厨师在螃蟹上桌之前，会将蟹壳擦拭干净，用金缕做成龙、凤、花、云等图案贴在上面。崔东风自然舍不得用金缕，就命厨师直接在蟹壳上雕刻出龙凤呈祥的图案。

一时间觥筹交错，欢歌曼舞，盛况空前。这样的盛景难免会让身处其间的一些人想到那句“朱门酒肉臭，路有冻死骨”，可是这片刻的念头，在应接不暇的美食和宾客们的欢笑热闹间很快就过去了。

正值高潮处，崔东风站起身，满面红光：“下面有请我的女儿崔蜜儿和她师妹杜晓月合奏一曲《凤求凰》！”

崔蜜儿盛装打扮，和杜晓月携手走到大厅中央，向众人施礼。小厮们将二人的琴抬到跟前。满座的宾客光是看到琴，就觉得非比寻常，纷纷交头接耳起来。

“崔蜜儿这琴不说其他，光看材质，是罕见的绿松石做成的，上面这么一大块玉，我活了这么大岁数还从未见过有用这种材质做琴的！”一个白头发的老头儿感叹。

“那当然，她这把‘碧落幽倩’可是崔家花了千金打造的，旁边那丫头的琴看着造型奇特，也不一般，她们这两把琴不知上没上《天下名琴榜》？”

“你知道什么？她哪里是普通的小丫头，那是杜牧的女儿！”

“我想起来了，是她。之前在定阶大会上我就看过她，确实很有水平，好像还破了什么纪录。”

杜晓月和崔蜜儿施完礼，同时落座，宾客们瞬间安静下来。为了这次表演，她们练习了不少时日，此刻她们配合得很巧妙，天衣无缝。

这曲《凤求凰》传自汉代，曲调热烈奔放而又深沉，演绎了司马相如和卓文君缠绵的爱情故事。相如自喻为凤，比文君为凰，两人互为知音。

杜晓月和崔蜜儿边弹奏边吟唱起了弦歌，一人接一句唱道：

“有一美人兮，见之不忘。一日不见兮，思之如狂。凤飞翱翔兮，四海求凰。无奈佳人兮，不在东墙。将琴代语兮，聊写衷肠。何时见许兮，慰我彷徨。愿言配德兮，携手相将。不得于飞兮，使我沦亡。”

听着弦歌，在座宾客都已沉浸在曲中之意，感动得不住落泪。

“这个杜晓月还真有点意思，短短一段时间不见，琴技似乎又大大长进了。看样子，将来天下琴会上，没准儿还能和她好好玩玩。”李飞儿听着听着，嘴角露出笑意。

被安排在角落里的顾汯机本来醉得趴在桌子上，听到琴音竟清醒了些，呵呵痴笑起来道：“素来以为我才是弹琴的奇才，眼里谁也没有，想不到这一个丫头年纪轻轻，竟已有如此造诣……”

人群里的刘云止虽也诧异地注意到杜晓月琴技的飞跃，但此刻他更深深地被弦歌打动。蔽月的笑容在眼前隐隐浮现，他魔怔了一样低声吟诵起来：“皑如山上雪，皎若云间月。闻君有两意，故来相决绝。今日斗酒会，明旦沟水头。躞蹀御沟上，沟水东西流。凄凄复凄凄，嫁娶不须啼。愿得一心人，白头不相离。竹竿何袅袅，鱼尾何簁簁！男儿重义气，何用钱刀为……”

这首《白头吟》相传是卓文君所作，刘云止一时间只觉思绪翻涌，难以自持。

就在众人沉醉在琴音之境时，崔东风突然看到什么，瞳孔骤然收紧，低声道：“我想起来了，我想起来了！是她！”

崔东风不作声张，悄悄来到纪破虏身边，附在耳边说：“看到那边的人没有，我想起来了，就是她！她就是那晚上来给我弹琴的人！虽然换了伪装，但逃不过我的眼睛！”

崔东风说的那人戴着黄色面纱，只露出狭长的眼睛，眼神冷得瘆人，宾客们都在欢笑着，唯独她没有任何表情。面纱薄如蝉翼，女人的脸若隐若现，能猜想到，是个俊俏的美人。

“她是怎么混进来的？”纪破虏小声问道，斜着眼睛紧紧盯着她，生怕被那女人发觉。

崔东风招呼来小厮，低声问：“过来，小点声说话。我问你，那边那个女子是谁，怎么会放她进来？”

小厮仰着脑袋回忆一阵，说：“她不是绢布店的孙大娘吗？请帖上是这样写的。”

“孙大娘我认识，是个胖子！这女人明显不对，是冒名顶替进来的！”崔东风说。

“我错了，都怪我！是我错把她放进来。我这就把她赶出去！”小厮很是慌张。

“别去！不要声张，就装作不知道，千万别让她注意到，也莫让任何人知道！”崔东风说，“不知孙大娘那边有没有遇到什么危险。你速去绢布店看下孙大娘，如有什么情况，速速回来禀报！”

崔东风吩咐完，小厮小跑着出门去了。

“纪大侠，我们现在该怎么办？”崔东风面色不安。

“我们先暗中观察，不要打草惊蛇，如果有什么情况我们再伺机而动。最好等宴席结束宾客散去，把她单独留下来好好谈谈。”纪破虏说完拍了拍崔东风的肩膀。

直到宴席结束，那位“孙大娘”都没有什么异动，宾客们渐渐散去，“孙大娘”却还在原地坐着不动。崔东风站在门口为宾客送行，见客人们走得差不多了，宴席没出乱子，总算松了口气。

纪破虏来到“孙大娘”桌边，说：“这位大娘请留步！”

“哎呀，你们这是干什么？不就是拿他们家几个橘子吗！”同一桌上，一个老妪的脸色很是难看。

那位老妪误以为纪破虏说的是她，从怀里接连掏出五六个橘子，放回桌上，气呼呼地说：“崔家也太小气了，拿几个橘子都不让！”

“那个，大娘，我不是说您！”纪破虏略显尴尬。

“你们这反反复复什么意思，瞧不起人是吧，几个橘子我才不稀罕要呢！”那老妪往地上啐了一口，转身边走边说，“刚才就看崔东风和你们俩嘀嘀咕咕说什么，还老往这看，不就盯着我吗？”

“我们真不是说您，那橘子您带走便是。只要您愿意，这桌上剩的酒菜随便拿！”纪破虏无力地解释着。

“哼！”老妪头也不回地走了。

见老妪走了，一直坐着的“孙大娘”开口了，冷冷地说：“你们可算来了。为了等你们，在这破地方可无聊坏了。”

“孙大娘”抬起头，目光如一道寒芒让纪破虏心神一颤，一向沉稳老练的纪破虏在这女人面前竟也张口结舌起来：“你，你……”

“哎，真羡慕你们这些庸人。轻易就能沉湎在浅薄的愉悦中，办些吵闹庸俗千篇一律的铺张酒宴，平时读些狗屁不通烂俗不堪的传奇故事。即使那些东西漏洞百出、虚无缥缈，也能让你们感动、激昂、快乐，在平庸喧闹中虚度光阴。”女人自顾自说着，语调冰冷，声音锐利。

在这女人面前，素来天不怕地不怕的李飞儿也感受到了强大的压力。

“我听不懂你在说些什么，别扯那些没用的。前几日，就是你用魔音害得崔先生生病的吧？”李飞儿稳住阵脚厉声道。

“呵呵，怎么是害他？不过让他把那晚上的事忘了罢了，哪知道他养尊处优惯了，身子这么弱，竟大病不起了。”那女人笑了。

“你把孙大娘怎么了？”李飞儿质问。

“放心，只是让她多睡一会儿。”女人说。

“老实交代，你来这里到底都要做些什么？别想耍花招，否则，别怪我不客气。”纪破虏神色严肃起来，虽然眼前之人看起来只是一个弱女子，可他的语气却像审问穷凶极恶的江洋大盗。

“怎么，不说又如何？堂堂的纪大侠，曾经的不良帅，光天化日还要对我一个弱女子动粗不成？若真如此无礼，顾先生可不会坐视不管的，对吧，顾先生？”说罢女人扬起下巴，望向角落里的顾泫机。

此刻顾泫机正在搜刮着每张桌子上剩下的酒，不停地往自己带的酒壶里灌，听到有人喊他，才回过头来。

“哎呀，有话好说，干吗搞得那么不愉快呢！”顾泫机望着对峙的几人说，怀里紧紧抱着酒壶生怕有人抢去。

“你们的琴力，除了陆奇都不到徵阶吧。”女人笑着说。

听了这话，纪破虏表面虽不露声色但一道冷汗从脖颈流下，除了陆奇之外，在场的只有飞儿琴力最高，听女人这话是有把握胜过在场的人。

李飞儿喝道：“你们昱组织的人整日鬼鬼祟祟，敢不敢报上名字，别总跟做贼一样。”

女人笑而不语。

“告诉你们无妨，她可是‘昱’九曜星之一的廉贞——欧阳果。”顾泫机笑嘻嘻地抱着酒壶过来，边走边说，“嘿嘿，今天是崔家高兴的日子，咱们大家也别给人家添乱了……”

李飞儿心中暗叫不好，这个女人加上顾泫机，今天九曜星中的廉贞和贪狼二人都在此，怕是拦不住他们了。

“我有几句话和那丫头说。”说罢，欧阳果指着远处正在帮忙收拾宴席的杜晓月，她和盈盈、蜜儿正在说笑，显然对这里发生的事情还一无所知。

“你找晓月做什么？”纪破房警觉地问，耳朵不为人知地动了一下。

“你不是一直在调查我们吗？只要你把她叫过来说几句话，我就给你们个机会问清楚。”欧阳果说着闭上眼睛，指尖一下下轻敲起桌子，像是在倒计时。

“好，把晓月叫来！”李飞儿朝纪破房示意。

杜晓月头一次参加这么盛大的宴席，兴奋劲儿还没缓过来，还不知道这边发生了什么，被叫了过来，见那女人笑道：“这位娘子好美啊！找我有什么事吗？”

欧阳果见到杜晓月，冰冷的目光霎时柔和下来，说道：“晓月，你命中注定是我们的一员。”

这句话令在场的所有人都震惊了。

“你们？你们是谁？”杜晓月不解。

“我们这里的很多人都像你一样，都是孤儿，你的那种孤独，我明白。”

“这……”晓月不知道该说些什么。

“杜牧很久没给你写信了吧？看吧，他早就把你忘了，毕竟你不是他的亲生女儿。”欧阳果似笑非笑。

“妖言惑众！你在胡说些什么。”李飞儿厉声呵斥。

“不，不可能，阿爷一定是太忙了！忙得没有时间，要不然就是信寄丢了，总之，他不可能忘了我！”杜晓月努力地争辩道。

“你们昱组织坏事做尽，还在这一派胡言想骗晓月，她是不可能被你们拉拢的！”纪破房拉住杜晓月的胳膊说。

“你是昱组织的人？”杜晓月很是震惊，哪里想到眼前这个美丽女子居然是昱组织的人。

“呵呵，做坏事？我们做什么坏事了？”欧阳果冷笑道。

“还在狡辩！你们用那魔音让人陷入痛苦癫狂，还说没做坏事？”李飞儿说。

“让人陷入痛苦癫狂的从来不是魔音，是这世道。”欧阳果面色瞬间冰冷下来，语气中有种彻骨的寒意，“朱门酒肉臭，路有冻死骨。富贵与贫贱在出生那一刻就决定了，这世道有一点公平吗？是这世间无道、乾坤颠倒、黑白不分，所以我们才要用琴音拨乱反正、惩前毖后、济世救人！这，就是‘昱’的大义。”

“反了你们了，越是骗人的说辞越包装得冠冕堂皇！狼子野心，还妄谈什么大义？快说，你们的头目是谁？”李飞儿说罢一拳砸在桌上。

“那位先生的名字也是你们配知道的？为了大义，我这条命都可以不要，怎么可能在你们面前说出他的名字？”欧阳果冷笑一声。

“顾先生，你好歹曾经也是广陵琴派中人，怎么自甘堕落，和这魔道之人混在一块！”纪破虏望向一旁的顾泫机。

“我嘛，闲云野鹤之人，无拘无束，从来不愿为谁所用。这世间什么对与错我搞不清，只对弹琴痴迷，那位先生很有些本事，只要我替他办事，就传授我琴技，何乐不为呢？”顾泫机摊开手说。

“晓月，这些人冥顽不灵，只有你还有救。有一天，你会明白那位先生的苦心的，那时你自会来找我，我等着你。”欧阳果望向杜晓月的眼睛，只有对杜晓月说话时，她的脸上才能看到情感的波动。

众人都不明白为何这女人偏偏要拉拢杜晓月。而此时杜晓月心里却很害怕，倒不是别的，怕的是真会如她所说，有一天自己会成为昱组织的一员。

“只要你愿意加入我们，雨歌也还给你。”欧阳果接着说。

“雨歌？流风果然是你们的人。”杜晓月有些慌张，连忙摇头说，“不，我永远不可能加入你们的！”

“别信她的蛊惑，都是骗你的！”李飞儿说着往前迈了一步。

欧阳果在杜晓月面前俯下身子，杜晓月本能地想退后，腿却僵住了，似乎那女人身上有魔力。

欧阳果附在杜晓月耳边轻声说：“哦，对了，以那位先生的神通广大，帮你找到亲生父母也是轻而易举的事。”

杜晓月脑袋“嗡”的一声。

“我们走吧，顾先生，那些破酒还拿着干什么，只要你乖乖干活，好酒有的是……”说罢，欧阳果转身离去，顾泫机紧紧抱着酒壶，小步跟着出去了。

三十五　丹泥遇险

欧阳果和顾泫机走了许久了，大厅里的空气似乎仍旧凝着一层冰霜，众人都沉默着。

“这女人好厉害。我见过无数穷凶极恶之徒，从未感到过像这个女人身上的那种寒意。”纪破虏说，眉头紧锁。

“我原以为突然被围住，她会惊慌失措，没想到被她控制住了场面，她似乎并不介意暴露，像是一直等着我们。唉，好多想要问的话一时都给忘了……”李飞儿也叹了口气，“好在她已经暴露了，纪大侠，你安排人盯好她！”

“没问题，我立刻派人。但诡异的是，她居然还敢当着我们的面拉拢晓月。”纪破虏说。

“原以为他们只是些鬼鬼祟祟不敢见人的胆小鼠辈，现在看来，他们丝毫不惧正面对抗，这反倒比暗中的阴谋还要可怕。不过，不管他们到底在谋划些什么，我李飞儿绝不会让他们得逞！”

纪破虏迟疑地望了眼杜晓月，嘴唇微动，似乎想要说什么却又生生咽了回去。

杜晓月看到纪破虏的神情知道他心中的疑虑，率先说：“不知道为什么她偏偏要拉拢我，对我说那番话。”

“你千万不要为她所蛊惑，他们为了壮大势力，见到有天分的琴师想收为己用再自然不过。”李飞儿拍拍杜晓月的肩膀，正色说，“也许，这正是他们的离间计，挑拨一番，要让我们彼此之间产生嫌隙。放心，我们绝不会因此怀疑你。”

杜晓月不知道李飞儿此言是真的对自己毫不怀疑，还是表面装出来的。但杜晓月能清楚地看见，纪破虏看自己的神色已经起了细微的变化，似乎不时暗暗打量着自己。

天色黑了，街道上罩着一层冷冷的雨雾，两旁的房子仿佛锁在雾霭中，渐渐失去了轮廓，幽黄的灯火像是伏在暗处的野兽眼睛。

正当众人准备散去之际，一个小沙弥跌跌撞撞地跑到门口，上气不接下气地说：“杜晓月还在这儿吗？”

杜晓月认出来他是大明寺守门的那个小沙弥，他涨红了脸，手撑在膝盖上大口喘着粗气，看样子是一路奔跑赶来。

“我在这儿，找我何事？”杜晓月问。

小沙弥喘着粗气说：“可算找到你了！丹泥……丹泥禅师要见你！”

“他要见我？”杜晓月有些疑惑，说，“好吧，那我明日就去大明寺找他。”

听到杜晓月说明日去，小沙弥急了：“不行，现在就得去！此事拖不得，他现在就要见你！”

“什么事这么急？这么晚了，杜晓月一个人去大明寺不太方便。明日去不行吗？”崔东风走过来问。

小沙弥手足无措，哭喊着说：“非得现在去不可！丹泥禅师快不行了！”

“快不行了？”众人都很吃惊，“丹泥禅师年纪还不算老，怎么就要圆寂了？”

“来不及解释那么多了！他之前被人绑架了好几天，今天才被人放回来，总之他快不行了！”小沙弥捶胸顿足说道。

“什么，他被绑架了？”众人听了都很吃惊。

“事不宜迟，我和纪大侠陪同晓月一同前往！”李飞儿斩钉截铁地说。

“好，我们快走吧！路上边走边说！”杜晓月点头应允。

“我也要去！”远处的崔蜜儿也举起手说。

崔东风皱起眉头说：“你就别去了！人家是要见晓月又不是要见你，而且那边情况不明，纪大侠和飞儿姑娘前去可以保护，你去只会添乱！”

崔东风担心崔蜜儿的安全，断然拒绝。

“要见杜晓月？”纪破虏心里不禁嘀咕，“这丫头身上究竟有多少秘密，怎么又是她，怎么什么事都与她有关？”

几人坐上崔家的马车，纪破虏亲自驾着马，快马加鞭一路飞驰赶到了大明寺，一路颠簸，杜晓月从未坐过这么快的车，感觉头晕目眩。小沙弥一下车就吐了出来，而李飞儿倒跟个没事人似的。

“我不行了，实在走不动了，你们自己前去吧，丹泥禅师禅房在最里面！”沙弥瘫坐在地上说。

众人进入大明寺里，昏暗的庙中没什么灯火，寂静中似有一种不祥之感，刚走到一半，就听到远处传来“乒”“乓”“叮”“当”的声响，声音遥遥似乎是从丹泥禅师的那间禅房传来的。

纪破虏立刻警觉起来，神色严峻地说：“是爆炸声？前面也许有危险，飞儿，你在此处保护好晓月，我去前面探明情况！”

纪破虏目光一凛，脚步轻盈，没有一点声响，纵身前去。

那声响一直没有断过，纪破虏循声前去，声音越来越大，果真是从丹泥禅师的禅房里传出来的。

“不好！丹泥禅师有危险！”纪破虏惊呼。

他来到禅房门外，观察片刻，除了那爆炸声响和丹泥的呻吟声，似乎没有别的动静了，屋子里好像没有别人。

纪破虏没有时间思索，向后退了几步，猛地一冲用力撞开了门。

一股浓浓的黄雾扑面而来！臭味猛地钻入鼻孔，纪破虏一阵眩晕，惊道：“不好，这烟有毒！”

他被烟雾震得退后几步，只感觉眼睛热辣，泪流不止，鼻子也很难受，大脑混沌，像被人猛捶了一拳似的。

纪破虏担心丹泥禅师的安危，也顾不得许多，从怀中掏出纱巾严实地蒙住口鼻，准备再往里闯，这次一定要把他救出来。

纪破虏横下心，屏住呼吸纵身跃进那片黄雾，听到“乒乓”声越来越近，隐约能看到丹泥禅师的身影。他跨步向前，丹泥禅师身子瘦弱，纪破虏轻而易举把他扛在肩上，丹尼禅师很轻，轻得像是只有一把骨头。

“嘭！”伴随着又一声响，一股臭味飘入纪破虏鼻子。

纪破虏这才明白过来，原来刚才的声响并不是爆炸，那些黄雾也不是毒气……而是……

是丹泥禅师放的屁！

纪破虏虽然直犯恶心，但也觉得丹泥可怜，不知是什么让他这样放屁不止，看样子受了不少罪。

眨眼间，纪破虏就扛着丹泥禅师来到李飞儿和杜晓月二人面前。

他放下丹泥禅师，丹泥禅师看着很是虚弱，腹部咕咚作响，不时发出噗噗的声音。

“放心，我刚才观察过了，没有危险，此处并没有别人。”纪破虏说罢又环顾一圈。

“刚才那声响是什么？”李飞儿问。

纪破虏面露尴尬：“是，丹泥禅师在放屁……”

“好臭！”李飞儿和杜晓月不由得掩住鼻子。

“哎哟，哎哟……”丹泥禅师呻吟着。

“丹泥禅师您怎么会这样，是您要见我？”杜晓月问。

丹泥接触到新鲜空气，稍稍缓过神来，见到众人，一下哭了出来：“真是丧尽天良，丧尽天良呐！”

“您这是怎么了，有我们保护着，不用害怕，您慢慢说！”杜晓月说着搀扶起丹泥禅师。

“卑鄙至极，卑鄙至极啊！老衲宁可丢了性命，也不愿受这奇耻大辱啊！那格林把老衲绑架，给老衲喂黄豆，灌凉水，让老衲排气不止。一旦停下了，就继续塞黄豆，灌凉水，如此折腾了一天一夜……”丹泥禅师哭诉道，脸上的皱纹像河水一样波动起来。

丹泥禅师口中的格林其实就是甄三，他知道《琴诀》在大明寺后，假装出家，潜伏很久，暗中打探，却始终找不到线索，眼看受戒的日子就要到了，甄三再也忍受不了，于是趁一天夜里绑架了丹泥，使出了这样卑劣的手段。

“格林是谁，他为什么要绑架你？”李飞儿问。

“那贼人绑架老衲是为了打听《琴诀》的下落……”

“《琴诀》……”李飞儿听到这若有所思。

“《琴诀》？我之前来此问此事，您不是不知道吗？”杜晓月说。

“大明寺受人之托，历来对这《琴诀》小心保管，只有住持一人知道这书在哪里。你我素不相识，所以老衲本不能告诉你……可如今，如今那贼人逼老衲说出口，我只能求你帮忙，说什么也不能给那贼人夺了去！”丹泥显得很是痛心，手捶着地。

“什么，您把《琴诀》下落告诉他了？”杜晓月问。

丹泥禅师面色痛苦地点了点头。

“自打他绑架老衲时，老衲就打定了主意，无论是什么残酷的手段，就算丢了性命，老衲也绝不会屈服。可没想到他竟使出如此卑鄙的手段！老衲在奄奄一息之际想着，如果这样而死，老衲自己受辱倒是小，传扬出去，实在是有辱佛门庄严。所以……”丹泥禅师涨红了脸，扭过头喊着，“杀人诛心，杀人诛心啊！”

“那《琴诀》到底在哪？我们得抓紧时间在他之前赶去！”李飞儿说。

“在雷塘彤云阁第三层楼，屋顶的房梁上面。”丹泥禅师声音微弱，刚才一番痛诉用尽了力气。

众人安顿好丹泥禅师，正准备动身向雷塘赶去，丹泥禅师突然叫住了众人：“慢着！还有一件事想请你们帮忙……”

“何事，但说无妨。”纪破虏说。

“取到《琴诀》后，那装书的盒子不要扔了，拜托你们把那盒子送给杜秋……哦不，送给吴大娘，就是城里卖蒸饼很出名的那个吴大娘。”丹泥颤颤巍巍地说着。

“这盒子有什么重要的？”杜晓月不解。

“不要提及我，只把盒子还给她就好，拜托你们了……”交代完毕，丹泥似乎用尽了最后的体力，气息越来越弱合上了眼睛昏睡过去。

三十六　彤云阁

雷塘在扬州城北远郊，李飞儿等人披星戴月，一路奔波出城，赶到城北郊外。

“炀帝雷塘土，迷藏有旧楼。”数百年前，这里曾是歌舞罗绮之地。如今，隋宫的月殿花宫、玉栏朱楯已成断壁残垣。

众人穿行在荒野中，这里草木繁盛，覆盖着积雪，古老的黑柏幽深苍凉，四下总有不可名状的窸窸窣窣声响时远时近，周遭黑暗中寥落着无名荒冢，上方有忽蓝忽绿的鬼火在空中荧荧跳动。

众人正走着，山林深处突如其来传来一声凄厉的呼号，又突然消失，仿佛是有谁被扼住喉咙发出惨叫。

见到杜晓月战战兢兢的样子，李飞儿笑道：“那只是猫头鹰叫。”

虽然知道了那是猫头鹰的叫声，杜晓月还是觉得毛骨悚然，野地里狂风呼号，凄冷的月光打在身上，她打了个寒战，问道：“非得大半夜来这地方吗？感觉怪瘆人的。”

纪破虏清下嗓子说：“别害怕，有我在。我们得抓紧时间，说不好甄三那小子什么时候就赶来了。”

纪破虏的声音低沉，却让杜晓月有种莫名的安全感。

“鬼有什么可怕的，可怕的是人心。我从没听过有人被鬼伤过，会伤人的只有人。”李飞儿笑着说，“放心，我估摸着，甄三多半会在明日白天来，我们连夜骑马赶来，应该能抢在他前面。”

“这有好多废弃的隋宫旧楼，我们转了半天，那个彤云阁到底在哪啊？”杜晓月问。

“彤云阁是这些隋宫旧楼里保存得最完好的一座，应该不难找。”李飞儿说着，突然眼睛放光，指着前方说，“我看到了！应该是那里。”

杜晓月顺着李飞儿手指的方向远远望去，古柏林深处有座小丘，上面矗立着一座三层重檐高阁。一行人立刻来了精神，朝那方向加快脚步。

众人来到阁前，果然望见楼前正中的大匾上遒劲有力地写着“彤云阁”几个大字。那高阁四周长满了野草荒藤，檐头的琉璃瓦片已经暗淡无光，柱子上的朱红也淡褪剥落。这彤云阁巍然矗立，足有五六丈高，虽然荒废多年，但保存完好，不难想象当年的气派。

就在此刻，天光亮了，灿烂的光辉平铺在古楼檐头的每一片瓦上。一只尾巴长长的红嘴蓝鹊落在檐头，环视一圈，喳喳叫了两声，又滑翔进树林间。

杜晓月有种奇怪的宿命感，这旧楼颤颤巍巍的，似乎随时都将轰然倒塌，仿佛一直就是为了等待今天这个时刻，所以才历尽沧桑几百年都屹立不倒。一阵西北风吹过，彤云阁旁古柏上的积雪飘洒落下，林间播散着霜雪的清爽气息，夹杂着草木和泥土的清新。

“天都亮了？”杜晓月说，“那我们进去吧。”

彤云阁的大门没锁，李飞儿推门并不吃力，木门发出了刺耳的声响。众人迈入屋内，空中弥漫着上了年岁的木头微苦的味道，里面一片昏暗，原来四周的窗户都被木板封住，光线完全照不进来。

“这里什么都看不清，带火烛了吗？”李飞儿问。

“没有。”纪破虏摇头说。

纪破虏走在最前，努力睁大双眼，借着门口的微弱光线，小心翼翼地探着路。众人踩着木板吱呀作响，摸到了楼梯的位置。

“这楼梯也不知道结不结实，我先上去试试。”纪破虏说着弯下腰靠在楼梯上，手脚并用，慢慢地爬了上去。

“这楼梯结实着呢，你们也上来吧！”纪破虏说完，二人也学着他的姿势爬了上去。虽然已经上了楼，但杜晓月还弓着身子不敢直起，这里更黑了，已经看不清自己的手指。

“呀，有老鼠！”李飞儿突然尖叫道。

杜晓月确实听到有声响在四处快速穿梭，窸窸窣窣片刻不停，有不少微小的眼睛在黑暗深处发着红光。

杜晓月还是头一次见李飞儿害怕，虽然心里也毛毛的，但嘴上装作没事的人，打趣道："看你天不怕地不怕的，没想到居然会怕老鼠。"

杜晓月话音未落，二人却齐声尖叫起来："啊！鬼啊！"

只见远处半空中，悬浮着一双眼睛，白得吓人，正直勾勾地盯着众人。令人毛骨悚然的是，只有眼睛飘在黑暗中，没有脸，更没有身子。

杜晓月只感觉脑袋"嗡"的一声，头皮发麻，脊背发凉，整个人吓得动弹不得。

"何方妖孽，敢在本大爷面前作祟！"纪破虏怒喝道。

听到声音，那眼睛消失了一瞬间，接着又出现了，这次多了一张嘴，那嘴似乎是在笑，笑得露出牙齿，发出刺眼的白光。

"我乃长安纪破虏，杀人如麻，你这等妖孽吓不倒我！"纪破虏把手搭在了腰间的宝刀上，缓缓拉出，控制着不发出声音。

听了这话，那妖怪反倒突然放声大笑起来，边笑边向众人靠近过来。

杜晓月越发恐惧，心脏猛烈跳动，只觉得腿脚发软，想跑又跑不了，正在她感觉自己快要晕厥过去时，突然"嚓"的一声，有人点燃了蜡烛，暖黄的烛光将整个屋子照亮。

"嗨呀，我不是鬼。"那声音有些沙哑。

杜晓月看到屋子里正站着一个人，举着蜡烛，他长得黑极了，黑炭一样。

"你不是鬼？"纪破虏问。

"我和你们一样是人，只不过我是昆仑人，比你们唐人皮肤黑些。"那黑人说着，揉了揉眼睛，"这么大清早你们来这里做什么？"

"你先别管那么多。你到底是什么人，为什么会在这里？"李飞儿质问。

"在下姓龚，名聚仁。我家主人是前朝皇室之后，我奉主人之命守护着这里。"

"你一直一个人住在这里？怎么窗子都封着？"纪破虏问。

"这楼本乃私家产业，加上久未维护，一般只允许在外面观看，是禁止上来的，否则今天来一个明天来一个，这楼早让人踩坏了。也不知怎么昨天忘锁门了，竟让你们给进来了。"黑人说。

“之前有人在这三楼藏了个东西，我们是来取那样东西的，不会打扰到您，取完马上就走。”杜晓月解释道。

“东西？这有什么东西，我在这守候了这么多年怎么不知道？”黑人困惑地挠了挠后脑勺，说，“肯定是哪个客人，趁我没看住偷溜上来留下的。罢了，我就破例一次，你们去拿吧。”

“所以之前还没人来过？”李飞儿问。

“最近到了冬天，天寒地冻的好久没来人了。”黑人摇摇脑袋说，“这蜡烛给你们，快去拿吧，这大清早被你们吵醒，我还困着呢，得再回去睡会儿。”

说完，黑人打了个大大的哈欠。

“不好意思，打扰您了，那我们快去快回。”杜晓月施礼道。

众人上了三楼，这里有光亮，是屋顶角上有道裂缝，阳光从那道缝隙射进来。

“丹泥禅师说《琴诀》藏在房梁上，只是这房梁那么高，可怎么上得去？”杜晓月说着环顾了一圈，叹了口气，“哎，这里也没个梯子。”

李飞儿笑着说：“这难不倒我。纪大侠，委屈下，你在墙角那蹲下，我踩在你身上，借力跳上去。”

纪破虏点头，面对墙蹲下身子，手撑在地上。李飞儿深吸一口气，往后退一步，接着迅捷一冲，左脚踩在纪破虏身上，纪破虏受力趁势猛地站起身，李飞儿借力跃到一人多高的半空，右脚又蹬了下墙面，几个腾挪间，飞身跳到了房梁上。

李飞儿看了一圈，没多会儿便惊喜地说：“找到了，果然有个木盒！”

她拿着盒子从高空跃了下来。她身姿轻盈，地板没有丝毫震动。

众人打量起这盒子。这盒子十分简陋，是廉价的松木做的，坑坑洼洼的，右上角还磕了一块。

“这么珍贵的东西，就用这么个破盒子装着？丹泥禅师特地交代把这个破盒子交给吴大娘，这破盒子看着也就能烧火用，不知道有什么可宝贝的。”杜晓月嘀咕道。

盒子上面也没锁，李飞儿打开，是有一本书，她翻看了几下，嘴角浮出一丝微笑。

"怎么样，是《琴诀》吗？给我也看看吧。"杜晓月说着就要凑到前面去。

谁知李飞儿立马盖上了盒子，背过手去，把盒子挡在身后。

"你这是什么意思？"杜晓月问。

"此物是我的了。"李飞儿淡淡地说。

"这是我广陵琴派薛易简祖师所留之物，你凭什么占为己有？你，你不要欺人太甚！"杜晓月急了。

"谁说薛易简所留的，就只能归你们广陵琴派人所有了？再说了，他老先生当年能写出此书也离不开我们三秦派董庭兰祖师，没有二人间的切磋较量，他也不可能领悟到如此境界。这么说来，这本书，我们三秦派的人也有份。"李飞儿笑道。

"你强词夺理！你要那本书做什么，莫非你是昱组织的人？一直在利用我，只为找到这本书！"

"笑话，我与昱组织势不两立，怎么会是他们的人！"

"那你要夺这本书做什么？"

"昱组织实力日益猖獗，九曜星实力高深莫测，我只有借助《琴诀》，努力修炼，变得强大，才能有与他们抗衡的力量。"

"就算如此，这本书也不是你的，你难道还要强抢不成？你口口声声说昱组织狼子野心，结果现在自己却成了强盗，你这算是什么道理！"

"哼，小丫头片子懂什么，我身上背负着对抗昱组织的艰巨使命。当今琴界，只有我才有能力和他们对抗，有了《琴诀》，胜算才会大些。无论你怎么看我，这《琴诀》，我是非拿不可了。"

"你太狂妄了！凭什么认为只有你能对抗昱组织，又凭什么认为对抗昱组织是你一个人的责任？你把我、广陵琴派和天下琴界那么多人都放哪里了！"

"人心叵测，我能信得过的只有自己。谁知道之前那欧阳果对你说的那番话是什么意思，再说了，你们这帮人实力太差，昱组织的人都是高手中的高手，只有依靠我的实力才有机会与他们较量。"

"你始终那么自大！只怕如今我的实力都不在你之下，不信，来比一比？"

"就凭你？"李飞儿凝视了杜晓月片刻，轻笑一声说，"就你那两下子，我可是见过的，还是算了吧。"

三十七　混沌

“不跟你废话那么多了，想要硬抢你可毫无胜算。”李飞儿说着就向后退去，朝纪破虏挥手，转身要走。

彤云阁楼下突然传来一阵喧闹，让李飞儿不由停下了脚步。

“今天真是怪了，又来人了？”是龚聚仁的声音，“哎，你们可不能上去！”

“来人了？是谁？”纪破虏警觉起来。

“你给我让开！别多管闲事。”楼下的声音低沉而阴狠。

“是甄三！”杜晓月惊呼，她一下子就听出来了。

“好徒弟，别那么凶。”是顾泫机的声音，“这位黑人老哥，我们上去取个东西，马上就下来。”

“行吧行吧，在上面别乱涂乱画啊。”龚聚仁无奈地说。龚聚仁没有阻拦住二人，他们上了楼梯，木板嘎吱嘎吱响了起来。

“顾泫机也来了？”杜晓月有点幸灾乐祸地说，“现在可好，他一来，《琴诀》你也别想带走了。”

“哼，我岂会怕他们？”李飞儿冷笑道。

“你还嘴硬，他可是有徵阶的琴力。纵使你天赋再高，但毕竟年纪尚轻，还不是他的对手。眼下只有我们二人携手合作，才有与他们一战之力。”杜晓月说着把琴囊取下抱在怀里，“我宁愿把《琴诀》给你，也绝不能交给昱组织的人。你说呢？”

“合作？你刚刚达到商阶，能帮上什么忙？”

“难道我们就这么束手就擒，乖乖把《琴诀》拱手相让？”

“就算你帮我，我们面对他们，胜算还是微乎其微。只能放手一搏了。”李飞儿说着攥紧了拳头。

说话间，顾泫机已经踏上了三楼，他手里晃晃悠悠地拎着一只酒壶，背着黑色琴囊。甄三紧紧地跟在他身后。

甄三见到众人先是一怔，狠狠地说："那秃驴果然靠不住，幸亏我们来得及时。"

顾泫机眯缝着眼睛四周打量着，见到众人，笑着说："居然这么多人，还真是热闹啊。"

无人答话。纪破虏把手悄悄扶在了刀柄上，这个动作全被顾泫机看在眼里，他笑着说："纪大侠，这么紧张做什么，我们都是君子，君子动口不动手，把刀放下吧。再说要真动手了，在奇音面前刀剑也是毫无作用，你是没有反抗之力的。"

说完，他举起酒壶咕咚咕咚吞了两口。

"大清早就喝酒？整日醉生梦死，你一天也不想清醒？"纪破虏说着手从刀柄上松下了。

"呵呵……"听了这话顾泫机笑了，笑声颤颤巍巍的，笑着笑着竟咳嗽起来，"要真论起来，世间又有几人真正清醒，又有几人不是在整日做梦？你们这帮人在我面前还不赶快束手就擒，非要垂死挣扎一番，这难道就是清醒吗？你们连'昱'所为何事都不晓得，就整日大义凛然地要和'昱'作对，一厢情愿地幻想自己是力挽狂澜的大英雄，这不也是在做梦吗？"

"别废话了，快把我的东西还给我！我知道在你们手里！"甄三厉声喝道。

"什么时候成你的东西了？"李飞儿说话间挑起眉毛。

"我凭本事问来的，却被你们钻了空子，抢在我前面把东西偷走了！"甄三咬着牙说，脸上青筋都暴起来了。

"怎么说？"顾泫机笑着望着众人，接着取下身后的琴，手抚着琴说，"我这把琴啊，名为混沌。这琴浑然天成，简化到了极致。"

顾泫机手里的混沌呈椭圆形，没有任何装饰，甚至连琴徽也没有，很黑，就连琴弦也涂成了黑色，黑得像能吞噬一切光明。

"广陵琴派的本事我可早都领教过了，比我三秦派可差远了。你们两个连广陵琴派都不要的弃徒，更不是我的对手。"李飞儿高声道，她知道顾泫机的厉害，但嘴上丝毫不软。

“哦？三秦派的。是之前定阶大会上胜了甄三的那个丫头？有意思。”顾泫机似乎来了兴致，朗声说，“你说得不错，如今广陵琴派的那些蠢材没一人得真传的，确实废物得很。我今天就让你见识见识广陵真传的厉害。”

听到顾泫机对如今广陵琴派的评价，杜晓月气不打一处来：“你早就被逐出师门了，如今助纣为虐，甘愿成为昱组织的走狗，还有什么脸说广陵真传？”

“这个小朋友又是哪位？”顾泫机这时才注意到杜晓月。

“她是杜晓月，没什么好怕的。”甄三说。

“她就是那兔子选中的人吗？”顾泫机想，望向杜晓月的表情变得很复杂，似笑非笑，似怒非怒。

“师叔、甄师兄，你们现在回头还来得及，回头是岸啊！把我们广陵琴派的《琴诀》交给昱组织，对你们有什么好处？”杜晓月说。

顾泫机摇头叹道：“我早说过了，我和‘昱’不过是互相利用的关系，我怎么会把《琴诀》交给他们？《琴诀》之事现在只有我们几人知道而已。别挣扎了，把《琴诀》乖乖交给师叔，非逼我使出奇音，那滋味可不是好受的哦……”

顾泫机话音未落，突然从屋顶的缝隙里跳进来一个黑影，那黑影落到房梁上，又重重地落到地面上，激起一阵尘土。

尘埃落定，那人的面容露了出来，笑着说：“好久不见啊，杜晓月。”

“流风？”杜晓月惊呼，“快把雨歌还给我！”

“哼，做梦！我在琼花林守护雨歌那么久，没想到最后被你这个黄毛丫头给夺去了。雨歌这么好的琴在你手里就是糟蹋了，它现在是属于廉贞大人的。”流风冷笑道。

“我来迟了。”楼下又传来一个女人的声音。

那女人上了楼来，脚步轻盈，几乎没有声响。她戴着黄色面纱，眼神凉薄，却又魅惑得像鲜丽的毒蛇。

“九曜星廉贞，欧阳果。”李飞儿深吸了一口气。

一个顾泫机已经不好对付，又来了个欧阳果，众人心里也明白没有反抗的可能了，《琴诀》怕是守不住了，反倒都莫名放松了些。

“廉贞……廉贞大人，你怎么会来这里？”顾泫机显得有些慌乱。

“那位先生担心你的安全，就派流风在暗中跟着你。”欧阳果淡淡瞥了眼顾弦机，接着仰起脖子说，“听说这有好东西，我怕你一个人遇到麻烦，就来帮帮你。顾先生别愣着了，动手吧。”

顾弦机站在原地，闭上眼睛，不再说话了。

见顾弦机还傻愣着，欧阳果说：“顾先生，在场的人就属你琴力最高，只要你一出手，《琴诀》就是你的了，还愣着干什么？”

“师叔，你别再傻了，他们不过是在利用你。既然他们已经知道《琴诀》的存在了，你若赢了我们，最后还是得交给他们。别再执迷不悟了啊！”杜晓月哀求道。

屋顶缝隙射进来的光线被乌云遮住了，屋子暗了下来，顾弦机整个身子都被黑暗吞没。

整个房间都安静下来，只有楼外萧萧的风声。屋顶的云缓缓移动，光线重又照进来，暖黄的光打在顾弦机右脸上，左边身子仍旧淹没在黑暗中，他的脸半明半暗。

“不好，他要弹琴！”李飞儿惊呼。

顾弦机已兀自弹起琴来。

他双手虽弹着琴，但左手不时抓起酒壶灌一口下去，琴音却不因喝酒干扰而忙乱，饮酒的动作与弹琴娴熟得化为一体。酒入愁肠，又化作真气涌上指尖从琴弦上啸出。琴声时缓时急像是酒徒踉跄不稳。顾弦机一口接一口吞着酒，脸很快就涨红了。

奇怪，这琴声细听下虽有沉郁之感，让人心痛，却不像是魔音。

“悠扬归梦惟灯见，濩落生涯独酒知。岂到白头长只尔，嵩阳松雪有心期……”弹琴时顾弦机几乎是哼哼般吟着些什么，别的杜晓月听不清，只有这句诗勉强听出来了。

“他弹的是什么？”李飞儿问。

“不知道，不像是魔音。”纪破虏说，“说什么酒痴，原来酒量根本不怎么样嘛，这才几口就醉成这样。”

他弹的是《酒狂》，世人不解嗜酒之人，总以为放浪形骸的外表下有超于常人的志趣，并非真嗜于酒道，说什么形醉意醒。那都是他们的想象，未经历其间的人哪里懂得，颓唐至极的穷途之人哪还有什么志趣，所求只有平息内心的万千痛苦，哪怕只有片刻安宁，挨一日是一日罢了。不如此，又能如何呢。

他似乎彻底醉了，刚开始琴音中积郁的苍凉不见了，意识渐渐混沌朦胧起来，所有可悲可叹之事竟变得可笑起来，他笑了，这尘世太可笑了，自己也太可笑了，可笑在，竟会因为这可笑的尘世而喜而悲，一切不过都是捉弄人的老天所设下的巨大的笑话罢了。这是乐吗？说不上来，就当是吧。乐酒忘忧间，手中泛绿的浊酒化作玉液琼浆，那不受控制的奇异快乐不可遏制地把所有烦恼驱散，牢牢占据眼前的须臾时光。

“他到底在做什么，弹的不是魔音，他又在弹些什么？”李飞儿问。

“他弹的是他的人生。”杜晓月似乎听懂顾泫机的琴音了。

“荒唐，在这浪费时间。”欧阳果冷笑一声。

再几口酒下去，连眼前的一方天地也容不下他了，似乎在琴音中旁若无人醉舞起来，万事万物都变得荒诞离奇却又无从怀疑，一口酒下去，喷出一道剑气，乘着那剑气就可直上青天将明月揽在怀中，再一口气又吹落数颗星是。

一曲弹罢，顾泫机长叹一口气，似乎从十年的醉梦中第一次清醒过来，语气是前所未有的冷静严肃，叹道：“我虽被逐出师门，但《琴诀》是广陵琴派之物，我不愿将它交给那位先生。”

“你果然靠不住……”欧阳果似乎不大意外，说，“我早就和先生说过，别相信你。”

顾泫机继续说：“但那位先生与我有恩，我也不愿与他为敌。”

“那你到底站在哪一边？”杜晓月问。

“无论我站在哪一方，动起手来都是欺负你们这些小辈。哎，算了，我老了，这事就不参与了，你们自己玩吧……”说着顾泫机大步走开，下楼去了，留下一串长长的笑声。

“师父，你去哪？别走啊！”甄三喊着，顾泫机却头也不回。

“我早就和那位先生说过，你注定会是叛徒！狷狂酒徒，难堪大用！”欧阳果见他走了，很是愤怒，朝他背影大喊道。

“我会将此事禀报那位先生的！”流风跟着咆哮道，气得快要发抖。

欧阳果见顾泫机彻底没影了，摇摇头说：“流风先生虽然琴力不高，但深明大义，忠心耿耿。比起那些不靠谱的酒徒，‘昱’需要的还是你这样的人。”

“流风愿为您前驱。”流风低着头虔诚地说，“只要廉贞大人开心，我什么都愿意做。”

“你的琴力不及他们，这里帮不上，先退下吧。”欧阳果满意地点头，接着望向甄三，问道，“甄三，你师父已经走了，你要怎么选？和他一样做个叛徒，还是愿意把《琴诀》交给‘昱’，为了大义而战？”

“甄三永不背叛‘昱’。”甄三说完恭敬地朝欧阳果跪下。

“好！”欧阳果笑了，抬手让甄三起身，说，“如今你学了奇音，实力早就远超同龄人。以你的本事，再加上我，对付这几个小毛头绰绰有余。”

李飞儿和杜晓月二人死死地盯着欧阳果，心都快跳到了嗓子眼。欧阳果身为九曜星之一的廉贞，实力实在不知深浅。

“晓月，我知道你一时半会儿不会回心转意，但是非要为旁边这个傲慢无知又愚蠢得不可救药的家伙陪葬吗？”欧阳果望向杜晓月说。

“你说谁呢！”李飞儿怒喝道。

“她是我的伙伴，我会和她并肩战斗到底。”杜晓月坚定地答道。

“好吧，可惜了，真是没办法，看来这就是你的命吧。非要垂死挣扎一番，那就成全你们。”欧阳果说着不紧不慢卸下琴囊。

见到欧阳果的动作，李飞儿和杜晓月也急忙取出琴，欧阳果还在慢条斯理地打开琴囊，李飞儿二人已经端坐在地，手伏在琴上严阵以待。

欧阳果把琴取出的瞬间，杜晓月的大脑像被一道闪电击中，她一下子认出来那琴，惊悚和悲伤一起涌上心头：“那……那雨歌真的在欧阳果手里！！”

三十八　抉择

“琴是有灵魂的，雨歌知道我才是它的主人，是不会为你所用的！”杜晓月目不转睛盯着雨歌，就像是看着被绑架的孩子。

“你还是太幼稚了，说什么琴有灵魂，那不过是弹琴着魔之人的幻想而已。琴不过是个器物，是没有生命的，说白了，就是木头。”欧阳果望着杜晓月说着，玉葱般的指尖已悬在琴弦上空，“只有在琴师手里，琴才能发挥出它的用处。”

李飞儿朝纪破虏暗暗使了个眼色，用力把手中的盒子往空中一抛，大喊一声：“接住！快跑！”

纪破虏一跃而起，稳稳接住盒子，一个箭步就朝楼下冲去。

“想跑？”欧阳果冷笑一声，修长的手指在琴弦上一拨。

杜晓月还没反应过来，李飞儿已经抢在欧阳果前面催动琴弦，嘴里怒喝道：“动如雷震！”

李飞儿直接使出了三秦派琴法的最高境界“动如雷震”。她的琴音化作一头墨色麒麟，朝欧阳果咆哮冲去。整个屋子都被麒麟乌云般浓密的威压笼罩，浓密的黑云中隐隐酝酿着深紫色暗流。麒麟碧色的眼芒凌厉凶猛，怒睁的碧眼中闪烁着银黄色电芒，四只爪子极速奔跑间化作幻影，越奔越疾，撞破一道风墙，紧接着一阵音爆过后，怒目中闪耀的电芒喷薄而出笼罩全身，麒麟通体被耀眼的金色覆盖，那纯然无瑕的金光辉耀在不可思议的一念间成为锐利锋芒，如白虹贯日砸向前去，还未看得分明，旋即震荡出炸裂耳膜的轰鸣。

欧阳果仍是微笑着，不慌不忙间，她的琴音也起了。雨歌的琴音像是一朵朵绯红的桃花，徐徐盛开，却越开越多，永无止境，直到铺天盖地侵压万物，那红色令人迷狂，令人心颤，令人失神落魄，炫目的红色迷乱了整个尘世，众人眼前纷纷朦胧迷幻起来，所有牢不可破的信念都摇摇欲坠，满腔誓不罢休的热血都悄然冷却，温柔醉梦间沉沉坠入被无尽桃林席卷的梦幻异世，花是深深浅浅的红，天是缤纷斑斓的紫，弥漫着痴狂芳香的天地乾坤在不停地颠倒旋转。

那头迅猛的金色麒麟一头撞入桃花林，金色褪去，就像撞入了一道通往虚空之门，瞬间冰雪般消散，消失得悄无声息。

纪破虏被雨歌的琴音摄住心神，跌倒在地，紧紧抓着盒子的右手松了开来，倒在地上的侧脸却带着诡异的微笑。

杜晓月本想弹琴相抗，却也瞬间被这声音俘获，动弹不得。

“可恶，九曜星的实力恐怖如斯，竟一点反抗之力都没有吗？”李飞儿表情痛苦，努力抵制这弥漫着迷醉香气的琴音，想要挣扎却感觉浑身使不上力。

甄三也是头一次亲眼见到这恐怖的实力，震撼得浑身战栗，说不出话，好半天才做出反应，不受控制地朝欧阳果跪拜在地说：“廉贞大人果然琴音绝世。”

欧阳果继续弹奏。此刻的杜晓月被一种前所未有的异样的安详幸福充盈着整个身心，在欧阳果琴音中的梦幻世界，她是第一次体会到如此极致的快乐，这里只有快乐，没有人世间纷繁嘈杂的痛苦，她好想永远在这里待下去，不再醒来，在这里沉睡，化成这极乐净土的一株桃花。

真实和虚幻真的存在界限吗？

虚幻是等待即将溃散的真实，真实也许只是迟迟不肯破灭的虚幻。

“就让我在这里永远地睡去吧……”杜晓月两眼失神，喃喃说道。

“晓月，你怎么了，快醒醒！”李飞儿仍有神志，咬着牙死抗，痛苦地挤出几个字想要叫醒杜晓月。

欧阳果琴音已经停下，李飞儿望见杜晓月仍愣着没有反应，依旧呆滞地望着虚空。

“就让我来结束他们吧。”甄三眼睛盯着地面，不敢抬头，豆大的汗珠顺着额头淌下。

仅仅一个欧阳果就如此可怕，甄三此时深刻地意识到一件事，那就是永远不能背叛“昱”，否则下场将极为恐怖，此刻他只想借此机会表现对“昱”的忠心，不敢去想如果当时和师父顾泫机一起离开将会面临怎样的后果。

“杜晓月，快醒醒啊！此时我们毫无抵抗之力，一旦让甄三出手，我们只有死路一条！”李飞儿摇晃着傻了似的杜晓月喊道。

杜晓月还是痴痴地微笑着没有反应，仿佛魂魄永远留在了那琴音创造的异世空间中。纪破虏晕倒在地，杜晓月也像是魔怔了一样，此刻只有李飞儿还保留着清醒的意识，那种无助孤独是前所未有的。

“我不过是九曜星中实力最差的，你们就已毫无还手之力了。就凭你们，实在不是‘昱’的对手。”欧阳果冰冷的目光流露出一丝怜悯，“放弃吧，和那位先生作对没有好下场的。”

“廉贞大人，不要心软，留着他们这几个祸害，还不知道以后会生出什么麻烦！快下令吧，您一声令下，我就结果了他们！”甄三说话时仍在跪着。

欧阳果沉默着，琴音已经停下许久了，杜晓月这时才猛地大吸一口气，像刚从深海浮出水面。她从未感觉到像此刻这般虚弱，连喘气都有些吃力。刚才甄三的话她听见了。

“晓月，这真的是最后的机会了，否则，你这条命我也保不住了。”欧阳果说话时不经意间抿了下嘴角，她对杜晓月的语气仍尽力保持着柔和，但听得出来似乎开始失去耐心了。

不安的预感进入李飞儿心中，她望向杜晓月，拳头不由得攥紧起来。

李飞儿一向自诩看人的眼光很毒辣，她不是不相信杜晓月，只是常理来说，这种情景下一个黄毛丫头早就吓得魂飞魄散了。

“不，我宁可死也绝不会为昱组织所用。”杜晓月高声答道，由于体力不支说完后呼吸变得有些急促。

听了杜晓月的回答，李飞儿先是一怔，然后笑了。

“傻孩子……”欧阳果叹口气闭上了眼睛，朝甄三点了下头。

甄三明白欧阳果这是起了杀心，反倒愣在了原地，手指发起抖来，颤颤巍巍地，却难以向琴伸去。

此刻真要动手了，他面对杜晓月居然犹豫起来。广陵琴派里，甄三出身最低，其他弟子少有把他当回事的，大多对他敬而远之或是呼来喝去，虽然名义上同为师兄弟，但那些人每句话每个表情无时无刻不在提醒着他——他们不是一类人。就像一只被迫混在猫群里的狗，猫是何等高傲，狗得不停地摇着尾巴，那尾巴每晃一下，心就刺痛一下。纵使没人理它，尾巴也得摇下去，不摇只会让它更压抑。

只有杜晓月总是称他为“甄师兄”，对他和其他人一样。他从未为自己的选择犹豫后悔过，但此刻面对无辜的杜晓月，他开始恍惚起来。

在最开始的时候，他只想着出人头地，琴弦在他眼里是一座向上的阶梯，他要不顾一切地向上爬。“昙”的人愿意重用他，愿意传授他琴艺，所以他就愿意为“昙”驱使。但没想到，后来竟会发展到被广陵琴派逐出师门的地步。如今，在见识到“昙”如此恐怖的实力后，甄三知道自己是无力违抗他们的，如果不继续听从“昙”的差遣绝对没有活路。

他头脑又热又涨，望着自己长满老茧的双手，也不知道怎么走到了这一步。而现在他要做出抉择，是要他自己的命，还是眼前这几个人的命。

“就算我不动手，廉贞大人也会动手的。这是昙要他们的命，不是我……我还想活，我还要出人头地，我还要让父老乡亲们为我骄傲。只要我动手了，就会得到那位先生的信任，就离梦想变成现实就更近了一步。”甄三在心里一遍遍和自己这样说，手却颤抖得更厉害了。

“我堂堂李飞儿没想到会死在这儿，还和一个黄毛丫头在一块儿。我平生没几个人瞧得上，更没什么朋友。”李飞儿望着屋顶阳光射进来的那道缝隙笑着说，说完望向杜晓月，“向来以为你们广陵琴派都是些手无缚鸡之力而又自命不凡的软弱文人，除了整日空谈些迂腐之论无甚作为，今日所见方知，是我看错了。”

说完，李飞儿仰头望天，一行热泪从脸颊滑落。

“你是我见过的最厉害的女子。”杜晓月也笑了，喘气还没有完全平息下来，说完就咳嗽起来。

“身死不足为惜，只可惜阻拦不住他们了，但我坚信天道昭彰，昙组织的阴谋终究不会得逞的。”李飞儿笑道，到了这一刻语气反倒轻松起来。

彤云阁外冷风嗖嗖。阁顶屋檐上红嘴蓝鹊发出难听的叫声。

良久，杜晓月慢慢抬起头，抬头的瞬间坚决起来：“只是，谁说已经结束了。”

李飞儿先是一愣，接着笑道：“是啊，你看看我，到头来还没一个丫头有信念，怎么就已经言败了。”

“我还没出手呢。”杜晓月笑着望向李飞儿说。

“对战场上的将士而言，荣耀不只是凯旋，哪怕黄沙百战后血肉魂魄化作飞沙，只要有不破不还的坚定信念就都是真正的勇士。”李飞儿的语气变得凌厉，眼睛里闪过利剑的锋芒，“真的猛者不会被打败，那震慑敌人的铁血意志与躯壳的保全无关，即使身死仍将浩气长存。此刻，我愿用生命来贯彻。昱组织那些仓皇鼠辈终究会被消灭的！”

“说得好。我的阿爷教过我，全其性命而碌碌苟活的人很多，人生一世，只要奉行善道，做几件利于百姓众生的事也不算枉过了。即使我们牺牲了，也会向天下人暴露出昱组织的存在，琴界的人都会惊醒，团结起来对抗他们。无论如何，我们绝不能屈服。”杜晓月说话时冷眼望着欧阳果，毫无惧色。

“晓月，听完你此言，我觉得你还倒真算是个英雄。就算和你一起赴死，也算值了。”李飞儿笑道。

“野老说，弹琴时呼吸最是根本，我这样喘着粗气，手上起伏太大根本控制不好琴音。”杜晓月想着不再说话，闭上眼睛，凝神屏息，抛却杂念。

野老的声音又回响在杜晓月耳畔。

“乌龟呼吸就没点动静！”

“你身上是没有起伏，但你心中的起伏还没有平息。”

这些话像一道道白光照亮杜晓月的心间。

“心中的起伏……”杜晓月呼吸渐渐平息下来，安静端坐，像是入定老僧静成了一座塑像。

彤云阁外的日头越来越高了，屋顶射进的阳光越发明亮起来，映出空气中那些飘浮的细微灰尘，在杜晓月身上照耀出一层圣洁的暖黄光晕。

“遗言说够了吧。”甄三说，此刻他身上的战栗也消失了。

他站在黑暗中，眼神比往常都更加阴冷，仿佛已经蜕变成了嗜血无情的恶狼，紧盯着猎物，磨着牙伏在地上，伺机杀戮。

三十九　空明水境

甄三的琴音化作飞速生长的血色怒莲，从水面挣扎拔出直插天空，在空中旋转扭曲变形，随着血色从根茎花瓣中渗出，竟幻化成一头流着鲜血的丑陋恶龙。恶龙浑身鳞片皆是炙红的铁甲，汩汩鲜血正从缝隙中不住地漫出，恶龙的眼睛仿佛是来自幽冥的熊熊烈焰，其颜色是比身子更深更暗的赤红。恶龙痛苦地嘶吼挣扎着，在空中不停地痛苦扭动着，像是被无形的铁链不断鞭挞着。

“甄三的琴音比上次更加可怕了。”杜晓月倒吸了一口冷气。

“难知如阴！”李飞儿紧闭着眼睛沉声道，手上动作缭乱。

一时间乌云密布，肃杀的气息笼罩一切，层层堆叠的黑色云层里暗流涌动，有耀眼的电光不时闪烁，隐隐雷声像是洪荒古神的心脏震动般轰鸣。

那恶龙被阴暗的云层缠绕住，感知到随时会有闪电劈向自己，有些畏缩，从乌云密布的半空往地面飞去。

“动如雷震！”李飞儿大喝道！

瞬间一只伤痕累累的墨色麒麟从云层中冲出，化作万钧雷霆，白芒刺破长空，直击向红色恶龙。恶龙被重重一击，狰狞地哀号一声，从天空坠落。麒麟像是使完了最后一丝力气，虚弱地躺在一片云上，经过刚才的奋力一击，麒麟额头也留下一道闪电状的伤痕，渗出鲜血。

见二人已经动起手来，欧阳果和杜晓月也同时催动琴弦。

欧阳果的琴音在坠落的恶龙下方化作一片红色的桃花林，桃林中的花瓣纷纷脱落，升起，聚拢盘旋，化作一片红云，接住了恶龙。恶龙缓过神来，喷着怒气，死死地盯着空中那头麒麟。

杜晓月的琴音也起了，那乌云密布的天空竟下起雨来。水汽弥漫，雨水滴落在麒麟身上，淌到额头伤口上，伤口竟渐渐愈合。这澄澈清明的雨水洒向大地，恶龙身上的火焰被雨水浇熄了，冒出丝丝白烟，它讨厌这雨水，快速逃窜躲到桃树下，使劲儿抖落身上的雨。

"她不过商阶的琴力，这怎么可能？"甄三心中暗暗惊道。

雨水洒到那片妖艳的桃林上，桃花诡异的红竟渐渐褪去，显露出一丝白色。

欧阳果笑了，淡淡地说："不愧是杜晓月，这次琴力又大有长进了，总是让人充满意外。看样子我得拿出点真本事了。"

"好样的，继续！"李飞儿见杜晓月的琴音竟然发挥作用，有些欣喜。

"好，我们一起，再来！"杜晓月点头说。

雨水渐渐停了，琴音变得更加微妙，随着琴音，麒麟身上的雨水，渐渐凝滞，杜晓月轮指，散乱的雨滴渐渐倒流聚拢，形成一个个晶莹的圆形水球。杜晓月俯身一划，一阵音浪，瞬间水球破碎，猛然间再度紧紧收缩，化成一片片锋利的刀尖形，刹那间凝结成冰刃，像一副冰霜铠甲覆盖了麒麟的全身。那冰霜铠甲散发着极寒之气，凝结了四方的空气，远远望去是一片白雾。

"有趣。"欧阳果微笑着闭上眼睛，指尖轻抹，琴音更加妖异摄魂。

桃花林中的树根深深地向大地扎去，像是刺破大地的动脉榨取血液，桃树们贪婪地摄取着大地的鲜血，一时间树上泛白的桃花又充血鲜艳起来。

欧阳果轻轻一挑琴弦，所有的桃花瓣开始晃动起来，猛然间全部挣脱了枝干倏忽飞向天空，大地上只留下一片光秃秃的树干。

那桃花瓣像巨大的蜂群一样悬起来，像是从大地上升起一片灿烂的红云，这庞大的红色覆盖整个大地，天上密布着浓重的乌云，霎时间分不清哪里是天，哪里是地。红云渐渐升到恶龙身边，聚拢起来将恶龙包围，恶龙见状恐慌起来，呻吟着想要逃窜，但刚要蹿起，红云陡然间猛烈收缩，那收缩的狂暴瞬间犹如反向的爆炸。

恶龙被红云吞没蚕食，须臾间没了动静。见到这恐怖的景象，冰甲麒麟也感到畏惧，俯下身子，前爪牢牢地扣紧地面，发出低沉的嘶吼。

山崩地裂，那红云缠绕的地方传来一阵不可名状的恐怖嘶鸣，像是无尽深渊中的恶魔在向人间发出怒吼，那声音的恐怖能令凡人胆寒到瞬间五脏六腑震烈而亡。

红云中的恶龙消失了，一条长着三个脑袋的巨蛇，从红云中缓缓探出，足有一座山高。

“这，这……”杜晓月和李飞儿二人一时间都呆住了。

三头巨蛇的下半身都淹没在红云中，每只脑袋都比一座楼船要大，嘶嘶吐着信子，每双眼睛颜色都不一样，闪烁着妖艳诡异的光芒。最左边一只脑袋最先伸了出来，眼睛是深紫色的，黑色的狭长瞳孔像是一道通往无尽深渊的裂缝。

它凝视着杜晓月，杜晓月只感觉仿佛被猛地吸入，跌落进那无尽的深处，被黑色笼罩，眼前闪现出无数不可思议光怪陆离的碎片，不停地坠落，坠落，却永远没有尽头，那种可怕的失重感，让人觉得世间万物都在飞速逝去，万丈高楼轰然倒塌沙子般滑落，就连坚实的大地也在塌陷中化为吞噬一切的深渊。

“这样下去不行，得稳住。”杜晓月顶着巨大的恍惚感，手上仍在吃力地弹奏着。

“看我的！”李飞儿喝道。

冰甲麒麟直撞向那蛇的第一个脑袋，身上的冰甲化作飞刃向那只眼睛扎去。见攻势袭来，三头蛇闭上了深紫的眼睛。冰刃撞到了蛇的眼睑，像是撞到了岩石掉落下来，只擦出几道轻微的划痕。

杜晓月感觉坠落停了下来，但仍眩晕得想吐。三头蛇的第二个脑袋探了出来，纯白色的瞳孔镶嵌在宝石般深蓝色的眼眸中。那深蓝的眼睛像波动的湖面，白色瞳孔像是湖水中摇晃的月亮，随着那水中月摇晃得越来越剧烈，杜晓月感觉自己越来越晕，恐慌心悸，浑身颤抖。

这月亮越是摇晃，杜晓月越感到一种强烈的虚无，仿佛世间的一切随时都会“嘭”的一声如泡沫般湮灭，如灯灭后陷入永恒的黑暗。所有看似牢不可破的存在都变得疏离起来，皆是幻象。若隐若现的低语声在耳畔回响，那声音喋喋不休不曾停过，从上古就存在，直到此刻方才听清，那不知疲倦的呢喃在诉说一切的真相。

“我真的存在吗？还是这一切只是一个幻象，一个梦？为什么有万物存在而不是一片虚无？为什么存在总是短暂的，而虚无却总是永恒的？为什么一切都终将不可避免地湮灭，为什么一切都趋于混乱和无序，这一切的尽头难道是永恒的寂静黑暗……”

杜晓月感觉眼前的世界解体了，所有的感官失效，灵魂消散在宇宙中，只剩虚无，那万物奔赴的尽头，是唯一的实在。

“我还能顶得住……”李飞儿声音微弱，小得只有自己能听见。

巨蛇第三个脑袋探出来了，睁开了殷红的眼睛，那瞳孔是极致的罪恶，是对万物的亵渎。水中的月亮破碎了，化作带着不祥气息的猩红利刃飞刺而来。不，那随之而来的刺痛不是来自利刃，而是来自每根正在碎裂的骨髓深处，来自每滴燃烧起来的血液，世间所有的痛苦悲伤加于一身，撕咬，吞噬，腐烂。

“为什么？！我做错了什么，为什么要这样对我？为什么要这样对我？我不喜欢这一切……”杜晓月没有哭，但满脸是泪。

所有痛苦的回忆一起涌现吞没了杜晓月，杜晓月面无表情地坠入了深黑的海底，嘴里咕咚咕咚地冒着气泡，慢慢地，气泡也消失了。

“咳……”一口鲜血咳出，李飞儿身形晃了两下，背对着杜晓月倒落在地，看不到脸，发束散了开来。

“结束了。”甄三说。

彤云阁再一次安静了，阁外的天空阳光明媚，风吹着古柏，是个晴朗的美丽冬日。

欧阳果轻轻站起身，用袖口拭去额上的汗珠，转过身去，面对着墙，长舒一口气：“可惜了，傻孩子。”

甄三走到纪破虏身前，拾起木盒确认一番，笑了。

“廉贞大人，《琴诀》是您的了！”甄三恭敬地把盒子端到欧阳果身后说。

欧阳果没有答话。

刘云止突然闯入楼梯口，望着眼前的一切，难以接受，他失魂落魄地大喊道：“你们做了什么？”

“刘云止，你来了？”甄三望着刘云止神情很复杂，说，“可惜了，晚一步。”

杜晓月的指尖颤动了一下。在那痛苦的海底深处，杜晓月不是第一次来到这里，她曾经陷入过黑暗，在那个情绪失控赶走兔千岁的夜晚。这一次，虽然经过历练，但在这极致的痛苦面前，她依然只是个无助的小女孩。

黑暗中，杜晓月的耳畔又响起了野老的声音：

“你小小年纪，心里为何会如此悲伤？”

“怎样可以没有悲伤呢？”

“变成水。变成水的时候，就不会悲伤了。”

杜晓月的嘴唇翕动，但没发出声响：“变成水。”

在那个旷野中的修行，野老让她走进冰冷的水中，直到和水融为一体。

一年来的记忆不停闪现出来，在琼花林间的欢乐时光，习练《碣石调·幽兰》时被兔千岁拿萝卜敲脑袋，运河畔与师父陆奇的对话，未始源中的修行……

“变成水……”杜晓月喃喃道。

“她还活着？”欧阳果回过身。

一股清泉从心底涌出，涤荡一切尘埃，在黑暗中化作一道明亮的白光，一切变得清明，那心底澄澈的泉水汩汩地涌出，驱散一切痛苦，黑暗的世界重又光明起来。伤痕累累的心慢慢愈合，变得澄澈明净，不再沾染任何悲喜。

杜晓月支撑着坐立起来。

“晓月！”刘云止惊呼。

“怎么可能？”欧阳果和甄三同时震惊了。

杜晓月轻轻抬手撩开额前的头发，微微笑了。

琴音如天降甘霖涤荡万物，祥和温暖的阳光透过云层照在雨上，细密的雨帘也在照耀下成了金色水幕，闪耀着圣洁光辉。雨水落在李飞儿身上，落在纪破虏身上，雨滴滑过脸颊，他们渐渐苏醒过来，迷迷糊糊间揉了揉脑袋。

“不好，得阻止她！”甄三叫道，紧跟着弹奏起来。

那三头巨蛇再次出现，不甘地嘶鸣着，紫色的、蓝色的、红色的眼睛一齐睁开。

杜晓月却似乎没有察觉，她已化成了水，世间万物也化成了水，两股水汇聚融合在一块，自由奔涌，生生不息，源源不绝，直到一片空明。远方与此地没了分别，过去未来与此时也没了分别，所有已然或未然的因果全都明白呈现出来，无数因缘际会如无尽的波涛在永不停歇地奔流涌动着，那一朵朵浪花便是尘世间一场场悲欢离合。

那场景渐渐宏阔起来，突破了辽阔的极致后，一切重又变得渺小，眼前这翻天覆地的波涛，在苍茫中也只是极其微小的一颗水珠罢了。在遥远的虚无深处传来的光芒中，这一粒晶莹的水珠闪烁着，和万千颗水珠蜉蝣般飘荡在永恒的虚空中，每粒水珠都只是这永恒光芒震颤出的幻影，每粒水珠就是一个娑婆世界。

这一切不会结束，因为这一切未曾开始。

“不可能！她不过是商阶的琴力，怎么可能丝毫不受影响。”甄三猛烈地摇着头无法相信眼前的事情，呆呆地吞了下口水。

“这，这难道是……”欧阳果也愣住了，嘴里念叨道，“《神异秘谱》中提过，奇音只会在一种情况下失效，那就是面对空明水境。难道她已经领悟到了这种境界？怎么会，她不过是个十几岁的丫头！”

“空明水境？”甄三有些慌张地念叨一句，很快面色又阴狠起来，“管你什么境界，我不信，我练了这么久琴还赢不过你！”

甄三催动琴弦，三头蛇猛地向杜晓月袭来。

正当此时，霎时间狂风大作，三头巨蛇被这股风暴阻挡住，一只硕大的凤凰赫然跃起在空中，正扑扇着巨大的翅膀护住了杜晓月，这是刘云止的琴音！

“师兄在这儿，他伤不了你！”刘云止说。

在场的所有人的琴音几乎是同时间响起来。雪吹、来凰、墨麟和雨歌、百衲的声音交织在一块，汇成一种莫名和谐而奇异宏阔的乐章。

那缭绕在巨蛇身下的红云升腾起来，红云中飘舞的绯红的桃花碎裂成更小的碎片，在红云中心收缩汇聚，那汇聚起点的红色变得越来越深，光芒也越来越刺眼，接着伴随着震裂耳膜的音浪猛烈爆射出一道红色光波向众人冲来。

一股滔天的巨浪凭空涌现，奔涌着与那红光对撞在空中。凤凰挥舞着巨大的翅膀，掀起一道狂风，墨麟化作金光霹雳，与那铺天盖地的狂风巨浪一齐向前攻去。巨浪滔天，狂风四起，电闪雷鸣，三股力量交汇，竟爆发出更加耀眼的蓝紫色光波。

两股光波对撞在一处，眼前的画面有些扭曲，附近的时空都被击碎，那是毁天灭地的骇人能量。

终于，蓝色压倒了红色，众人齐心协力，这光芒变得更加强大，在这力量面前，三头蛇渺小得像是蚯蚓一样。

“啪”的一声，雨歌的羽弦崩断了，断弦弹到空中，在欧阳果手心打出一道红印。她的琴力已经穷尽，雨歌也承受不住了。

红云和巨蛇化作红光消散了。

“我说过，雨歌不会为你所用的。”杜晓月说。

李飞儿站起身，用右手拇指抹去嘴角左边的血迹，望向欧阳果说：“你不是我们的对手，弦也断了，乖乖束手就擒吧。”

“这回你跑不掉了。”纪破虏说着已经拦住楼梯口。

“果然没有让我失望啊，晓月。”欧阳果垂下眼睑，轻哼一声，接着淡淡笑了，说，“会有那么一天的，会有那么一天，在午夜梦回的时候，你对一切感到厌倦。你厌倦愚昧的世人，厌倦荒谬的世事，甚至是厌倦可笑的命运本身。到了那一天，你会愿意成为我们的一员的。”

“到现在还在蛊惑，晓月不是你说的那种人！”李飞儿厉声喝止。

“你那么聪明，岂会不知‘太高人愈妒，过洁世同嫌’的道理。”欧阳果自顾自地说，“当你厌倦了这污浊的尘世试图改变些什么时，都是对他们习以为常生活的颠覆。他们不会思考，被灌输的观念却根深蒂固，你异于世人的所作所为对他们而言是一种无法容忍的挑衅。那时，他们会容不下你的。”

欧阳果说完，趁众人没反应过来已经抱起雨歌冲向西边的窗户，撞破了封着窗户的木板，从三层楼上跳了下去。

四十　少年时

“后来呢？”吴大娘问，手在用力揉着面团。

有些东西在当时不大觉得出来，但若离了一阵子就会开始念想，吴大娘蒸饼的滋味就是这样。

杜晓月和刘云止二人正站在大娘旁边。自打他们来到蒸饼店，吴大娘就没休息过，切菜、剁馅、和面，在后厨里忙个不停，他们虽想帮忙却也帮不上，大娘说怕面粉把衣服弄脏，不让他们靠近。

“大娘，你一个人每天干这么多活，不累吗？”杜晓月问。

“不累，有活可干才是幸福。”吴大娘笑着说，脸上的皱纹像是白面馄饨的褶子，接着努嘴问道，“快说呀，后来呢，欧阳果那帮人后来怎么样了？”

“后来，甄三、流风也跟着跳了出去。那外面柏树很高，他们落在树上掉下去，似乎只受了轻伤，地上有摊血迹，也不知是谁的。他们抢了我们的马，骑马跑了。”杜晓月说，“没了马，我们也追不上了。”

“亡命之徒。”刘云止说。他很后怕，竟让杜晓月置身于这样的险地，只恨自己当时没早点赶到。

“就这么让他们跑了？”吴大娘问，说着用抹布擦了擦手。

“纪大侠这几日一直在城内外追查他们的线索，但他们杳无踪迹，很可能离开扬州城跑远了。”说到这儿，杜晓月突然笑了起来，“可乐坏我了，当时楼里那个黑人大哥脸都吓白了，要是你能看见他那表情就好了。我们在那大战一场，他在楼下都听傻了，完全不知道发生了什么。”

见杜晓月乐得那么开心，吴大娘也乐了，她似乎有些累了，稍微歇息片刻，问道：“对了，那个什么来着，《琴诀》呢，让那李飞儿给抢走了？”

“没有，她把《琴诀》交给我了。”杜晓月说。

“她之前不是说，《琴诀》能帮助她对抗昱组织吗，怎么突然间就不要了？”吴大娘有些诧异。

“其实我也没完全搞明白她怎么一下子就变了。只是听她说，之前小看我了，说《琴诀》本来就是广陵琴派的，对于她三秦派的琴法帮助没那么大，我来修炼会效果更好。还说把《琴诀》留给我练习，将来可以帮助她。”杜晓月说。

“是啊，《琴诀》本就是广陵琴派之物，她若是真敢抢走，那等于得罪了我们全广陵派的人。”刘云止笑着补充道，“听说晓月师妹得了《琴诀》，大家都羡慕极了，师父反复翻了几遍，确认了《琴诀》是真的，更是目瞪口呆。晓月师妹本想把《琴诀》借给师父看，但师父拒绝了，说按照规矩，这书现在就是晓月师妹的，除了她，别人都不能看。”

“师兄也是有宝贝的人，之前在定阶大会上，师父将《凤翔千仞》传给师兄，那也是薛易简先生所留的。”杜晓月笑道。

“这《凤翔千仞》太过奥妙，我现在还参悟不透，其中技巧远远不是我现在所能掌握的。”刘云止说。

“你们两个少年真是不简单啊，看来广陵琴派下一代的希望都寄托在你们两个身上了。”吴大娘和完面，用布擦手。

“对了，光顾着说，忘了那东西了。”杜晓月说着打开包裹取出那个用来装《琴诀》的破盒子，递给吴大娘，“这是大明寺丹泥禅师交代我给你的。”

吴大娘把盒子举在眼前端详，有些疑惑，问道：“这破盒子是？”

“我也不知道是什么。”杜晓月说。

“大明寺的丹泥禅师？我不认识什么和尚啊？”吴丹娘更加困惑了，嘴里念叨着，“丹泥，丹泥……”

她似乎突然想起来什么，一拍脑袋，说：“丹泥禅师，不是那个传闻被绑架了灌下黄豆的倒霉和尚吗？”

“是啊，就是他。”杜晓月说着望向吴大娘，“怎么样，大娘，你弄明白这盒子是怎么回事了吗？”

吴大娘把那个盒子上上下下地看，实在没有头绪，说：“没有，实在不知道那个什么丹泥禅师把这破盒子给我做什么。”

正端详着，吴大娘眼前一亮，对着盒子某处眯缝起眼睛，小声惊呼：“这好像有字！字太小了，我看不清，你帮我看看！”

杜晓月接过盒子，果然有一行字之前竟没发现。她一个字一个字地读了出来：“‘劝君莫惜金缕衣，劝君惜取少年时。花开堪折直须折，莫待无花空折枝。’这首诗我在哪里听过似的，大娘你知道这诗是什么意思吗？”

杜晓月抬起头望向吴大娘，却发现她已经呆住了，目光有些失神，喃喃自语：“我知道了，是他呀。”

“他是谁？”刘云止问。

“哦，没什么，不过是儿时邻家的一个哥哥，记得那时我们常在一起玩。”吴大娘回过神来，笑着说，“原来是那个人，他竟做了和尚吗？”

“大娘你确定，他就是丹泥禅师？”杜晓月问。

吴大娘点点头，道：“我入宫前，他硬要我送他个什么东西留作纪念，当时家里穷，我也没什么东西，就把自己的首饰盒送给他了。没想到这么个破盒子，他竟留了这么多年。”

“入宫！大娘你曾是宫里的人？”杜晓月很惊讶，刘云止也愣住了。

吴大娘不小心说漏了嘴，连忙捂住嘴，显得有些慌张，四下望了望，道：“都是前尘往事了，没什么好提的。”

听到真有这么一回事，杜晓月更吃惊了，再次打量起眼前这个整日在蒸饼店里忙活的老大娘，虽然满脸褶子，但白白胖胖的，确实是一脸福相，看得出来年轻时是个风姿绰约的美人。

“大娘，就给我讲讲宫里的事吧！”杜晓月求着大娘。

吴大娘没有答话，杜晓月就不停地拽着她胳膊央求着：“求求你了，大娘！反正我们都知道了，我保证不告诉别人！”

吴大娘实在拗不过，她洗干净手坐到桌子前，细细讲了起来：“我真名叫杜秋娘……年轻时也算是个远近闻名的美人，虽然家里穷，但有不少男儿喜欢我，我却对那些人都看不上，总幻想有一天能飞上枝头变凤凰，入宫去，当皇妃。

“身边围着的那些男孩子里最照顾我的，就是邻居家的那个大哥哥，我一张口，无论再难完成的事他都会去做。现在想来，那时候的我没心没肺，没少戏弄他，还和那个大哥哥说过‘若长大后没法进宫就嫁给他’那样的玩笑话。当时的我觉得生活乏味极了，总觉得自己的样貌不比谁差，有进宫当妃子的本钱。

“出人意料的是，直到那一日我的生活彻底改变了。一日走在街上，一辆豪华马车突然停在我身边，车里下来一个男人，他说自己权势滔天，要纳我做妾。虽然比起妃子，当个大臣的小妾是差了点，但我想都没想就同意了，当时的我只想逃脱生来贫穷的环境。

“我跟邻居们告别，大家都为我高兴，只有那个大哥哥傻住了一样，直到我走出去好几步，他才叫住我，要我留下件东西作为纪念。我也没啥东西，那旧首饰盒以后肯定用不上了，就随手送给了他。

“谁能想到，那个大臣竟然谋反，后来失败了，被杀了头。好在我的幸运并没结束。皇帝发现了我，我如愿以偿成了真正的妃子。再后来，皇帝去世了，新皇帝让我做他儿子的傅姆。再后来，他儿子的爵位被废了，我也没了身份，被赶回故乡。我什么也没有了，只能回到了从小长大的那个巷子，儿时熟识的邻居们大多不在了，也不奇怪，毕竟是兵荒马乱的年代。终于没人认识我了，只剩一个人，又老又穷。”

吴大娘又笑了，眼睛有些湿润，那神情谁都读不懂：“说到这儿，还得感谢你阿爷。他听说我的故事后，给了我一笔钱，我就拿这笔钱，隐姓埋名，开了间蒸饼店，没想到后来生意竟越来越好。在宫里的日子很闲，妃子们来自天南地北，大家闲着没事，最爱聊天，说得最多的就是各种家乡菜的做法，所以我在那学会了不少秘方，这蒸饼店现在这么红火，离不开这些秘方。”

“宫里的生活是什么样啊？一定住得很宽敞吧？”杜晓月问。

“什么呀，皇宫是大，可是妃子也太多了，一个院子里住好几个人，不比百姓住得舒心自在。”

“那你怀念宫中的日子吗？”

“不会，进了宫后我才发现以前的幻想多么可笑，当妃子一点意思都没有。每日定时起床、更衣、吃饭、请安、念佛，日复一日，哪也不让去，什么活儿也不让干，也不能在床上歪着，只能干坐着，那才是受罪。更别提后宫那些钩心斗角的事了，今日得宠明日送命都是常有的。再让我去过那日子，我死活也不会去了。”吴大娘轻哼一声，声音小到只有她自己能听见，“还是现在的日子过得踏实，天天有事做，我现在比以前任何时候都要幸福。”

“大娘好福气，有这么个生意红火的店，谁不高兴呢？”杜晓月说。大家都笑了。

吴大娘笑着笑着停了下来，自言自语起来：“还是搞不懂，那么嘻嘻哈哈的一个人，怎么后来竟做了和尚呢……”

四十一　冬夜

扬州的冬天也怪冷的。

这种冷和长安的又不同。长安的冷像是被一群熊孩子用雪球追着砸，扬州的冷像是冷不丁被丫鬟用冻得冰凉的手捂住了后脖子。

杜晓月顶着寒风走在白雪覆盖的长街上，耳朵冻得有些发烫。她把手缩进裘衣袖口再捂在耳朵上，脖子也像乌龟似的缩进领口。她穿的这件冬衣是顶级的水貂做的，杜家传下来的，阿爷向来舍不得穿。阿爷知道扬州冬天冷，临行前挑了几件最厚实的衣服放到行李，其中就有这一件。

杜晓月素来衣着简朴，换上这件价值不菲的裘衣后，把师姐们都吓了一跳，更别提崔蜜儿有多羡慕了。兔千岁第一次见到这件衣服时，吓得直蹦起来，嚷道："你们人类真是残忍，把我们小动物做成衣服，穿在身上。"

"我们也没有办法，不这样做冬天就得冻死，又不像你们动物天生就长着毛。"杜晓月心想，要是有一种植物也能长着厚厚的毛，可以缝到衣服里御寒就好了。

"老夫记得数千年前，你们人类身上的毛远比现在多，几千年下来毛越来越少。你说会不会最初时，你们和我们身上的毛长得一样多？"兔千岁说。

到了冬天最冷时，广陵琴派的弟子们就会去城里吃烤羊、喝羊汤，这是约定俗成的传统。此刻，他们很尽兴，只是喝起酒来没完没了，杜晓月有些犯困，就先一人回来。

终于回到房间，火盆正烧着，屋里很暖和，杜晓月快速在原地蹦跶几下，脚底有些热乎起来。

兔千岁正紧挨着火盆睡着，团成一团，被关门的声音惊动，喘了下气，咂巴下嘴，伸个懒腰把身子拉得老长，翻了个身，又继续睡过去。见兔千岁熟睡，杜晓月心里暖暖的。

这兔子平日一口一个老夫，自称活了三千年，可这些时日相处下来，杜晓月觉得它分明还是个小孩心性，有时候真会把它当成自己的宠物。

杜晓月来到火盆边蹲下，拾起铁钳把火扒得红红旺旺的，热气直撩到脸上，冻僵的手渐渐开始热乎起来。

“不好！”杜晓月惊呼一声，她光顾着烤火，一不留神，火烧得太旺竟燎到兔千岁屁股上的毛。

一缕毛尖变红了。火星顺着毛，就像顺着炮仗的引火线，直往屁股烧去。

“别吃我！”兔千岁猛地从梦中惊醒，捂着屁股跳起来叫道，“哎呀，我的屁股被烫着了！”

“我就说让你注意安全，离火盆远点，这下被烫到了吧。”杜晓月说，装作无辜。

兔千岁见屁股没事了，捂嘴打了个哈欠，问：“晓月你回来了？今天琴练得怎么样？”

“别提了，这么冷的天，手都冻僵了，根本不听使唤，还怎么练琴。”杜晓月搓着手说，“要我说，以后到了冬天就应该放假，在家里过冬，这假就叫寒假好了。”

“你想得可真美。”兔千岁觉得好笑，说，“那照你这么说，夏天那么热，岂不是也要放假，叫暑假？”

杜晓月点点头，说：“那当然！”

兔千岁摇头叹道：“现在的孩子真是越来越娇气了。俗话说，‘冬练三九，夏练三伏’。越是这时候，越能磨炼一个人的意志。”

杜晓月和兔千岁正说着话，突然间房门被一脚踹开，冷气席卷进来。有人闯了进来。兔千岁吓得一激灵，踉踉跄跄躲到床后。

“把东西交出来！”那个人涨红了脸，高举着拳头喊道，“为了‘昱’的大义，把东西交给我！”

杜晓月认出来，是王少爷，问道：“你怎么进来的？”

“哼，你管得着吗！我王家大少爷想到哪就到哪。”王少爷冷笑着越走越近，

"我知道你们广陵琴派今天出去聚会，除了你没人在这儿。把东西乖乖交出来吧。"

"什么东西？"

"我不知道是什么，但我知道那个东西就在你这野丫头身上。只要是为了昱的大义，我可什么事都做得出来，少说废话，快把东西给我交出来！"

"你什么时候成了昱组织的人？"

"哼，你管得着吗！我师父顾泫机是'昱'的人，那么我自然也是'昱'的人。我听说'昱'有一样东西被你抢走了，今天我就要替天行道，把东西夺回来！"

"痴心妄想！我是不会给你的。"

"好你个野丫头，反了你了！"王少爷的脸气成了猪肝色，一脚踢翻火盆。

火盆里的炭撒到王少爷的靴子上，棉靴上烫出一个洞，他面色扭曲，手捂着左脚，疼得一只脚满地蹦跶，叫道："哎哟，好烫！"

他那可笑样子，令杜晓月忍不住笑起来。她越笑，王少爷越是气，脸色烧得比刚才火盆里的火还红。

"你个野丫头笑什么，不许笑！"王少爷指着她的鼻子骂道，骂完又"哎哟"着捂脚。杜晓月觉得他那样子越发滑稽，笑得肚子疼得不行。

王少爷一瘸一拐地走到桌子旁，用手一拍桌子，大喝道："你个没人要的野丫头！竟敢笑话本大爷，活腻歪了！"

谁知，这桌子上有跟细小的毛刺，王少爷这用力一拍，刚好深深刺进手心。

"哎哟喂，疼死我了！"王少爷又叫唤起来，脚也疼手也疼，都不知道该顾哪儿了。

杜晓月实在是笑不动了，他那愚蠢劲儿甚至让人有点心疼。

王少爷越发气愤，嘶吼起来："快把东西交出来，不然我砸烂你的琴！"

说罢，王少爷伸手就要去抢桌上的琴。

"别碰我的琴！"杜晓月慌了。

见到杜晓月惊慌的样子，王少爷又得意起来，哼了一声，说："现在知道害怕了吧，晚了！我砸烂你的琴！"

王少爷说话间已经举起桌子上的雪吹，高高抬在空中，猛地就往地上砸去。

"不，我的琴！"杜晓月失声惊叫道。

琴狠狠砸了下去，只听“咚”的一声，声音有些发闷。

琴没砸到地上，却砸在了杜晓月腰间，她飞身而出护住了琴，自己却结结实实挨了这一下。

“晓月！”兔千岁惊呼着跳了出来。

“还好琴没事……”杜晓月笑了，鲜血顺着嘴角流出，她咳嗽一声，接着又是一股鲜血从嘴鼻间喷了出来。

说完，她的头软软地垂了下去，身子也软下去。

王少爷以前没少打人，但都有分寸，他知道，身上流血倒没什么，不过是皮肉伤，嘴里冒出血来，可就不妙了，多半是没救了。

王少爷见她吐血，慌了，吓得脸色惨白，四处张望，嘴里念叨：“我不是故意的，我不是故意的……”

他六神无主，转身跌跌撞撞地跑了出去。

兔千岁把耳朵贴在杜晓月的胸口，听见气息越来越弱了，兔千岁冲出了门，泪水夺眶而出。

倾覆的火盆旁，炭火快燃尽了，发出噼噼啪啪的响声，冷风不停从敞开的屋门吹进来，屋子里越来越冷了。

广陵琴派弟子们还在推杯换盏，说说笑笑。

惜余春酒肆的屋檐下亮着红色灯笼，灯笼纱罩上落了层白雪，酒肆门口一只兔子正满地蹦跶，屁股好似着了火。

“这不是晓月那只兔子吗？它怎么跑这来了，似乎是要说些什么。”陆奇望着那满地乱蹦的兔千岁，有些疑惑。

“怎么只见这兔子，不见晓月？”刘云止嘀咕着，眉头一紧。

“还是头一次见这兔子这么滑稽的样子，真是好笑，难道是为我们来跳舞助兴的？”崔蜜儿笑道。

“不行，我得回去看看。”刘云止起了身。

刘云止辞别众人来到门口，蹲下身子，见兔千岁脸上有两道冰碴，是眼泪冻成的，它嘴里呜呜地似乎在哭。

“兔子，你怎么了？”刘云止轻声问道。

兔千岁见来了人，立刻就往广陵琴坊的方向奔去，刘云止跟着兔子一路小跑，那兔子居然径直往杜晓月屋子方向跑去，刘云止心里越发不安起来，只能默默祈祷，千万别是发生了什么事。

门口地上，晓月的一摊血已冻成了冰。刘云止推开门，心脏停跳了一拍，失声喊道："晓月！"

半个时辰过后，杜晓月的屋外已经围满了人。柳若白推门走出来，眼睛里噙着泪，长叹一声道："哎……腹部受了重击，脏器碎了。神仙难救啊。"

众人都没了声音。听了这话，陆奇前后摇晃了一下，恍惚间站不稳了。女弟子们抹起了眼泪。

刘云止跌坐在地上，问："知道凶手是谁吗？"

崔蜜儿已哭成了泪人，呜呜地说："现在还不知道，纪大侠已经去追查了。"

阿罗那顺也赶到了，没和人说话直接进了屋，没多久就出来了，问："小杜娘子生命垂危，魂就快要跑了。要是有亲人在，站到高处，喊两声，也许能喊回来。这是最后的办法了。有她亲人在场吗？"

"没有……"陆奇哽咽着说，"她是只身一人在扬州。"

阿罗那顺摇头说："那就没办法了。既然这样，就别再打扰她了，让她在最后的时间安安静静地待一会儿吧。"

"准备给牧之写信吧。"柳若白说。

冬夜，天上有了阴云，黑沉沉看不见星光，也看不见月亮。扬州城街道上，一盏盏红灯笼亮着，远远望去，地上被灯光晕染出一片片的红，映衬着天上无边的黑。

四十二　不老

屋外的人群渐渐散去，只有刘云止、崔蜜儿等少数几个弟子还守着。他们蹲坐在屋外，静默着，间或会有人聊几句无关的话，或是发出一声长叹，接着又陷入静默，各自望着夜空。

偶尔也会有人进去看看，但都待不了多久，就会红着眼眶出来，躲在一边不住抽泣。

屋里很温暖。杜晓月静静躺在床上，面庞娇小却苍白，带着笑意，婴儿般熟睡着。谁能想到这个人生序幕刚刚拉开的少女，到这竟然已经是最后的章节。这一切来得太过突然。

“这世界有什么天道可言呢？你这么懂事，这么善良，才这么小，才只在这世上度过了短短十几载，谁知道居然到这就结束了……”兔千岁趴在杜晓月枕边痴痴说着，“老夫活了三千多年，经历了太多生死离别，可为什么这次还是会这么痛苦。曾经一度，老夫自己也以为，漫长的岁月会让人麻木，变得失去感情，的确如此，老夫也不痛不痒地活过些年岁。可为什么，今天老夫却还是这么痛苦，就像第一次那样。哎，一晃都三千多年，三千多年啦……”

兔千岁说着，用爪子轻轻抚摸着杜晓月脸颊，接着毛茸茸的脑袋也趴上去蹭了蹭。

“老夫早就明白世事无常，学会不抱任何希望地活着，总是做好发生最坏事情的打算。可命运荒诞离谱的程度却总是超出承受的极限，我们是多么渺小脆弱。未知苦处，不信神佛，当那一刻来临时，再坚强的人都会希冀世界上有神明的存在。月神姐姐，琼花仙子……要是那些传说故事真的存在该多好啊。”

说着说着，兔千岁笑了。它坐起身子，长叹口气，轻声道：“就让老夫为你讲最后一个故事吧。世上从来没什么月神姐姐，也从来就没什么玉兔。有的，只是一只因为贪吃害死了主人的蠢兔子。”

说到这，兔千岁的眼泪突然决堤而出，它控制不住地拿爪子捶打自己的脑袋，嘴里念叨着：“蠢兔子，蠢兔子……”

它好半天才控制住情绪，接着说起。

“很久很久以前，有一个美丽善良的女子，她丈夫是个大英雄。虽然衣食无忧，但丈夫很少回家，她很寂寞，于是养了只兔子陪她。那兔子愚蠢得很，只知道一个劲儿地吃。即便如此，那蠢兔子也是她唯一的朋友了。有一日，丈夫不知从哪寻得一颗不老丹，说是吃了就能长生不老，丈夫把这颗不老丹交给她随身保管。丈夫本以为这样就可以高枕无忧了，因为外面没人知道不老丹藏在哪。可谁能想到，那只兔子能有那么蠢，趁主人睡着时，竟将她怀里的不老丹吃了。不老丹不见了，丈夫雷霆大怒，认为是她背叛自己，盛怒之下竟然亲手将她……”

说到这兔千岁哽咽了，气息粗重起来，抹了好几把眼泪，半晌才继续开口。

“刚开始那兔子智慧未开，就和寻常的兔子一样，完全不知道已经害死了主人。十年过去了，二十年过去了，一百年过去了，换了好几任主人，那兔子竟还活着。那兔子越活越久，竟渐渐产生灵识，它看懂了记忆深处发生的事。它意识到是自己害死了主人时，那一刻它坠入了无底的黑暗。它多么想告诉世人，偷吃不老丹的不是主人，而是那只蠢兔子。但它不会说话。又过去一千年，经历这漫长的岁月后，兔子终于学会像人一样说话了。在这一千年里，它经历了世事的无常，见识了人心的险恶。兔子知道，不能轻易让人知道它会说话，否则会招来灾祸。兔子发现，世上人们形形色色，但有些人和绝大多数不一样，只有一种人值得信任。那就是弹琴的人。果然，一个琴师听说了它的故事后，将主人的故事写进歌里告诉世人。但可惜，世上已没人在乎这件事了，他们都很忙，没人在乎千年前谁被冤枉偷吃了什么。兔子更加落寞了，主人生命短暂，它却苟活千年之久。‘哪怕当初真是主人偷吃了不老丹该多好啊！’既然真相已经没人在乎，兔子有了新的想法，何不把主人的故事编成传说，永远在世间流传。‘这也算是一种永生了吧。’兔子这样想。兔子编的故事就是后来广为流传的那个，它借着琴师的口告诉了许多人。人们都很喜欢这个故事，同情故事中的女子，故事也在人们口口相传中越传越广、越传越神奇……”

兔千岁说完了，又望了眼杜晓月，它想起了那个阳光灿烂的午后，那是它第一次见到这张脸，还是那么安详。它也说不上来为何它见过那么多人，却在见到她第一眼时，就下定决心要陪伴她一辈子。也许，是她的笑容让自己想起了第一个主人吧。可是如今，她的命运又仿佛和主人当初一样，那么年轻，那么无辜……

兔千岁两腿盘坐在床上，合上眼睛，气沉丹田，猛地一憋气，两爪重重往肚子上一捶，咳了一声。兔子又接连捶了好几拳，终于一呕，从嘴里吐出一颗金丸。兔子将丸子捧起，凝望着，那金丸子呈完美的球形，上面隐隐浮现的七色彩光在不停流转，把爪子衬托得更加洁白，像是小小的雪地上微型的彩虹。

“三千多年，老夫早就活够了。”兔千岁说着把丸子塞入了杜晓月的嘴里，“就算从今天开始变老，估摸着还能活十几年，足够陪你了。”

兔千岁静静等待着，一个时辰过去了，杜晓月似乎还是没什么反应。兔千岁从脑袋上拔下一根毛，伸到她的鼻孔前。那根白毛纹丝未动。

“就连不老丹也救不了吗……”兔千岁长叹一声，“这书也留着没什么用了，你最爱弹琴，就让这本书去陪你吧。”

兔千岁找出杜晓月在藏书阁捡到的那本无名谱，一路低着头拖着沉沉的步子走到火盆前，把书扔了进去。火苗升腾，烫红了书角。

“哎哟，我的肚子好疼……”是杜晓月的声音。

“晓月，你醒过来了！”兔千岁又惊又喜，刚往床前没跑几步，突然猛地刹住，“不好，那书！”

兔千岁连忙扑到火盆旁，把书救了出来，扔到地上。

“好烫！”兔千岁蹦着踩灭火苗，边踩边叫。

火苗熄灭，兔千岁举起书来翻看了下，松了口气：“还好只是缺了一个小角，没烧坏。”

“我刚才做了好长的一个梦。”杜晓月已经坐起身子，捂着肚子，打了个哈欠道，“我刚才梦到自己飞到了月亮上，到了月宫，还见到了月神姐姐。月宫可美了，月神姐姐给我喝了琼浆玉露，和我一起弹琴。她嘱咐我一定要用功学琴。

她说，她很看好我，相信我有一天能用琴音唤醒琼花仙子。”

兔千岁听到杜晓月的话先是一愣，接着笑了，说：“你一定可以的！”

杜晓月望向窗外，暖黄的月亮正慢慢爬出白雪覆盖的山顶，那月亮圆圆的，像一盏小橘灯，把兔千岁脑袋后映出一道光圈。

第二天，大家知道杜晓月居然没事了，都相拥而泣。柳若白不停地感慨：“真是医学奇迹啊，医学奇迹！”

大家都说杜晓月受了这么重的伤，大难不死，必有后福，有好多人轮番来看望，每个人都带了不少礼物，把屋子都堆得快没地方落脚了。兔千岁当然是最开心的，这里头可有不少好吃的。

李飞儿还没走，也来看杜晓月了，她跟杜晓月说可得活久一点，以后对抗昱，还需要杜晓月的帮助。不过她在扬州的任务基本完成了，应该不会再逗留多久了。虽是这么说，但她迟迟不动身，也不知是不是舍不得离开这里。

吴大娘听说杜晓月受了伤，送来好些蒸饼，还有新研发的鲜花饼，其中杜晓月最爱吃的是茉莉乳酪味的。她跟杜晓月提及之前去了趟大明寺，想见见丹泥禅师，但丹泥禅师却闭门不肯见她。

崔东风也来看杜晓月了，他很感谢自己大病时杜晓月的及时相救，后来，柳若白给他开了几个方子调养，崔蜜儿每日为他弹琴调心。精心调理之下，崔东风的身子越来越好，反倒比生病之前还健康。崔东风很感谢柳若白，所以给济民堂送了块大匾，写着“济世救人”，那大匾比济民堂里之前所有的都要大。他更加感谢杜晓月的是她给崔蜜儿带来的改变。崔东风说，交了杜晓月这个朋友之后，女儿像变了个人似的，就像回到了小时候一样，性情温顺可爱。

至于王少爷，这回是跑不掉了。王家虽然势力不小，但此次面对的可是曾经担任长安不良帅的纪破虏。纪破虏早已收集好证据，加上进一步追查，又查出王少爷曾经欺行霸市的一些恶行。王少爷敢于胡作非为，也是因为他们家买通了不少官员，此事牵扯不小。但纪破虏是何人，有的是办法。纪破虏把王家的罪证整理好，送到各级衙门前。衙门不得不下决心，对王家进行彻查——否则只怕连他们这些人的位子也坐不稳了。

杜晓月收到了阿爷的来信，信中说黄州偏僻贫瘠，老百姓们很多住得像是野人居所似的，有好多事需要他来做，所以一直很忙。他觉得让百姓们吃饱穿暖还不够，还得读书。于是，他废除鞭笞刑责，用忠恕之道抚慰百姓，让百姓们学文化，诵读儒家经典。

经过这一段时间兴学教化，百姓的日子越过越好，说没见过他这样为民办实事的好官。百姓们感谢他，常有人送来土特产，但他都原样退回，一针一线都不能拿。阿爷勉励杜晓月，要好好学琴，琴里自有许多道理，但也不能只顾学琴，平时还要多行善事……